KB020001

어차피 우린 죽고
이딴 거 다
의미 없겠지만

ONE DAY WE'LL ALL BE DEAD
AND NONE OF THIS WILL MATTER
by
SCAACHI KOUL

어차피 우린 죽고 이딴 거 다 의미 없겠지만

ONE DAY WE'LL ALL BE DEAD AND NONE OF THIS WILL MATTER

그럼에도 사소하지 않은 나의 일상에 대하여

작은미미·박원희 옮김

사치 코울 에세이

문학과지성사

분명 우리 중
가장 오래 살아남을
부모님께

어차피 우린 죽고 이딴 거 다 의미 없겠지만
— 그럼에도 사소하지 않은 나의 일상에 대하여

제1판 제1쇄 2021년 11월 1일

지은이 사치 코울
옮긴이 작은미미·박원희
펴낸이 이광호
주간 이근혜
편집 홍근철 박지현
펴낸곳 ㈜문학과지성사
등록번호 제1993-000098호
주소 04034 서울 마포구 잔다리로7길 18(서교동 377-20)
전화 02)338-7224
팩스 02)323-4180(편집) 02)338-7221(영업)
전자우편 moonji@moonji.com
홈페이지 www.moonji.com

ISBN 978-89-320-3907-7 03840

차례

일러두기

1. 이 책은 Scaachi Koul의 *One Day We'll All Be Dead and None of This Will Matter* (Doubleday, 2017)를 우리말로 옮긴 것이다.
2. 인명, 지명 등 고유명사의 외래어 표기는 국립국어원 외래어 표기법에 따랐다.
3. 이 책에서는 원서에서 강조하기 위해 이탤릭체로 표기한 것을 볼드체로, 대문자로 표기한 것을 고딕체로 표기했다.
4. 이 책의 각주는 모두 옮긴이 주이다.

1장

상속세

비행기는 멍청이들이나 타는 거다. 인간의 몸이라는 것이 본래 하늘로 솟아오르게 만들어지지 않았다. 비행기를 바다에 처박지 않고 하늘에 띄우는 과학적 원리를 이해하는 사람도 거의 없겠지, 하늘을 난다는 것 자체가 자연 발생적이지 않으니까. 매년 비행기 몇 대가 추락할까? 정확히 모르지만 확실한 것은 비행기 사고가 매년 한 건 이상 일어나고 **그 정도도 내게는 충분히 공포스럽다**는 것이다.

남자 친구는 내 비행 공포증에 대해 좋게 말하면 재미있어하고 나쁘게 말하면 지극히 실망스러워한다. 그런 그가 내 스물네번째 생일을 축하하기 위해 동남아시아 2주 여행 티켓을 준비했다. 그렇게 멀리 여행 가는 것은 정말 십수 년 만이었다.

많은 사람이 고등학교를 졸업하고 대학 입학 전에 1년 정도 공백을 만들어 여행을 간다거나, 자아를 '찾기 위해' 배낭을 메고 유럽으로 떠난다(찾긴 뭘 찾아? 100퍼센트 헛소리하고 있네. 어디에 그런 게 있을 것 같은데? 프랑스에서 맛있는 빵과 허세 이외에 찾을 수 있을 거라곤 없어. 그리고 솔직히 그 두 가지는 **지금 당장** 손을 뻗기만 해도 닿는다고!). 나는 그런 유의 여행을 해본 적이 전혀 없다. 물론 브라질의 허물어져가는 건축물이나 라오스의 매력적인 길거리 상인 옆에서 사진을 찍고 싶어서, 언젠가는 가봐야지 하는 장소들을 나열해본 적은 있다. 열세 살 때, 어떻게 여행 밑천을 마련할 거냐고 묻는 엄마에게 "당연히 엄마가 줘야지!"라고 대답했더니, 엄마는 참지 못하고 부엌 한편에서 웃어버렸다.

여행을 한다는 것은 당신이 교육을 받았고, 기꺼이 위험을 감수하고자 하며, 남들에게 자랑거리가 생겼다는 뜻이다. 하지만 아무리 여행을 가도 찾을 수 없는 것이 있다. 무엇일까? 바로 내 아파트에 있는 내 물건들이다. 내 물건에 둘러싸여 있다 보면, 세상은 뚫고 지나갈 수 없는 바위들로 꽉 차 있으며 난 그 깜깜한 세상 속에 사는 미약한 존재에 지나지 않는다는 사실에 둔감해진다. 적어도 내 생각에 나는 죽음에 대한 건강한 두려움을 가지고 있다. 그 두려움은 미지의 세계로 전진해나갈 때 소환된다.

하지만 그 여행은 내 생일을 축하하기 위한 것이었고, 어리석은 남자 친구는 내게 신나는 곳, 바로 태국과 베트남으로 떠나자고 했다. 그가 태양을 좋아하고 내가 땅콩 소스를 좋아한다는 이유로 말이다. 나는 동의했다. 그러나 내 엉덩이에서 두드러기가 올라오기 시작했다.

우리가 토론토에서 시카고로, 시카고에서 도쿄로, 도쿄에서 방콕으로 가는 동안 남자 친구는 평온함 그 자체였다(나보다 열 살 이상 연상이어서 그런지, 같은 일을 겪더라도 내게는 대체로 새로운 일이 그에게는 전혀 새롭지 않은 적이 많았다). 어렸을 때 맞벌이 부부의 자식이었던 그는 방과 후에 집에서 혼자 지내는 소위 '나 홀로 아동'이었기에, 그가 살던 작은 마을을 이리저리 다녀도 되었다. 그건 내게는 유괴 사건을 다룬 다큐멘터리의 도입부처럼 느껴졌지만 그에게는 1980~90년대의 아련한 향수를 자아내는 추억일 뿐이었다. 당시 그는 담배 피우다 술 마시다 울다 웃다 했다. 열두 살의 그는 내 평생 한 번도 그렇게 자유로운 적이 없을 만큼 자유로웠다.

우리 비행기가 활주로를 달리기 시작하자 나는 마치 돼지 족발 햄을 만들기 위해 연육 작업을 할 때처럼 내 남자 친구 '햄군'의 흰 피부를 문질러서 빨갛게 만들었다. 그의 포동포동한 팔뚝을 얼마나 쥐어짰던지 털에 매듭이 지어질 정도였다. 그동안 그는 꿈꾸듯이 창밖을 내다볼 뿐이었다. 비행기가 이륙하자 나는 목이 막혔다. 나는 그저 집에 있고 싶었다. 절대 집을 떠나지 않고 영원히 그저 집에만!

딱히 부모님이 나를 이렇게 키운 건 아니었다. 오히려 부모님은 우리 삶에 절대 영향을 미칠 것 같지 않은 것들을 두려워했다. 이를테면 살인자들이 우리 집 뒤뜰에 잠복해 있다거나 샌드위치 속 **비건** 고기에 식중독 균이 있다거나 하는 것들이었다. 어쩌면 비행기 사고로 죽는 것은 그들에게는 너무나도 평범한 일이었다. 우리는 같이 혹은 따로 여행을 많이 다녔는데, 그럴 때마다 장시간 비행기 여행은 당연히 부모님의 히스토리를 만들어내는 데 일조했다. 둘은 1970년대 후반에 인도에서 캐나다로 이주해 몇 년에 한 번씩 인도와 캐나다를 오갔다. 그 밖에도 휴가나 아빠의 출장 때문에 세인트토머스, 그리스, 몬트리올, 뉴욕으로 날아갔다. 엄마는 벌레를 좋아하지 않고 아빠는 작은 강아지를 좋아하지 않지만 둘 다 특별히 두려움이 많은 사람들은 아니라고 기억한다.

그렇기에 나도 어렸을 때는 비행기 타는 것을 무서워하지 않았다. 어릴 땐 비행기 탈 때마다 그저 신이 났다. 새 공책과 여행용 게임을 샀고, 비행기 승무원은 쿠키와 과자 그리고 작은 진저에일 캔을 멀미 봉투에 싸서 비행 중에 건네주곤 했다. 아직 9·11테러가 일어나기 전이라 우리 가족이 캘거리공항에서 의심받을 일도 없었다. 한번은 보안 검색 대기 줄에 서 있는 동안, 보안 검색을 통과한 비디오 게임기용 AA 배터리 30개들이 한 팩으로 도대체 어떻게 폭탄을 만들 수 있냐고 오빠한테 큰 소리로 묻기도 했다. 부모님이 내게 토블론 초콜릿 바 하나를 다 먹게 해주면 나는 탑승 대기 줄에서 불투명한 쇼핑백에 게워냈다. 나는 살아 있었다!

열일곱 살이 되었을 때엔 비행기로 오가는 것이, 상공을 날고 있는 여객기에서 구토하면 회원 자격을 얻는다는 고도

1마일 클럽○에 가입하기 위해서라기보다는 가족들과 계속 연락을 취하는 유일하면서도 불가피한 수단이었다. 많은 친구들이 고등학교 졸업 후 '여기 이탈리아에서 한 달, 저기 오스트레일리아에서 한 달'식으로 시간을 보내는 동안, 난 바로 대학교에 입학하기 위해 고등학교를 졸업하자마자 대륙을 가로질러 거처를 옮겼다. 부모님을 만나고 싶을 때(사실 매우 만나고 싶었다. 부모님이 새로운 보금자리에 나를 내려주고 몇 초 후 내 마음에서 향수가 터져 흘러넘쳤으니까) 나는 비행기를 타고 날아가야 했다. 1년에 서너 번, 내가 알기로 나를 사랑할 법적 의무가 있는 사람들을 만나기 위해 네 시간의 비행을 하곤 했다.

이렇게 반복해서 고향에 오가길 몇 년. 20대 초반의 어느 날, 그 무언가가 나를 변화시키면서 마음 한편에 공포심이 밀려들어왔다. 난기류로 인한 흔들림은 더 이상 유쾌하게 느껴지지 않았다. 놀이기구를 탈 때의 짜릿한 기분이기는커녕 요절할 것만 같은 느낌이었다. 나는 이륙할 때 비행기가 당연히 곤두박질칠 거라고 생각하며 울곤 했다. 승무원들은 내가 장례식에 가는 줄 알고, 비상 탈출구를 열지 못하게 내게 오렌지 주스나 크랜베리 쿠키를 서비스로 주었다. 이제는 이륙 전에 내가 죽으면 슬퍼할 사람에게 전화나 이메일, 문자로 사랑한다고 말하면서 내 카드 비밀번호가 3264이고, 비행 전 세상에서 가장 슬픈 최후의 만찬으로 쫄깃한 피자 맛 프레첼을 주문했더라면

○ 원래는 비행 중인 여객기에서 섹스를 하면 가입할 수 있다는 가상의 클럽.

사라졌을 잔액 6.75달러를 마음껏 쓰라고 말한다. 속이 부글거리고 손바닥엔 땀이 흥건한 채로, 진작 말했어야 했는데 말하지 못했거나 했어야 했는데 하지 못한 것들에 대해 생각한다. 하아…… 곧 있으면 이 비행기는 곤두박질치겠지…… 군인들은 평원 여기저기 흩어진 내 시신을 수습하러 다닐 거야…… 다리는 맥머리 성에서, 팔은 레지나에서, 항문은 에드먼튼 어딘가에서 발견되겠지……

아이들에게 세상에서 가장 용감한 사람은 부모님일 것이다. 하지만 우리 부모님이 어떻게 가족이 되어 타국에서 가정을 일궜는지 생각해보면, 어른이 된 내게도 여전히 둘은 말도 안 되게 용감한 사람들이다. 아빠는 엄마와 함께하기 전부터 인도에서 다른 나라로 이주할 마음이 있었다는 걸 엄마에게 정확하게 이야기하지 않았다고 한다. 엄마가 기억하기로는 약혼하고 나서야 아빠가 지구 반대편 어떤 나라의 영주권을 취득하기 위해 필요한 준비를 이미 다 마쳤다는 것을 알게 되었다고 한다. 아빠는 사촌 누나의 집에서 누나 친구였던 엄마를 처음으로 보았다. 아빠는 엄마를 보고 어쩔 줄 몰랐다고 한다. 지금도 그때에 대해 물어보면 아빠는 엄마의 광대뼈, 깊은 눈매, 긴 머리 그리고 그녀와 아는 사이가 되길 바라게 만든 그 모든 걸 감상적으로 읊어줄 것이다. 엄마는 당시 그 집에 아빠가 있었는지도 몰랐다. 몇 년 전, 엄마에게 실제로 아빠의 첫인상이 어땠냐고 물었을 때 엄마는 대수롭지 않게 수건을 계속

개면서 "나는 네 아빠가 그냥 괜찮은 사람이라고 생각했다"고 이야기했다. 이 위대한 사랑은 나라는 여자를 낳았다.

엄마가 카슈미르의 작은 마을을 떠나 대학에 가려던 열여덟 살 때, 아빠는 할아버지에게 그녀와 손잡고(물론 손 이외에 다른 곳들도 원했겠지만) 인생의 길을 갈 수 있게 허락해달라고 했다. 할아버지는 아직은 안 된다면서도 엄마가 좀더 나이가 차면 다시 청혼하라고 했다. 할아버지는 경찰서 경사였지만 언성을 높이거나 화나서 흥분하는 일이 거의 없는 유한 분이었다. 그러나 엄마는 그런 차분함을 물려받지 못한 듯하다. 한번은 엄마가 열두 살 때 할아버지에게 크게 혼난 적이 있었는데, 그때 엄마는 부당한 대우를 받았다는 생각에 몇 **시간**에 걸쳐 단식 투쟁을 감행했다고 한다. 결국 할아버지는 엄마에게 진심으로 사과를 하며 제발 뭐라도 먹어달라고 애원을 해야만 했다(내가 똑같은 짓을 열한 살 때 해봤지만, 부모님은 그냥 어깨를 으쓱하더니 먹고 싶을 때 냉장고에서 베이글을 꺼내 먹으라고 했다. 인도 사람들에게 빵은 처치 곤란이다). 엄마가 스물두 살이 되었을 때 아빠는 결혼 승낙을 받았고 1년 사이에 약혼해 결혼에 골인했다. 1년 뒤 오빠가 태어났고 곧 아빠는 캐나다 남부 온타리오로 이주했으며, 몇 달 뒤 나머지 가족도 따라갔다.

하지만 이주하기 전 인도에서, 첫아이인 오빠가 태어난 후 아빠에게 큰 영향을 미친 사건이 있었다. 무자비하게 더웠던 어느 밤, 작은 아기였던 오빠는 옥상에서 할아버지와 할머니 사이에 껴서 잠을 자고 있었다. 당시 50대였던 할머니가 오빠의 기저귀를 갈아주러 그를 데리고 집 안으로 들어갔다. 할머니가 잠자리로 되돌아왔을 때 그녀의 남편은 일어나지 않았다. 자다가 갑작스러운 심장마비로 운명한 것이다. 엄마가 말하길, 사람들이 발견했을 당시 할아버지는 심장 위에 손을 얹고 있었다고 한다. 그때 아빠는 고작 서른 살이었다. 그는 그 일에 대해 이야기하길 꺼린다. 우리는 묻지 않는다.

어렸을 때 우리 아빠의 엄마인 베헨지 할머니와 캐나다 캘거리에서 함께 산 적이 있다. 할머니는 추운 날씨를 싫어했고, 영어를 한마디도 못했기에 나는 그녀가 어떤 사람인지 알 수 없었다. 몇 년 후 할머니는 캐나다를 떠났고 아빠는 매우 화를 냈다. 그녀를 돌보는 것이 장남으로서 해야 할 일이라고 여겼기 때문일 것이다. 아빠는 할머니를 계속 걱정했다. 할머니가 전반적으로, 항상, 혹은 평소대로 건강하고 까칠하고 판에 박힌 일상을 계속 유지했어도 말이다. 말년에 할머니는 주변 것들과 사람들을 잊어버리고, 자신이 어디에 있었는지조차 모를 정도로 정신 상태가 오락가락했다. 아빠는 안락의자에 기대 앉아 이를 악문 채로 어쩌다 몇 해 전부터 할머니에게 신경을 덜 썼는지 곱씹었다. 아빠는 할머니가 세상을 떠나기 2년 전에 내게 마치 그녀의 노화를 멈추길 바라듯 "네 할머니에게 내가 인도로 갈 때까지 지금처럼만 계시라고 했건만…… 앞일은 아무도 모르지"라고 말했다. "어차피 돌아가실 거면, 내 곁에서 가시면 좋을 텐데 말이다. 할머니 삶에서 가장 빛나는 순간이 될 테니까. 할머니는 고단했지만 헛되지 않은 삶을 산 셈이 되겠지.” 그 당시 아빠는 내게 전화로 한숨과 후회의 말을 했다. 한숨과 후회라, 혼잣말을 하게 된 이후 나 역시 애용하는 언어다.

할아버지가 세상을 떠나고 30년 후 베헨지 할머니는 80대의 나이에 생을 마감했다. 그때 아빠는 60대 중반이었다. 요즘 아빠는 매일 장거리 달리기를 하고 아침마다 엄청난 양의 멀티비타민을 먹는다. 혈압과 콜레스테롤 수치가 높아서 어떻게든 상황을 역전시켜보려고 노력 중이다. 요즘은 당뇨병 전증도 있어서, 호로파 씨 한 숟가락을 입에 털어 넣으면서 아침을 시작한다고 한다. 나도 한번 따라 해봤지만 오히려 병에 걸릴 것 같은 죽음의 맛을 체험한 뒤로는 포기했다. 그는 장거리 달리기를 한 후엔 옷장 옆에서 물구나무서기를 한다(대놓고 말은 못 하지만 나이를 먹으면서 아빠의 물구나무서기 실력이 점차 형편없어진다는 건 보기만 해도 알 수 있다). 때로 그는 손녀 건포도를 그의 등 뒤에 세워 뼈가 부서지도록 그를 잡게 한 다음 “아아, 하하하하, 하아악” 환희에 찬 비명을 지른다.

엄마가 말하길, 아빠는 **이 요상한 모자를 한번 써보시겠어요** 하는 식으로 캐나다 이민을 엄마에게 정중히 청했다고 한다. 엄마는 **이 염병할 미친놈이 지금 나보고 여기저기 얼음이랑 인종차별이 똘똘 뭉친 나라로 가자고 하네** 대신 **이 모자 한번 써볼까?**라고 생각했다.

내가 태어나기 전 부모님은 휴가를 갔다가 그들의 새 보금자리인 캐나다 집으로 왔다. 집에는 유람선 끄트머리에 아슬아슬하게 걸터앉아 있거나, 침침한 조명의 식당에서 길쭉한 샴페인 잔을 기울이는 엄마의 사진이 걸려 있었다. 엄마는 무슨 일이든 허투루 하는 법이 없었다. 그녀는 남들이 쉽게 자신을 따르게 하는 일종의 마력이 자신에게 있다고 믿었다. 내가 수영을 배우지도 못할 만큼 어렸을 때 엄마는 나를 데리고 수영장에서 수심이 가장 깊은 쪽으로 들어간 다음, 마치 아기 코알라가 어미에게 붙어 있듯 내가 엄마 어깨에 매달려 있게 했다. 켈로나○에서는 제트스키를 빌려서 나를 뒤에 태우더니, 편히 쉬라면서 그렇게 빨리 달렸다. 엄마는 프라이팬이 충분히 달궈졌는지 보려고 팬 위에 손바닥을 올려놓는다(이에 대한 내 질문은 적절한 답을 영원히 들을 수 없으리라. **정말** 뜨거우면 어쩌려고?). 엄마는 열정적으로 양 뼈에서 골수를 뽑아내 먹은 후, 그 행동을 진정으로 심히 역겨워하는 나를 놀리려고 구멍이 뻥 뚫린 뼈에 혀를 밀어 넣는다. 엄마는 홈메이드 로티◇를 만들 때 손으로 밀가루 반죽을 치댄 다음, 공포에 움츠러든 7세 아동을 비웃으며 손에 묻은 밀가루를 칼로 긁어내기도 했다. 엄마는 관절염이 악화되었지만 로간 조시△는 입천장이 똑 떨어져 나갈 만큼 맵게 만들었다. 불 주변을 서성대며, 성치도 않은 손목으로 나무 주걱을 들고 솥을 저어대면서 말이다. 엄마는 고함쳤다. 엄마는 느끼는 대로, 이야기하고 싶을 때마다 자신의

○ 캐나다의 유명 관광도시. 세계적 수준의 포도밭과 좋은 날씨, 음식, 해변, 스키장으로 유명하다.

◇ 통밀로 만든 납작한 빵. 주로 남아시아에서 먹는다.

△ 한국의 갈비찜같이 푹 삶은 양고기와 채소를 마살라(인도에서 주로 넣는 혼합 향신료)로 양념한 인도식 스튜.

감정을 이야기했다. 기쁠 때나 슬플 때나 어김없이 흘러 나오는 눈물이 엄마의 눈 밑 점 주변에 호수를 만들었다. 마치 그녀의 얼굴은 감정을 다스리는 시바 신°의 상징 같았다. 엄마는 다른 사람들을 두려워하지 않았다. 아빠는 화가 나거나 두려워하거나 초조하거나 행복하거나 황홀한 느낌을 버거워하면서 그저 감정을 조용히 마음속으로 삭이는 사람이었다. 반면에 엄마는 사람들을 팔과 어깨, 숨 막힐 만큼 풍만한 가슴으로 안아주면서 그녀의 부드럽고도 차가운 살에 묻었다. 그러다 정말 숨이 막혀 죽을 수도 있으니 **안긴 사람들이여, 알아서 처신하시라**.

엄마가 가장 용감했던 바로 그 시절, 반대로 나는 죽을 채비를 하고 있었다. 스스로 병을 발명해냈고 그 병 때문에 내가 죽을 거라고 확신했다. 일곱 살 때쯤, 나는 살갗 아래로 비치는 파란 혈관을 짚으며 팔뚝을 위부터 아래까지 손가락으로 훑었다. 내가 아는 다른 여자애들 혈관은 그렇게 비쳐 보이지 않았다. 부모님이나 오빠도 그랬고, 매끄러운 머리카락에 도톰한 입술을 가진 키 크고 부티 나는 왕가슴 사촌들(아, 내가 그들의 어마어마하게 풍만한 가슴에 대해 이야기했었나?)도 마찬가지였다. 난 그것이 혈관암이라고 단정 지었다. 이 짙은 푸른색 혈관이, 어떻게 이렇게 피부 바로 아래에서 툭 튀어나와서, 팔을 따라가다 어떻게 내 납작한 가슴을 가로질러 몸속으로 쏙 들어갈까를 설명할 수 있는 것은 그 병뿐이었다. 나는 부모님에

° 힌두교의 신 가운데 하나로 파괴의 신이다. 갠지스강이 흘러내리는 머리에 세 개의 눈, 검푸른 목을 지닌 모습으로 묘사되며, 삼지창 트리슈라를 든다.

게 이 사실에 대해 이야기하지 않고 분홍색 하트 모양 메모지에 '나의 마지막 유언장'을 작성하면서 죽음을 조용히 받아들였다(아직 완전히 이 병을 극복하지 못했다. 몇 년 전, 저녁 파티에서 응급실 의사 옆에 앉게 된 적이 있다. 나는 손을 그녀의 코 밑에 찔러 넣고 혈관을 보여주며 "이게 뭐 같아 보여요?"라고 물었다. 그녀는 아무것도 아니라고 했지만…… 한때 의예과가 있는 대학에 다녔던 내가 그녀보다 더 많이 안다는 데 한 표 던진다).

내 10대 시절은 나름 드라마틱했지만 그렇다고 그렇게 최악은 아니었다. 물론, 다른 아이들처럼 걸핏하면 10대 특유의 선 넘는 행동을 했다. 데이트, 친구, 음주에 대해 거짓말했고, 담배를 피우며 화장도 엉망진창으로 했다. 나는 분노에 찬 10대라면 응당 해야 한다고 남들이 생각하는 일들을 다 했다. 하지만 괜찮았다. 우리 집에 엄마와 함께 있었기 때문이다. 엄마는 내게 "쥐도 새도 모르게 없애버린다" 혹은 너무 격분한 나머지 결국 "다 밝혀지게 되겠지만 넌 좀 나한테 죽어봐야겠다"처럼 말도 안 되는 협박을 늘어놓으며 소리를 질러댔다. "한 번 더 입 놀리면 너 맞는다"고도 위협하면서 나무 주걱을 들고 나를 쫓아다니곤 했다. 그러나 이 드라마들은 결국 아무것도 아니었다. 나는 결코 곤경에 빠진 적이 없다. 엄마와 함께라면 나쁜 일이 일어날 리 없기 때문이다. 이 세상의 엄마들은 아이의 심장을 향해 날아오는 총알도 막을 수 있다. 엄마들은 혼자서는 일어설 수 없는 아이를 일으켜 세워줄 수 있다. 엄마란 존재는 자녀 스스로 자기 몸을 키워내기 전까지 아이들의 피이자 뼈다.

나는 살면서 용감할 필요가 없었다. 용감함은 부모님이나 외국어로 자기 몸에 문신을 새기는 사람, 덜 익어 피가 비치는 닭고기를 겁 없이 먹는 사람에게나 어울리는 말이니까. 하지만 내 남자 친구 햄 군은 항상 용감했다. 그는 강철과 모래로 만들어진 사람처럼 겁도 없이 이것저것 다 해보고, 다쳐도 의기양양하게 빗질하듯 툭툭 털어내며 일어섰다. 용감한 자들은 결코 그들의 신체와 두뇌에 대해 염려하지 않는다. 한번은 오토바이 사고가 크게 나서 그의 발과 손목이 심하게 으스러진 적이 있었는데 그 상태로 병원까지 스스로 운전해 가려고 했다. 내 인생 최고의 극한 자기 연민에 빠졌던 시절, 깊고 끝이 보이지 않는 물속에 빠져 허우적대는 꿈을 꾼 적이 있다. 그때도 거대한 살집이 붙은 헐크 팔을 가진 햄 군이 나를 물 밖으로 끌어주었다.

비행기가 더 높이 솟아오르기도 전, 햄 군은 코피피섬의 해변이 얼마나 멋진 곳인지 내게 속삭였다. 이야기하는 내내 남들에겐 내가 그러거나 말거나 티도 안 났겠지만, 내 창자를 쫄깃하게 만들어주기에는 충분할 높낮이로 비행기가 살짝 오르내리는 것을 느꼈다. 햄 군은 나와는 정말 다르다. 그는 집에만 붙어 있는 스타일이 전혀 아니다. 그는 오토바이를 타고, 달리고, 만지고, 먹는 것을 좋아한다. 문제 상황이 생겼을 때는 머리를 들이밀고 돌진하는 스타일이다(여행 막바지에 그가 뱀을 삭혀 만든 신비한 술을 사자고, 이건 아주 좋은 아이디어라고 나를 설득했다. 내 생일에 우리는 그 술을 몇 잔 마셨다. 그러자마자 그는 먹은 걸 다 올렸다). 그는 아주 높은 소리로 웃어댔다. 그게 재미나 위협, 혹은 그 둘 다 생길 징조임을 알게 된 이후로 난 그 웃음소리를 경계한다. 하지만 그가 혼자 떠나는 것을 더 이상 구경만 하지 않고, 가방이랑 소독약을 챙겨 미지의 세계로 그와 함께 걸어볼 것을 선택했다. 아마 말라리아 약 한 봉지도 필요하겠지.

이번에는 휴식을 위한 여행이라고 생각했다. 여기저기 해변을 따라 걷다가 사원 몇 군데 둘러보고 국수나 좀 먹고 네다섯 번쯤 취해보고 하기에 충분한 시간이었다. 요상한 벌레도 있고 햇빛은 날 잡아먹을 듯이 내리쬐는 외국에서 보내는 2주가 내게 도전이 될 수도 있다는 생각은 했지만, 내 인생 가장 공포스러운 대상들이 주르륵 나열된 카탈로그가 될 것이라는 생각까지는 미치지 못했다.

호텔 방 천장에서 종종거리며 지나가는 거미는 내 주먹만 했다. 알 수 없는 벌레들이 내 종아리에서 향연을 벌였고, 그들이 벌인 잔치 때문에 부은 다리로는 걸을 수 없었다(적어도 투덜거리지 않고서 말이다). 나는 원래 물을 두려워했지만 우리가 가야 하는 몇 곳은 보트로만 갈 수 있었다. 그리고 그 보트는 구명조끼와 경적을 갖춘 진짜 배가 아니라, 모터가 선체에 비해 너무 클 만큼 조그마하고 보잘것없는 나무 보트였다. 누구든 휙 올라타면 뒤집힐 수 있는 장난감같이 생긴 보트 말이다. 너무 빨리 달리던 보트는 뒤뚱거리고 흔들거리다가 결국 내게 물세례를 퍼부었다. 페인트칠은 벗겨져 있었고 금속 부품은 녹슬었으며 좌석을 고정해야 하는 못은 대부분 덜렁덜렁했다. 다른 보트에 너무 가까이 붙어서 그 보트를 긁기도 했다. 배를 타는 동안 햄 군은 자기가 얼마나 맥주를 사랑하는지에 대해 이야기했지만 나는 당장 면허증, 보험 서류 그리고 태국 정부의 안전 지침서를 열람하고 싶을 뿐이었다. 햄 군이 일광욕을 즐기기 위해 머리를 뒤로 젖히고 있던 참에 보트가 쾅 하고 파도에 부딪혔고, 나는 배에서 내가 잡을 수 있는 건 어떻게든 움켜잡았다. 내가 무서워하고 있다는 것을 숨기려고 조그맣게 "에고"만 내뱉었다. 그때나 지금이나 그는 내게 돌아서서 이렇게 묻는다. "괜찮아?" 그럼 나는 이렇게 대답한다. **"고마워, 괜찮아. 나는 지금 정말 보통 때와 똑같이 아주 괜찮아."**

우리가 코피피섬에 도착하자 햄 군은 배가 멈추기도 전에 갑판에서 뛰어내려서 활기찬 돌고래처럼 이리저리 헤엄쳐 다녔다. 나는 물속에 내 몸을 던지기 전에 보트 가장자리에 매달려 있다가 그를 향해 휘적휘적 헤엄쳐 갔다. 그런 다음, 모든 동물이 예방주사를 맞은 게 확실하고 온도도 조절되며 잘 꾸며진 동물원으로 옮겨지지 전까지 야생에서 어떻게든 꼭 살아남아야 하는 킨카주°처럼 그의 등에 매달렸다.

그날 우리는 스노클링을 하러 갔다. 며칠 동안 난 내 자신에게 최면을 걸었다. 통제 불능으로 넘실대는 파도와, 있는지

° 나무 위에 살면서 주로 나무 열매를 먹는, 너구리와 유사한 동물. 중남미에 서식한다.

도 몰랐던 내 몸의 조그마한 상처 하나하나를 쓰라리게 하는 모래와, 소금기로 가득한 뻥 뚫린 바다에서 수영할 수 있도록 말이다. 그날도 난 기도했다. 우리를 암초로 이끈 그 보트에서 제발 내가 살아남을 수 있기를, 그리고 우리와 함께하는 다른 커플들 앞에서 민망한 일을 피할 수 있도록 모든 일이 순조롭게 흘러가길. 나는 동네 공영 수영장에 혼자 들어가기 무서워하는 아이처럼 구명조끼를 입었고, 인간을 겁내서 비건 취급을 받을 정도라는 암초상어를 수면 아래에서 발견했다. 격하게 공포에 질린 나머지 어쩌다 무릎이 산호에 산산조각 날 정도로 부딪혔다가 상어가 내 피 냄새를 맡고 오지 않을까 걱정스러웠다. 그 상어가 갈색 겁쟁이의 피 맛을 좋아할지도 모른다는 생각에 나는 오른쪽으로 급하게 꺾어 도망갔다.

내가 정말 한심한 이유는 아마도 이것일지 모른다. 나는 사실 수영을 **할 수 있다**. 엄마는 내가 혹시라도 내륙 지역인 캘거리에서 물에 빠져 죽을까 봐 6년 동안 수영 교습을 시켰다. 엄마는 오빠가 생전 처음으로 수영장에 간 날, 수영도 못 하면서 수심 깊은 곳에서 다이빙한 이야기를 즐겨 했다. 나는, 이제는 들어도 놀랄 사람도 없겠지만, 절대 그런 거 해본 적 없다.

해변가로 돌아온 뒤 햄 군과 나는 바닷물에 몸을 담갔다. 당연히 바닥에 발이 닿는 깊이에서 말이다. 그러다 햄 군이 나를 깊은 곳으로 끌고 들어간 다음 내 머리를 바닷물에 거꾸로 내리꽂으려 위협하면서 나를 들어올렸다. 그가 나를 놔줄 때까지 그에게 발차기와 주먹을 날렸다. 내 머리카락은 여전히 보송보송했지만 그의 몸은 나의 긴 손톱 때문에 생긴 깊은 상처로 가득했다.

"당신, 원래, 항상, 이래?" 햄 군은 그렇게 묻고 입수해서 10초, 15초 동안 나오지 않았다. 10초든, 15초든 내게는 평생처럼 느껴졌다.

두려움은 우리 가족에게 상속된 유산이다. 하지만 그 유산이 상속되면서 더 불어난 건 바로 언젠가 누구에게든 닥치고 말 약속된 죽음 때문이었다. 지금까지 보아온 아빠는 항상 경계 태세다. 할아버지가 젊은 나이에 그렇게 갑자기 사망했기 때문이거나, 할머니가 언제든 세상을 떠날 준비가 되어 있었기 때문일 것이다. 내가 태어났을 땐 이미 할아버지가 세상을 떠난 뒤였고, 베헨지 할머니는 내가 20대 초반일 때 운명을 달리했다. 아빠는 하루 종일 울고 나서야 그녀의 죽음을 받아들였다. "착하게 살아." 그가 내게 말했다. "언젠가는 나도 여기 없을 테니까 말이야."

엄마가 나를 키우는 동안 난 그녀의 히스테리 저변에 깔린 공포심을 느낄 수 있었다. 하지만 그 공포심은 엄마가 자신의 두 부모님을 11개월 사이에 모두 잃고 나서야 생긴 것이었다. 마치 나사가 풀려 그녀의 황망한 마음속을 이리저리 돌아다니는 것 같았다.

내가 열두 살이었을 때 엄마 쪽 할머니의 건강이 나빠졌다. 나는 할머니를 몇 번밖에 만나보지 못했고 그녀는 영어를 전혀 할 수 없었기에 꽉 껴안기나 심하게 흐느끼기, 혹은 때때로 그 두 가지를 동시에 하는 것이 우리의 의사소통 방식이었다. 우리가 할머니 집을 방문할 때마다 할머니는 엄마에게 야단법석을 떨며 초조해했다(엄마와 할머니 사이를 돌이켜보니, 당시 내가 막 사춘기에 접어들면서 변한 나와 엄마 사이 같아 보였다). 그러면 엄마는 할머니에게 자신은 성인이고 안전하게 지내며 사랑받고 있다고 매번 애써 설명했다. **캐나다, 그렇게 나쁘지 않아요. 춥지만 집에 난방도 잘돼요. 나무 수액을 깨끗한 눈 위에 굴려 굳힌 다음 사탕으로 만들어 먹기도 해요. 좀 역하긴 하지만 애들은 좋아해요.** 나는 할머니가 무슨 말을 하는지 전혀 알아듣지 못했지만, 할머니가 엄마를 너무 사랑하고 그 사랑의 강렬함이 내가 당황할 정도라는 것은 분명히 알 수 있었다. **이 할머니, 어떤 분일까?** 나는 궁금했다. **몇 초라도 엄마가 방에서 사라지면 왜 그렇게 숨 가빠지실까?**

엄마는 할머니의 병에 대해 거의 이야기해주지 않았지만 우리의 휴가는 점점 뜸해졌고 엄마는 더 자주자주 인도로 날아갔다. 나는 그때마다 아빠에게 거의 아동 학대 수준의 보살핌을 받았다. 아빠는 내가 몇 살인지, 언제 태어났는지, 학교가 어디에 있으며 어떻게 가는지, 그리고 괴혈병에 걸리려면 설익은 바스마티 쌀°을 얼마나 적게 먹어야(혹은 얼마나 오랫동안 아무것도 안 먹어야) 하는지 전혀 몰랐다. 엄마는 인도에서 돌

° 인도인들이 즐겨 먹는, 길쭉한 모양의 찰기 없는 쌀.

아올 때마다 기가 꺾여 있었고 누군가와 통화를 하면 할수록 점점 더 긴장된 모습을 보였다. 할머니의 건강 상태에 대한 질문을 받으면 엄마의 성대가 딱 하고 닫히는 소리가 들릴 정도였다. 엄마는 나와 싸울 힘조차 없었다. 한번은 인도에서 돌아와 시차로 지치고, 마음은 쑥대밭이 된 엄마에게 보호자 확인 사인이 필요한, 낙제한 수학 시험지를 들이민 적이 있다. 평소 같았으면 앞으로 의사나 변호사 혹은 엔지니어가 되는 데 굉장히 중요했던 이 시험을 위해 공부를 더 열심히 했어야 했는데, 이렇게 망쳐서 가능성을 날렸다고 윽박지르는 장면이 자연스럽게 펼쳐졌을 테지만 그 대신 엄마는 시험지 상단에 사인을 갈기고서 내게 부드럽게 물었다. "어쩌다 이랬어?" 내가 어깨를 으쓱해 보이자 엄마는 소파에 몸을 파묻었다. 나는 엄마가 분노에 휩싸여 내 멱살을 잡거나 며칠 동안 인터넷 사용을 금지시킬지도 모른다는 생각에 엄마 옆에서 대기했다. 하지만 아무런 일도 일어나지 않았다.

그 후 1년 정도 지났을까. 엄마가 또 인도에 갔다. 엄마의 부모님 두 분이 함께 지내던 방 두 개짜리 그 집으로 말이다. 그리고 할머니는 세상을 떠났다. 11개월 후, 몸집은 컸지만 온화하던 할아버지도 세상을 떠났다. 엄마는 그의 돋보기와 사진 몇 장을 챙겨 인도에서 돌아왔다. 몇 달 동안 엄마가 거실의 큰 창 너머를 바라보는 모습을 보곤 했다. 그때마다 그녀의 얼굴은 눈물로 반짝거렸다. 무슨 생각을 하냐고 물으면 엄마는 크게 한숨을 내쉬었다. "어, 가끔 곁에 엄마가 있는 것 같아서. 그런데 없네.” 엄마는 제단을 임시로 차려놓은 2층 게스트 룸으로 올라가 그곳에서 할아버지를 회상하며 흐느꼈다. 눈물이 할아버지의 돋보기를 적시면 엄마는 작은 손가락으로 눈물을 닦아냈다. 한때 탐험하고, 보고, 맛보고, 먼 곳을 여행하는 데 두던 가치들이 그녀를 단죄하고 제2의 나라에서 제3, 4의 언어로 고립시키고 있었다. 할머니, 할아버지가 떠난 후 엄마에겐 더 이상 자신의 걱정을 책임지고, 두려움을 삼켜줄 그 누구도 남아 있지 않았다. 베헨지 할머니를 떠나보낸 후 아빠는 가족 모두에게 화를 낼 만큼 분노했다. 쉽게 열리지 않는 병뚜껑에도 화를 냈고, TV가 고장 나거나 무선 인터넷 속도가 느려져도 퉁퉁거렸다. 하지만 엄마는 할머니, 할아버지를 떠나보낸 후 두려움에 잠식되었다. 그녀는 그저 가족 모두 집에 머물기를 바랐다.

큰 통에서 하나씩 꺼내 파는 10센트, 20센트짜리 사탕을 사 먹으러 다녔던, 하지만 절대 혼자 가본 적 없었던 맥 씨네 편의점은 우리 집에서 3분 거리에 있었다(엄마는 “혼자 갔다간 누가 너 잡아갈지도 모른다”라고 말했다). 아줌마가 외출해서 아저씨만 있는 친구네 집에서 친구와 밤새 노는 것도 내겐 있을 수 없는 일이었다(자기도 남자면서 아빠는 “남자는 믿을 수 없어”라고 말하곤 했다. 나중에 그게 완전히 틀린 말은 아니라는 것을 알게 되었지만). 마치 느슨하게 묶인 포니테일이 느슨한 정신 상태를 나타내는 양, 나는 머리카락을 얼굴에서부터 모아 바짝 당겨서 곱창밴드로 꽁꽁 묶은 헤어스타일을 몇 년 동안 유지해야만 했다(엄마가 저녁 파티용으로 내 머리를 묶어주다가 한 가닥이 빠지며 내 눈앞에 드리워졌다. 엄마에게 그냥 그 머리카락을 그대로 두면 안 되겠냐고 물었다. "너 지금 **사춘기**야?" 엄마는 어쩔 수 없이 나이를 먹으면서 펼쳐질 내 미래의 모습에 질겁하며 그 반항하는 머리 한 가닥을 은색 머리 고무줄에 욱여넣었다. 몇 년 후 사춘기에 접어든 나는 항상 내 얼굴에 쏟아질 정도로 머리카락을 다 풀어 헤치고 다녔다).

모든 것이 딸의 안전을 위해서였겠지만, 부모님의 안전 지향 서비스에 딸려온 보너스로 나는 두려움을 얻게 되었다. 나는 20대에도 남자들을 무서워했고, 열네 살에 운전면허를 딸 수 있는 곳에 살았지만 제한속도 밑으로만 운전하기를 바라던 아빠 덕분에 열일곱 살이 돼서야 딱 한 번 혼자 운전할 수 있었다(그는 내가 어디에 있든 노란 불로 변하자마자 차를 세우길 바랐다. 아마도 그다음엔 구급차를 부르는 것까지 바랐겠지). 걸가이드° 캠프에서는 성냥을 그어서 불을 피워보는 체험도 거부했다. 빌어먹을, 내 팔 전체가 불타면 어쩌려고? 타라 감독관, 이 망할 것아, 그때 내가 숯덩이 상태로 집에 돌아갔다면 당신 기분도 말이 아니었을걸?

몇 년이 지났다. 엄마 없이 살 마음의 준비는 전혀 되지 않았지만 고등학교를 졸업하고 바로 집을 떠났다. 당신들을 제외한 세상 모든 것이 나를 죽일 준비 태세를 하고 있다고 가르친

° 걸스카우트와 비슷한 청소년 단체.

부모님의 말씀이 옳다고, 내 몸의 모든 세포까지 내게 **가지 마, 가지 마** 아우성치는 듯했다. 부모님 두 분 모두 내게 가지 말라고는 하지 않았지만 나를 붙잡고 싶어 한다는 것을 알고 있었다. 나도 내 자신을 말리고 싶었다. 엄마는 희미하게 미소 지은 채 한숨을 쉬며 “네가 잘돼서 좋구나”라고 말했다. 그러고 나서 물었다. “그런데 정말로 갈 거니?” 내가 떠나자마자 엄마는 매일매일 전화를 걸어 내가 아프거나 다치거나 쪼들리거나 절박하지는 않은지 점검했다. 내가 전화를 안 받기라도 하면 눈앞이 캄캄해질 만큼 공황 상태에 빠져 실종 신고를 할 판이었다. 무슨 일이 생길 때를 대비해서 나는 항상 내 브라 안에다 핸드폰을 넣고 다니기 시작했다. 여기서 ‘무슨 일’이란 언제일지는 모르지만, 세상이 무너졌을 때처럼 대충 **아! 내게 그때 전화기가 있었더라면** 따위의 생각이 들 만한 상황을 의미한다.

1900년대 한 시절에 반짝하고 사라진 체펠린 경식비행선° 처럼, 결국 모든 비행기가 불운한 결말을 맞이하게 될 거라고 엄마가 말한 무렵부터 내게도 비행 공포증이 생겨났다. 엄마는 “즐거운 비행이 되길” 대신 “내리자마자 당장 엄마한테 전화해”라고 했다. 쿠바 여행 중엔 바다에서 멀찍이 떨어져 있으라는 엄마의 전화를 받기 전까지는 물가에서 그렇게 긴장하지도

° 20세기 초 독일의 페르디난트 폰 체펠린(1838~1917)이 개발한 경식비행선. 운송 수단으로 사용되었으나 후에 제1차 세계대전이 일어나자 군용으로 징발되었다. 1937년 힌덴부르크호의 수소 가스 주머니가 터지면서 비행선이 불길에 휩싸이는 폭발 사고가 나자 회사는 문을 닫았다.

않았다. "건방지게 있다가는 파도가 너 잡아간다!"(그리스 여행 중엔 엄마가 '**바다가 있음을 명심해**'라고 점쟁이 같은 문자를 보냈다.) 아빠는 나의 쿠바 여행에 대해서 아는지 모르는지 티도 안 내는가 싶더니, 8일 동안 나를 상대로 묵언 수행을 했다. 언젠가는 자기 혈육 중에서 자신이 가장 나이 많은 사람이 될 수 있다는 생각만큼 공포스러운 것은 없는 듯싶다.

엄마는 내가 비행기를 타는 것, 지하철 타는 것, 복잡한 교차로를 건너가는 것 등등 이 모든 것을 다 좋아하지 않았다. 그녀는 내가 이전에 먹어보지 못했던 음식을 맛보는 것, 모르는 사람에게 말을 거는 것, 독감에 걸리는 것을 어떻게든 피해보라고 했다. 누가 나를 언제 어떻게 죽일지 아무도 모르니까! 내가 사는 도시에 눈이 온다는 예보를 들으면 엄마는 공포에 질려서 내게 '충분한 음식과 양말'이 있는지 확인하는 문자를 보냈다. 이웃 도시가 정전이 되면 내게 전화했다. 어릴 적 내가 기침을 하면 엄마는 국물 요리와 쭈쭈바로 나를 달랬다. 응급실이나 수혈 같은 말은 입에 담지도 않았다. 원래 감기는 그녀에게 걱정거리 축에도 못 끼는 병이었다. 별것도 아니던 감기가 결국에는 할머니, 할아버지를 죽게 만든 별것이 되기 전까지 말이다. 이제는 멀리 사는 내가 살짝이라도 아픈 내색을 하면 당장 나보고 병원에 같이 가자며, 비행기를 네 시간 타고 집으로 날아오라고 한다. 너무 번거롭지 않느냐고? 좋아, 그렇게 말한다면 엄마는 기꺼이 내게 날아올 것이다. 두 손에 뜨끈한 국물을 바리바리 싸 들고 말이다.

아빠도 내가 집에 머무는 것을 더 선호한다. 이때 아빠에게 '집'이란, 내가 지금 사는 곳에서 수천 킬로미터 떨어진 아빠 집만은 아니고, 그 누구의 집이어도 괜찮다. 스물두 살 때 나는 일주일 동안 에콰도르를 여행했다. 떠나기 하루 전날 밤, 아빠는 내가 조심하길 바라는 마음에서 우러나온 부탁이라기보다는 절대 아무것도 하지 말라고 경고하기 위한 이메일을 보냈다.

> 네가 가려는 나라를 선택한 합당한 근거가 무어냐. 나에게 일종의 앙갚음을 하고 있는 것이냐. 네가 가 있는 동안 내가 매일 밤을 뜬눈으로 지샐 것을 너도 알겠지. 네 오빠는 이렇게 동떨어진 외국은 가본 적이 없는데. 내가 너한테 무엇을 잘못했는지. 네가 고등학교 교육을 마칠 때까지 나는 네가 바라는 대로 다 해줬다고 생각한다. 네가 머물기로 한 호스텔은 안전한 곳인지. 공용 화장실을 쓰는지. 그 밖에 어느 곳들을 다닐 것인지. 네가 떠나 있는 동안 내겐 몇 날 밤을 새는 것 말고는 할 수 있는 일이 없을 걸 안다. 내 주변에 이런 애들이 없었는데. 너는 왜, 왜.
>
> 너의 수호신에게 하늘의 힘이 있길. 할 말이 없구나. 너랑 같이 가는 사람은 누구인지. 요즘 들어 왜 한참 동안 집에 오지 않았는지. 그런 곳에 가기엔 앞으로 네 인생은 너무 창창한데.

그는 실로 아무 말도 하지 않았다. 내가 무사히 돌아온 지 일주일이 지나고서도 그는 대화를 거부하다가 드디어 다시 말할 마음의 준비를 끝내고서야 입을 열었다. "그래서, 에콰도르엔 뭐가 있더냐?" "화산이랑 영어 못하는 사람들이요. **그게 다던데요.**"

처음으로 가족의 보살핌에서 벗어나, 자신을 보살필 사람은 오직 자기 자신뿐이라는 것을 깨닫기까지는 많은 시간이 걸린다. 나를 위한 걱정도 내가 하기 나름이었다. 나는 처음 1년 동안 술을 너무 많이 마시고, 저녁 식사로 치즈 가루를 손가락으로 찍어 먹고, 혼자서 골목길에 쓰러졌다. 그러다가 언젠가, 그렇게 묶기 싫었던 곱창밴드("도망가봤자 안전벨트 차면 어차피 너 잡힌다")나 맛없는 고단백질 음식("이거 안 먹으면 나중에 눈알이 빠진다니까")을 들고 내 주위를 빙빙 도는 부모님 없는 삶이 이제는 내 삶이라는 것을 깨달았다. 나는 여행에 진정한 흥미를 잃었다. 왜냐하면 세상은 자칫하면 나를 죽일 수 있는 질병들이 장악한 곳이니까. 내 공황 발작 증세가 다시 수면 위로 떠올랐다. 나는 대학 캠퍼스에서 4분 거리에 떨어져 살았지만 오늘 과연 집을 떠나도 될지를 고민하다가 매번 수업에 늦곤 했다. 온 세상이 **오늘은 집을 떠나기에 재수 없는 날**이라고 말하는 듯했다.

이제 나는 부모님에게 매일 전화한다. 아빠는 대개 같은 질문을 하며 내가 여전히 혼자 지내도 될지를 판단한다. "괜찮니? 기분 어때? 불편한 덴 없어? 목소리 안 좋은데?" 그가 내게 같은 질문을 할 때마다 나는 그에게 기대고 싶다. 조금만 더. 내가 부모님에게 눈을 떼지 않고, 그들도 나에게 눈을 떼지 않게 집으로 돌아가고 싶다고 애원하고 싶다. 아마도 우리가 서로를 계속 바라보고 있을 수만 있다면 우리는 죽지 않을지도 모른다.

가끔 엄마와 통화하다 보면 엄마가 느끼는 두려움과 괴로움이 고스란히 전해져서 내 속을 완전히 긁어놓을 때가 있다. 전화에 대고 엄마는 아주 연약한 신음 소리를 내며 말한다. "여보세요……" 마치 모든 힘을 짜내 폐에서 공기를 겨우 밀어내는 것처럼 들린다. 잘 지내냐고 물으면 아마도 "오, 난 괜찮아. 그냥 피곤해서……"라고 쥐어짜듯 대답할 것이다. 갈비뼈, 손, 팔꿈치의 류마티스성 관절염과 위염 그리고 원인 모를 가슴 통증과 몇 번의 실신 덕분에 엄마의 건강 염려증은 항상 우리 주변을 맴돈다. 몇 년에 한 번씩 엄마는 응급실 신세를 지거나 구급차에 실려 갔고 그때마다 그녀가 다시 집으로 돌아오기 전까지 세상이 멈춘 것만 같았다. 내가 5학년이던 어느 날 아침, 혈당이 곤두박질친 엄마가 거실에서 쓰러져버렸다. 크리스라는 이름의 멋진 응급실 의사가 엄마의 혈압을 재고 엄마에게 어디서 쓰러졌는지 기억나냐고 묻는 동안 나는 점심 도시락을 가방에 넣었다. 엄마는 그 의사가 자기 아들이라고 순간 착각했다(아마도 그렇게 생각하고 싶었겠지. 항상 의사 아들이 있었으면 좋겠다고 했으니).

내가 처음으로 햄 군에 대해 이야기하자 부모님은 격노했다. 그는 백인인 데다 나보다 열 살 넘게 나이가 많고, 당신들이 고른 사람도 아니었기 때문이다. 그래서 나는 그들에게 딱히 이해를 구하지 않았다. 하지만 아빠는 내게 화가 났으면서도 마치 엄마 때문에 속상하다는 듯이 굴었다. 그는 전화로 "네 엄마가 요즘 먹는 게 거의 없다"고 했다. 신체 건강하던 여인이 하룻밤 만에 아메바로 변신한 것처럼 말이다. 아빠는 종종 이런 식으로 엄마가 연약한 새끼 사슴인 양 이야기했다. 아빠가 이러는 것은 결국 그의 모든 걱정이 깔때기를 타고 내려오듯 엄마에게 쏠리기 때문이다(실제로 우리 가족 모두 엄마가 쇠약하다고 생각하는 것이 마음 편하다. 서로 감사할 줄도 모르고 조화롭지도 않은 우리가 그나마 엄마 걱정에 젖어 들며 하나로 엮일 수 있으니까). 엄마는 모두를 걱정시키는 책임을 떠맡았다. 누군가 앞으로 일어날 일에 대해 그렇게 많은 시간을 쏟아 염려한다면, 그건 아마도 그 사람이 살면서 언젠가 그 일을 겪은 적이 있고 그저 그런 일이 다시는 생기지 않기를 바라기 때문일 것이다.

햄 군을 좋아하지 않았음에도 불구하고 아빠는 그에 대한 감정 표현을 엄마에게 위임했다. 이런 일을 잘 못하는 엄마가 참으로 가련해서 나는 그녀를 위해 행동해야만 했다. 때때로 아빠는 엄마가 심약한 사람인 듯 이야기하지만, 언젠가 내가 밀폐 용기 보관 수납장을 엉망으로 정리했다고 엄마가 내 목을 조를 듯이 위협했던 그 순간 나는 진실을 알아버렸다("항상 뚜껑 닫아서 넣어야지!"라고 말한 후 대략 번역해보면 **이렇게 굴다**

정말 벼락을 맞는다는 의미의 카슈미르 욕설을 퍼부었다).

그러면서도 엄마는 아빠 속을 뒤엎어놓지 않을 선택을 하라며 아빠 몰래 내게 전화해서 흐느끼고 징얼거리고 애원했다. "아빠가 어떻게 받아들일지 알잖니." 엄마가 말했다. "이제 내 주변은 네 아빠마저 너무 절망적인데, 그렇게 화까지 나 있으면 난 누구랑 대화하겠니?"

하지만 엄마는 햄 군에게 관심이 있다. 언제 감기 걸리는지부터 묻기 시작해서, 둘이 지금쯤은 이미 결혼했어야 하지 않았냐며 따지는 것으로 마친다. 엄마는 노력 중이다. 자기 두려움을 잠시 묶어두려 노력하고 있다. 미지의 짐승들로 가득한 세상을 두려워하면 더욱 외로워진다. 가끔은 그냥 비행기에 올라탈 필요가 있다. 그저 나쁜 일이 일어나지 않기를 바라면서 말이다.

코피피섬의 파도가 우리 보트를 철썩철썩 치고 있는데도 햄 군에게 용감해 보이려고, 충격에 흔들릴 때마다 내 멘탈을 부여잡아야 했다. **벌어질 수 있는 최악의 상황은 뭘까?** 나는 생각했다. **나는 수영할 수 있어, 엄밀히는 말이지. 물속에 해파리가 있을까? 젠장, 다음 휴가 때엔 그냥 태양의 핵으로 날아가버리든가!**

열두 살 때 켈로나에서 엄마가 운전하던 제트스키 뒤에 탄 듯한 기분을 다시 느꼈다. 제트스키 앞머리가 오카나간 호수에 탁, 탁, 탁 부딪힐 정도로 너무 빨리 운전한 엄마 때문에 도저히 편안한 마음으로 있을 수 없었다. 엄마의 부드러운 뱃살을 꽉 부여잡자 엄마는 내게 그만 징징거리라면서 진심으로 웃음을 터뜨렸다. 우리가 육지로 돌아온 후, 나보고 재미있었냐고 묻는 다른 어른들에게 나는 툴툴거리며 다시는 우리 엄마랑 얘기하지 않겠다고 했다. 하지만 그건 진실된 두려움은 아니었다. 엄마랑 함께 있었기 때문이다. 엄마랑 함께 있을 때 나쁜 일은 일어나지 않는다니까.

휴가에서 돌아오는 비행기에서 난기류를 겪고, 공항에 도착해서 엄마에게 잘 다녀왔다는 안부 전화를 했다. 물론 부서지기 일보 직전의 보트를 탄 것, 험난했던 비행, 살 파먹는 벌레, 식중독 균이 있을 것 같은 단백질 식품을 섭취한 이야기는 생략했다. 엄마는 안도의 한숨을 크게 내쉬며 내가 즐거운 시간을 보내서 기쁘다고 했다. 최악의 상황을 상상하지 않으려고 노력했겠지만 어쩔 수 없이 걱정한 게 분명했다. 나는 죄책감을 느꼈다. 내가 즐거운 시간을 보내면서도 초조했던 것을 생각하니, 집에서 내가 돌아오는 것만 기다렸을 엄마는 어떤 기분이었을지 가늠할 수가 없었다. 나는 왜 엄마한테 계속 이러는 걸까? 내가 왜 엄마의 기분을 이렇게 끔찍하게 만드는 걸까? 이 여행이 이 여인을 이렇게 고문할 만큼 가치가 있었나? 됐다. 이제 이런 여행 그만 때려치우……

"있잖니," 엄마가 말했다. "말 안 한 게 있네. 우리 다음 달에 쿠바 가기로 했어."

엄마는 집 안에 갇힌 것처럼 보였지만 출구를 찾아 기어 나오기 위해 노력하고 있다. 안전하고 조용하고 언제라도 눈 붙이고 쉴 수 있는 집에 어떻게든 머무는 것이 최고라는 생각을 밀쳐내보려는 엄마의 모습이 가끔씩 보인다. 엄마 기준으로는 날씨가 운전하기에 최상의 조건이 아닌 날에도 '오늘 혼자 운전해볼까' 하는 생각을 할 것이다. 이제는 가끔 나도, 건강하지는 않지만 기쁘게 먹음직한 음식 좀 먹어보라고 엄마를 설득할 수 있다. 언젠가 엄마는 내가 준 화이트와인 두 잔을 마시고선 너무 취한 나머지 내게 따져댔다. "여기 있던 치킨 다 어디 갔니?" 그러더니 내게 "너 왜 물어보지도 않고 다 먹어버렸냐?"라고도 물었다. 사실 집에는 치킨이 없었다. 그래도 난 어쨌거나 그녀에게 사과했다. 소파에 앉아서, 나보고 데우라던 파스타를 입에 문 채 잠든 엄마를 보는 것이 그저 좋았다.

다시 엄마는, 별것도 아닌 일에 모욕감을 느끼며 폭발하는 아빠를 보곤 웃었다. 아빠는 여전히 앞날에 대해 염려하고, 불가피한 죽음에 대해 걱정하며, 출출할 때나 피곤할 때나 화를 낸다. 하지만 엄마는 그런 일을 거의 다 웃어넘겼다. 부모님이 쿠바로 떠나기 직전에 그들을 만나러 갔다. 침대 끝에 앉아 둘이 짐 싸는 모습을 바라봤다. 부모님은 내가 어렸을 때부터 쓰던, 흰색 천에 작고 둥근 거울 장식이 달려 있고 연분홍과 에메랄드 색 세모 천 조각을 누빈 인도식 침대 커버를 여전히 깔아 놓고 있었다. 내가 2학년 때 엄마가 세인트토머스에 여행 갈 짐을 싸는 동안 나는 어떻게 이렇게 깔고 앉아도 전혀 다치지 않을 만큼 야리야리하고, 내 무게에도 깨지지 않을 만큼 말랑말랑한 거울 장식을 만들었을지 살펴보면서 그것들에 내 자신을 비춰보려 했었다. 거의 20년이 지난 지금, 내가 똑같이 그 거울 장식을 만지작거리는 동안 부모님은 일주일 동안 캐리어 두 개씩이면 되겠다고 생각하고 있었다. 한 명당 두 개씩 말이다.

"긴바지 몇 벌 가져가야 할까?" 아빠가 물었다.

"하나요." 내가 대답했다. "쿠바는 30도예요. 왜 긴바지가 여러 벌 필요해요?"

"저녁 먹으러 갈 땐 어쩌지?"

"그러면 가져간 그 바지 한 벌로 되겠네요."

"비 오면 어쩌지?"

"30도라고요. 그래도 어차피 실내에 계실 거잖아요."

"난 추운 거 싫은데."

"안 추워요. 30도라니까요."

"하지만 모르는 일이잖니."

"기상학자만 알 일이겠네요."

아빠는 결국 긴바지 세 벌, 반바지 두 벌, (그가 현역 시절 영업하고 다니던 제약 회사 로고가 선명하게 새겨진) 티셔츠 한 아름, 거기에 그의 휴가용 착장 세트인 린넨 바지, 샌들 그리고 야자나무가 베이지 색과 아주 옅은 황백색과 담갈색으로 칠해진 빛바랜 토미 바하마 짝퉁 티셔츠를 챙겼다.

나는 그들이 아몬드("나는 아몬드를 매일 먹어야 하는데 거기에 아몬드가 없으면 어쩌니?") 2킬로그램과 SPF 60짜리 선

크림 500밀리 한 통(우리 부모님 피부가 까무잡잡하다는 이야기 내가 했었나?), 작은 낙타 한 마리 정도는 거뜬히 죽일 만한 '패밀리 사이즈' 타이레놀, 에너지 스낵바, 껌 세 통 그리고 네 시간짜리 비행 중 먹을 샌드위치 네 개를 캐리어에 꾸역꾸역 넣는 모습을 걱정스럽게 바라보았다. 그들은 돼지고기, 햄, 치즈가 들어간 궁극의 샌드위치, 쿠바노 샌드위치를 탄생시킨 그 나라에 **햄 샌드위치**를 챙겨 갔다.

아빠는 '만약을 대비해서' 상하지 않는 처트니°를 가져가야 한다고 엄마에게 우겼다. 반면에 엄마가 챙긴 것은 원피스 몇 벌과 수영복 한 벌뿐이었다. 집을 나서기 전이었는데도 벌써부터 아빠는 엄마에게 절대 바다 근처에는 얼씬도 하지 않을 거고, 햇빛을 막아줄 그늘에서 벗어나는 일도 없을 거라고 이야기하고 있었다. 엄마는 모자와 책 몇 권을 가방 귀퉁이에 욱여넣었다. 아빠는 텔레비전 뉴스를 보기 위해 채널을 돌려댔다. 나흘 치 뉴스의 절반 이상은 되는 양이었다. 5시 지역 뉴스, 6시 지역 뉴스, 10시 국내 뉴스, 11시 국제 뉴스를 쭉 훑으며 세상에 닥친 파멸과 부패에 놀라움을 금치 못해 집구석에서 쯧쯧쯧 혀를 찼다. "왜 애초에 이 여행에 동의했는지 모르겠네." 아빠가 말했다. "거기에 뭐 별다를 것도 없을 텐데." 엄마는 그저 한숨을 쉬더니 샌드위치를 다시 꺼내 눌리지 않게 티셔츠로 감쌌다. 아빠는 발진이 올라올 만큼 햇빛이 강렬한 나

° 인도인들이 반찬처럼 메인 요리에 찍어 먹는 소스.

라에 가서 낯선 침대에서 자고, 항상 신발 속에 이물감을 주는 모래사장에 들어가는 계획이 멋지다고 생각하지 않았다. 그리고 엄마가 계란 흰자로 만든 오믈렛을 아침 식사로 해주고 오후 일찍부터 손주가 쳐들어와서 꼬집고 물고 빨고 소리 지르면서 집안을 뒤흔들어놓는, 보통의 일상에서 벗어나는 것 역시 달가워하지 않았다. 아빠가 커다란 배라면 엄마는 배의 열쇠를 쥔 자였다. 그 배에 시동을 걸어 집 밖으로 끌어낼 수 있는 유일한 사람이었다.

나는 우리 모두 괜찮을 거라고 엄마에게 이야기했다. 일주일 휴가 간다고 그동안 별일 생기겠냐며, 오빠와 난 자기 일을 알아서 하고 엄마 없이 생존할 수 있는 어른임을 부모님에게 상기시켰다. 우리는 전화로 연락하기로 했다. 부모님이 10년 이상 안 가던 여행을 간다고 해서 세상이 두 쪽으로 갈라질 것도 아니었다.

부모님이 베라데로에 있는 리조트에 도착했을 무렵인데 전화가 없었다. 하지만 오빠와 나는 부모님이 이제 여행을 즐겨보려고 열심히 노력 중일 거라 짐작했다. 다음 날에도 우리는 아무런 소식을 듣지 못했다. 와이파이 연결이 힘든가? 나 홀로 아동 햄 군은 부모님이 지금 술 마시고 마음껏 휴가를 즐기느라 바쁠 거라면서, 여행지에서 나보다 더 좋은 시간을 보내고 있을 거라고 확신하며 안도했다. “잘된 일이야.” 내가 걱정을 늘어놓는 동안, 부모님이 잘 떠나서 마음이 놓인 나머지 졸기까지 한 그가 말했다.

셋째 날, 나는 완전 공황 상태였다. 부모님은 내가 보낸 이메일에 답도 않고, 전화기도 켜놓지 않고, 우리에게 연락할 생각이 전혀 없어 보였다. 오빠와 나 둘 다 군이 비행기가 제시간에 도착했는지 확인하겠다고 항공편명을 받아 적어놓거나 할 생각을 못 했다. 안내 데스크에서 스페인어로만 응대하는 그 호텔 이름만 알 뿐이었다. 인도로 여행 가면서 이메일로 자주 연락했던 그때를 제외하고 이렇게 오랫동안 서로 통화도 없이 지낸 것은 난생처음이었다.

"분명히 부모님은 잘 지내고 계실 거야." 햄 군이 말했다. "휴가 중이시잖아. 그냥 즐기시게 내버려 둬." 하지만 세상을 두려워하라고, 항상 정신 차리라고, 의심하라고 내내 가르치던 사람들이 흔적도 없이 사라져서 군이 애써 연락을 하지 않고 있는데 어찌 그리 침착할 수 있을까? 아니, 이런 거 아닐까? 계속 조심하던 부모님이 비범한 파도를 만나, 결국 그 파도가 그들을 잡아갔고……? 그들의 남은 여행 동안 내 속은 말이 아니었다. 그들이 강렬한 태양을 피하고 바다에는 얼씬도 안 하며 낯선 사람들로부터 안전을 지킬 수 있도록 거리 두기를 바랐다. 부모님이 지어내서 내게 수도 없이 해준 이야기가 있다. 하아, 이것이 대부분 이야기의 시작이 아닌가. 사랑하는 누군가가 비교적 안전한 곳으로 휴가를 떠나고선 며칠 동안 연락이 없었는데, 알고 보니 시체가 유람선 아래에서 너덜너덜한 꼴로 발견되었다는 그런 이야기 말이다. **아니, 이런 게 모든 이야기의 시작이라니까!**

하지만 이야기가 이렇게 끝나는 건 흔치 않다. 엄마는 집으로 돌아와서야 내게 문자를 보냈다. 나는 그때쯤엔 완전히 정신 나간 상태였다. 내 머릿속으로 어떻게 그들의 장례식을 치러야 할지 계획을 다 세웠고 누군가가 부모님 집에서 사는 꼴을 보고 싶지 않았기 때문에 오빠한테 집을 팔지 않았으면 좋겠다고 어떻게 말해야 할지 궁리 중이었단 말이다.

'어떻게 9일 동안 전화 한 통 안 해도 괜찮을 거라고 생각하셨는지 알고 싶네요.' 나는 엄마 문자에 답했다. **'좋은 시간 보내셨길 바라요. 너무 화가 나서 다시는 엄마 아빠랑 말도 섞지 않을 거예요.'**

엄마는 내게 미안하다며, 여행 이야기를 해주겠다며 저녁에 전화하라고 했다. 그들은 9일 동안 해변가에서 황홀한 시간을 보낸 게 분명했다. 그곳에서 엄마는 책을 몇 권 읽었고 아빠는 눈 딱 감고 바닷물 근처로 향했다. 엄마는 내가 40분 동안 자기에게 소리소리 지르는 걸 인내하며 들어주었다.

모든 일은 대체로 결국 괜찮더라. 두려움이 엄마를 전부 삼켜버린 것은 아니어서, 엄마는 항상 이 말을 내게 하곤 한다. 종종 세상이 내 마음대로 되지 않는다고 느낄 때, 엄마는 "모든 일이 항상 잘 풀리게 될 거, 너도 알잖니"라고 말한다. "항상 결국 잘되게 되어 있어." 엄마 말이 옳다. 우리에게 진정한 비극은 일어난 적이 없다. 부모님과 오빠, 나, 우리는 운이 좋은 편이다. 죽음은 피할 수 없는 것이지만, 단 한 번도 준비되지 않은 상태에서 맞이한 적은 없었다.

하지만 무언가 찾아온다는 것은 알고 있다. 항상 그렇듯이. 그것은 엄마가 그녀의 부모님을 잃었을 때 찾아왔다. 그것은 50대의 엄마가 삼촌과 연락이 더 이상 되지 않을 때도 찾아왔다. 설명되지 않는, 가혹한 작별. 그것은 할아버지가 잠을 자다 죽음을 맞았을 때 아빠에게도 찾아왔다. 그것은 삼촌네 집 거실에서 할머니가 옷을 벗을 만큼 치매가 왔을 때도 아빠에게 찾아왔다. 그리고 할머니가 결국 세상을 떠났을 때도 찾아왔다. 어떤 방식으로든 부모님이나 오빠 혹은 조카를 앗아갈 때 내게도 찾아올 것이다. 그리고 햄 군을 앗아갈 때, 좀더 압도적으로 올 것이다.

아직은 햄 군과 나 둘 다 우리의 나이 차를 이 관계의 매력적인 특이점이라고 생각할 뿐 대수롭지 않게 여기지만, 햄 군은 지금 혈압 약을 복용 중이다. 그는 내가 60대가 되기도 전에 죽을 가능성이 높다. 나는 이 두려움을 회피하고 있다. 지금은 두려움과 게임을 하고 싶지 않다. 내가 그의 죽음에 대해 걱정하면 햄 군은 "당신보다 내가 더 건강해"라며 건재함을 내게 일깨워줄 것이다. "게다가 죽을 때가 됐으면 죽어야 되는 거야." 이건 그야말로 얄팍한 위안이다. 미지의 불가항력은 남자친구가 건강하든가 말든가 개나 줘버리고 그를 죽여버릴 것이다. 때때로 햄 군이 잠들어 있을 때 그의 머리카락이 아직 굳건한지 끌어당겨보고, 반사 신경이 제대로 작동해서 나를 쳐내는지 점검하기 위해 그의 얼굴을 쿡 찔러본다. 그런 다음에야 나는 안심할 수 있다. 하지만 정확히 알 수 없는 그것은 언젠가 내게 찾아온다. 그것을 미리 막을 수 없다 하더라도, 지금 내가 할 수 있는 것이 있다. 안전하고, 내가 안전하다고도 느끼며, 내가 최대한 안전하게 지낼 수 있는 집에 머무는 것. 적어도 그거 하나는 내가 할 수 있다.

부모님이 쿠바에서 돌아오고 이틀이 지나서야 억울한 마음이 풀렸다. 나는 햄 군에게 부모님이 잘 다녀오셨다고, 당신 말은 항상 옳다고 이야기했다. 내 혈압은 제자리를 찾았고 입맛도 돌아왔다. 나는 햄 군에게 등 좀 쓰다듬어달라고 했다. 그의 무릎 위로 기어올라가자 그는 머리를 내저으며 웃었다. "당연히, 잘 다녀오셨겠지." 그는 말했다. "그러니까, 내 말은 말이지, 근데…… 자기는 다른 무슨 일이 일어나길 기대했던 거야?"

Papa ⟨papa@gmail.com⟩, November 31, 2012

네가 늑대 무리에서 자란 것도 아닌데

마치 내가 너를 위해

아무것도 해준 게 없는 것처럼 구는구나.

Scaachi ⟨sk@gmail.com⟩, November 31, 2012

아빠, 내 생일이 언제일까요?

Papa ⟨papa@gmail.com⟩, November 31, 2012

내가 왜 그 질문에 대답을 해야 하냐.

2장

한 사이즈 큰 걸로요

작은 손, 섬세한 손가락, 가녀린 팔과 거미같이 연약한 무릎? 여성에 대한 불공평한 선입견이 있다. 모든 여성은 쇼핑을 좋아한다는 것도 그중 하나이다. 하, 세상에 모든 여자가 좋아하는 것 따위는 없다. 여성의 자가 번식이 가능한 유토피아 건설을 위해 현대 남성의 종말을 촉구하자는 여자들의 주장이 고성으로 오가는 TV 토론회를 제외하고는 말이다. 쇼핑은 특정 젠더의 속성으로 치부하기엔 약간 수상한 면이 있다. 본질적으로 쇼핑이 만족을 주는 이유가 무엇이겠는가?

나는 쇼핑을 좋아하지 않는다. 미래의 디스토피아를 그린 SF 영화 속 사람들은 대체로 다 단색으로 된 똑같은 디자인(젠더뉴트럴 스타일의 하이넥 라인)의 금속 유니폼을 입는다. 그걸로 족하다. 나는 은색과 금색이 잘 받거든.

쇼핑은 우리 모두의 정체성을 가차 없이 까발린다. 재고 정리 세일 때의 나는, 나같이 10 사이즈의 착용감 좋은 칵테일 드레스를 고르려는 여자들을 수탉처럼 쪼아댈 준비가 되어 있다. 부끄러움(위 팔뚝)은 가리고 영광스러움(우아한 새끼손가락 라인 혹은 봉긋한 엉덩이)은 끌어올릴 수 있는 그런 드레스 말이다. 피팅룸에서는 평소 사이즈보다 작게 고른 옷에 몸을 억지로 끼워 넣으며 이렇게 소리 지른다. **"괜찮아, 이 옷 입고 버티다가 탈진해서 죽고 나면 밀가루 포대 자루나 걸치겠지 뭐."** 누구든 옷장을 열면 이제껏 산 모든 아이템을 증오하는 자신을 발견할 것이다. 겨드랑이 부분에 데오도란트가 굳어 겹겹이 들러붙은 폴리에스테르와 면 혼방 티셔츠, 전혀 다림질되어 있지 않아 급하게 입다가는 다 찢어져버릴 넝마 같은 스커트들, 그저 족발이나 쑤셔 넣을 가죽 껍질 같은 신발들. 돌고 도는 지옥 체험을 누구나 해봤을 것이다.

그러나 이렇게 쇼핑을 싫어하는데도, 나는 옷에 대한 믿음이 있다. 나를 더 괜찮은 무언가로 바꿔줄 능력이 있다고 말이다. 우리 몸 안에는 다른 이를 전염시킬지 모르는 질병, 피지 덩어리 그리고 오줌과 똥으로 가득한 축축한 관이 뒤엉켜 있다. 그러나 우리가 괜찮은 옷을 입거나 거대한 목걸이를 걸쳐서 실제보다 돈이 더 많아 보일 수 있다면 누군가는 우리를 만져도 될 만큼 깨끗하다고, 같이 저녁을 먹거나 자기 부모에게 소개해도 괜찮겠다고 생각하는 것이다.

그래서 우리는 쇼핑을 하는 것이다. 우리 인류애의 아주 작은 봉오리 하나를 만져보기 위해서.

열 살쯤. 나는 꽤 살이 쪘다. 가족들이 나를 보고 '귀엽다'거나 '젖살이 있네'라고 말할 수 있는 범위를 초과해 살이 쪘다. 현실적으로 그렇게 잘못된 일은 아니었으나, 그걸 깨닫기에 나는 너무 어렸고 너무 무방비했다(그리고 그 둘의 조합은 치명적이다!). 나는 해야겠다 싶은 일을 했다. 바로 빠른 속도로 팽창해가는 내 몸을 숨기는 것이었다. 나는 부랑자 패션을 즐겼다. 열을 보존하는 긴팔 상의와 추리닝 바지는 내 교복이었다(겨울에는 적합할지 모르겠으나 6월에 이 패션으로 다니면 땀샘이 폭발해 같이 걷던 사람을 멀어지게 만든다).

쇼핑은 우리 엄마의 영역이었다. 엄마는 사춘기에 갓 들어선 딸을 위해 모직 양말과 멜빵바지가 몇 매대씩 쌓여 있는 아웃도어 매장에서 옷을 사 왔다. 내가 갖고 있던 그 무엇도 몸에 맞지 않았기에, 옷을 산다는 행위는 나의 넓어질 대로 넓어진 엉덩이와 처져 흐물거리는 팔뚝 살 그리고 쌓여가는 나이테로 울퉁불퉁해진, 늙은 나무의 몸통 같은 내 굵은 목에 어떠한 위안도 줄 수 없었다.

당시에 내 패션 스타일을 스스로 '여성성에 대한 반항'이라고 설정했다. "다른 모든 여자애들처럼 보이지 않아도 돼. 남자애들은 다 자기네가 입고 싶은 대로 입잖아, 여자애들도 그러면 안 돼?" 난 에이브릴 라빈°의 노래를 들으며 가사가 마치 내 머리에서 나온 것처럼 부르짖고 다녔다. 천박한 10대가 되고 싶지 않아서 CNN을 보았고 존 스튜어트, 람 이매뉴얼◇ 혹은 쇼핑몰에서 마주치는 머리 희끗희끗한 아저씨들에게 반했으며 팜 파일럿△을 좋아했다. 이렇게 어두운색 피부에, 내가 아는 어떤 여자애보다 살이 찐 음침한 나였기에 '귀여운 여자애' 행세를 할 수는 없었다. 나는 그저 말없이 장막 뒤에 숨은 채 그 누구도 나를 눈치채지 못하길 바랐다. 아니면 아예 차라리 그냥 엄청 터프하고 무성적 존재로 짐작되길 소망했다.

열한 살이 되었을 때 이 꿈은 산산조각 났다. 엄마랑 같이 제니 크레이그□ 수업에 다니던 엄마 친구가 나를 보더니 "어머, 정말 듬직한 아들이 있었구나!"라고 한 것이다. 나는 당시 코카콜라 로고가 박힌 야구 모자를 쓰고 빨간색 오버사이즈 티셔츠에 회색 추리닝 바지를 입고 있었다. 때는 7월이었다. 남자애로 오해받는 건 수치스러운 일이었다. 근육질의 여자애도 아니고 전통적인 젠더 역할을 거부한 여자애도 아닌, 남

○ Avril Lavigne(1984~). 캐나다의 싱어송라이터로, 2002년 열일곱 살에 데뷔해 반항기 넘치는 10대 팝 펑크 싱어로 승승장구했다. 대표곡으로 「Sk8er Boi」 「My Happy Ending」 「Girlfriend」 등이 있다.

◇ 존 스튜어트Jon Stewart(1962~)는 미국의 코미디언이다. 풍자 토크쇼 「존 스튜어트의 데일리 쇼The Daily Show with Jon Stewart」를 17년간 진행했다. 백발의 헤어스타일이 그의 트레이드마크다. 람 이매뉴얼Rahm Israel Emanuel(1959~)은 미국의 민주당 정치인으로 버락 오바마 전 대통령 시절 백악관 수석과 시카고 시장을 역임했다. 역시 반백발이다.

△ 1990년대 후반에 출시된, 태블릿 PC의 전신 격으로 당시 전문가 느낌이 물씬 나던 전자수첩. 간결한 디자인과 수많은 응용 소프트웨어를 탑재해 미국 내에서 폭발적으로 판매되었다.

□ Jenny Craig(1932~). 1990년대를 장악했던 다이어트 헬스계의 대마왕.

자라니! 나는 패션으로 내 성 정체성을 정의당했다. 심지어 당시 나는 영화 「반지의 제왕」의 귀염둥이 올랜도 블룸을 발견해 24개월 동안 사랑에 빠져 있었단 말이다(팬클럽도 만들었다. 강제로 가입당한 오빠가 유일한 멤버이긴 했지만). 남자애들은 사은품으로 받은 모자 따위 쓰는 여자애를 좋아하지 않았고, 나는 남자애들이 나를 좋아해주길 바랐다. 나는 변화를 추구했다. 머리를 기르기 시작했고 엄마에게 같이 쇼핑 가자고 했다. 여자애처럼 입고 싶었다. 그것도 그냥 예쁜 여자애가 아니라 섹시한 여자애, '보고 싶고 만지고 싶은' 그런 여자애가 되고 싶었다. 적어도 사춘기 남자의 시선에서 말이다. 옷, 딱 맞는 옷이 나를 섹시하게 바꿔줄 것이다. 이런 나조차도 말이다!

그러나 불행하게도, 나와 엄마 사이엔 어마어마한 취향 차이가 있었다. 나는 웃기고 긴 글자가 적힌 셔츠와 탄력 있는 허리 밴드가 있는 청바지, 배꼽티에 커다란 볼트가 박힌 하얀 벨트를 하고 싶었다. 반면 엄마는 늘어나는 고무줄 바지와 달이 비치는 잔잔한 강에 늑대가 홀로 있는 수채화 셔츠, 입체 수선화 장식이 붙어 있고 그 옆에 작은 개구리가 바글바글한 티셔츠, 혹은 우리 가족 표현으로 '영어 느낌' 나는 옷이 아닌, 마치 **'우리 엄마는 이민자고 우리는 식사 때 스댕 접시만 쓴다!'**라고 온몸으로 외치는 듯 보석처럼 반짝반짝한 장식과 금실이 박혀 있는 인도 스타일 튜닉을 내게 제안했다. "너무 예쁘네!"라고 말하는 엄마에게, 신경질적으로 그 옷을 내 살에다 비벼대며 빨간 두드러기가 올라오는 것을 보여줬다. "**봐봐, 이 옷!** 알레

르기 오른다고!"

엄마와 나의 전쟁은 내가 중학교 올라가기 전 여름, 월마트 복도에서 최고조에 다다랐다. 나는 로열 블루 바탕에 형광 노란색으로 '**난 남자 때문에 학교 다닌다!**'라고 적힌 티셔츠를 찾아냈다. 솔직히 당시 내게 적절한 문구는 아니었다. 나는 영어 에세이에서 보너스 학점을 받고, 학교 신문사에서 일했으며, 6학년 졸업 사진 옆에 실리는 '나의 인생 목표'가 내 사진 옆에는 빠졌을 때 다른 애들이 나를 목적 없는 쓰레기로 생각하면 어떡하나 걱정해서 일주일 동안 울던 아이였다. 그리고 같은 학교 남자애들을 무서워했다. 그 누구도 나를 좋아하지 않았고, 동성애자라고 놀림받기도 했다. 그러나 만약에 이 티셔츠를 입는다면, 중학교에서는 새로운 아이로 변신할 수 있을 것이다. 난 멋져질 것이고, 모두에게 쿨해 보일 수도 있을 것이다. 근데 대체 그 '쿨'이라는 게 뭐지? 솔직히 아직까지도 잘 모르겠다. 아무튼 간에 나는 '쿨한' 걸 원했고 솔직히 지금도, 툭하면 긴장하고, 불편한 게 많은 어른인 나는 '쿨한' 사람이 되고 싶다.

머릿속에 장면이 그려졌다. 이 티셔츠를 입고 학교 복도를 걷는 거다. 액세서리 체인점 클레어에서 산 번개 모양 귀걸이는 이 티셔츠의 노란색을 더 돋보이게 하겠지. 바닥에 질질 끌리는 패치워크 데님 스커트, 엉덩이 쪽에 귀여운 유니언잭이 붙어 있는 그 스커트랑 입어야겠다. 사실 유니언잭의 기원 따위 몰랐다. 국기 같은 거나 가르치는 시시한 학교 수업은 없었으니까. 두껍고 까만 아이라이너를 그려서, 칙칙하고 소심한 생쥐에서 섹시 너구리로 변신할 것이다. 내가 좋아했던 그레이엄은 나를 그제야 알아보게 되겠지. 예전에 축구 하다 발을 건 '흔녀'가 아니라, 축구 하다 발을 건 그 '**훈녀**'로 말이다. 거기다 안경까지 벗어버리면 나의 변신은 완벽해질 것이다. **쟤 대체 누구야?** 모두가 묻겠지. **나야, 나.** 모든 애들이 놀라서 입을 벌릴 테고 내겐 친구가 수백 명 생길 거고 나는 엄청 마르고 돈도 많고 성적 에너지의 당황스러움으로 가득 찬 열세 살 소녀가 되겠지.

월마트 복도에서 이런 상상을 하느라 거의 기절해갈 무렵, 엄마는 내게 왜 이걸 사주지 않을 건지 설명했다. "적절하지 않잖아." 그녀는 속삭였다. 마치 그 단어를 내뱉는 것조차 죄스럽다는 듯이 말이다. 엄마는 거의 모든 상황에 소리를 지르거나 충격받은 듯이 반응하는 경향이 있는데, 말소리가 나지막해질수록 그것은 그녀가 실망했다는 뜻이다. 엄마 목소리는 거의 들리지도 않았다. "네 배를 덮을 만큼 길지도 않아." 엄마는 대신 '글램!'이라고 적힌 긴팔 티셔츠를 내게 안겼다.

우리는 결국 반팔 소매에 반짝거리는 파란색 비닐 소재로 '난 완벽하지 않아, 근데 거의 그렇게 될 거 같아서 나도 내가 무서워!'라고 적혀 있는 셔츠로 타협을 보았다. 나는 그 셔츠가 꽤 맘에 들긴 했지만(지혜롭고, 똑똑하고, 너무나 **우아하게 파괴적**이지 않은가), 그래도 몇 주 동안 엄마에게 반항했다. 엄마는 내가 맨 처음 고른 그 티셔츠는 스무 살짜리 사촌 언니에게나 어울리지 나 같은 땅딸막한 중학생한테는 어울리지 않는다고 했다. 하지만 **어머니**, 무슨 스무 살 먹은 여자가 월마트 여아 코너에서 옷을 사겠어요. 며칠 뒤 학교가 개학하면서 상황은 더 나빠졌다. 라이벌이었던 스테퍼니가 내가 그렇게 원하던 티셔츠를 입고 남자애들의 음란한 시선을 한눈에 받는 것이 아닌가! 그날 나는 씩씩거리며 집으로 돌아왔다. 그 음란한 시선은 **내 것**이어야 했는데!

완벽한 옷을 입는다면 내 존재 또한 혁명적으로 바뀔 것이라고 생각했지만, 나는 인생템 쇼핑에서 실패에 실패를 거듭했다. 2006년에는 인조털로 뒤덮이고 앞코 뾰족한 빨간 펌프스가, 2008년에는 오트밀 색 하이웨이스트 와이드팬츠가, 2009년에는 블랙 시퀸 볼레로가, 2011년에는 "이번 새해는 아주 주—겨—줄 거야!" 같은 느낌의 니트 붕대를 내 몸에 칭칭 감은 듯한 에르베 레제르 짝퉁 민소매 드레스가 그랬다. 모두 여전히 내 옷장 안에 있고, 하나씩 꺼내서 볼 때마다 그 옷들은 내가 되고 싶었지만 될 수 없었던 어떤 여자에 대한 내 한계를 체감하게 한다. 10학년 때 가장 좋아했던 옷이 떠오른다. 민트 그린 브이넥 레이스탑, 어둡게 워싱된 부츠컷 청바지 그리고 까만 나비가 달린 메리 제인 키튼 힐. 나는 중요한 일이 있는 날마다 그 착장으로 나섰다. 드루가 내게 데이트 신청하길 바랐던 날(신청 안 했다), 수학 시험에서 1등 하고 싶었던 날(못 했다), 초청 연사로부터 매력적이라는 말을 듣고 싶었던 날(못 들었다) 등등. 이렇게 계속 올라가는 실패 확률에도 불구하고 그 옷을 입을 때마다 새로운 잠재성을 느꼈다. 오늘은, 뭔가 좋은 일이 생길 거야.

그 뒤 10년 가까이 내 인생에서 옷은 그렇게 중요한 요소가 되지 못했다. 그러던 어느 날, 옷이 혁명을 가져올 수 있다는 믿음의 덫에 다시 빠져버렸다. 토론토의 파이낸셜 디스트릭트를 걷다가 심플한 스커트와 블라우스, 재킷, 한 번 그어만 봐도 피부가 화끈거리는 스틱형 향수를 파는 한 의류 체인점을 지나치게 되었다. 그곳은 내가 사촌 언니 앤지네 집 지하실에서 언니 남편이 언니에게 마술 지팡이를 만들어준답시고 쓰던 탁상용 톱을 옆에 두고 살던 열아홉 살 때, 두번째이자 마지막으로 알바를 했던 옷 가게였다. 고객들은 대부분 나보다 나이가 스무 살은 더 많았다. 나는 매대에 놓인 90달러짜리 칵테일드레스를 살 돈조차 없었고 매번 출근 시간에 20분은 늦었다. 하지만 다행히 잘리지는 않았다. 그러다 어느 날 4.5달러짜리 립스틱을 새로 바르고 오는 사이에 술 취한 남자에게 800달러어치 옷을 도난당하고 난 뒤 해고당했다.

하지만 그건 몇 년 전의 일이었다. 나는 문득 그 가게에 손님으로 들어가고 싶은 충동을 느꼈다. 그 알바 이후로 나는 많이 변했다. 더 이상 10대도 아니었고, 내 소유의 아파트가 생겼고, 적어도 한 번 이상 세금을 냈고, 지겹다고 사촌 언니가 물려준 거 말고 제대로 된 가게에 가서 내가 원하는 구두를 살 수 있는 사람이 되었다. 짧은 몇 해 동안 내가 얼마나 변했는지 비교할 수 있는 기회라는 생각이 들었다. **이 지퍼 좀 올려줘요, 언**

니. 나는 상상했다. **난 중요한 여자거든요, 전자레인지도 있다고요.**

근데 솔직히 내가 그 가게에 들어간 진짜 이유는, 내 자존심보다는 좀더 실용적인 데 있었다. 때는 35도가 훌쩍 넘는 한여름이었고 나는 가장 선선한 기온에도 땀을 잘 흘리는 체질이다. 가게 밖에 서 있자니 새롭고 요상한 부위에서 땀이 차올랐고 당장이라도 달 표면보다 더 시원한 빌딩 안에 들어가지 않으면 화장이 마치 오븐에 들어간 왁스 피겨처럼 녹을 걸 직감했다.

나는 시원한 바람을 맞으며 안으로 들어갔고 바로 알라이야를 발견했다. 그녀는 내가 거기서 일할 때 내 사수였는데 지금은 가게 매니저가 된 것 같았다. 열아홉 살 때 봤던 모습 그대로 여전히 키가 크고 위엄 있고 글래머러스했다. 가장 멋진 점은, 알라이야가 나를 알아보지 못했다는 것이다.

나는 세일 코너로 달려가 내게 절대 어울리지 않을 셔츠들을 걷어내고, 내 콤플렉스를 더 부각시킬 색상들을 제쳐내고, 어떻게 오줌을 눠야 할지 난해한 점프수트들을 밀쳐냈다. 나는 더 나이를 먹었고 더 성숙해졌으며 인생의 중요한 교훈들을 얻었거든.

그렇지만 내 쇼핑이 대부분 그랬듯 곧 피곤해졌다. 내 사이즈의 옷들은 거의 다 빠졌고 8, 10 사이즈의 신상들은 실제로는 4, 6 사이즈로 만들어진 것 같았다. 내 큰 엉덩이를 그 바지 안에 넣거나 우람한 어깨를 그 티셔츠에 넣는 것은 생각보다 더 큰 고통일 것 같았다.

그러나 가게를 나오려던 길목에서 난 발견했다, 바로 **그것**을. 내게 완벽하게 어울릴 가을용 블랙 앤드 화이트 스커트! 부드러운 모직이었지만 날씬하게 재단되었고 기장이 딱 무릎 밑으로 떨어졌다. 일할 때도, 퇴근 뒤에 놀러 갈 때도 완벽하고, 커다란 모자와 트렌치코트를 매치하면 파리지앵 스타일의 카페에서 수상한 남자에게 수상한 소포를 받기에도 완벽할 거 같았다. 나는 숨을 멈추고 가격과 사이즈를 확인했다. 세일 중이었고, 8 사이즈였다.

오오…… 바로 그 순간이 다가왔다. 입는 순간 내 운명을 바꿔줄 인생템이 생기는 바로 그 순간! 그건 더 이상 단순한 스커트가 아니었다. 그것은 좀더 나은 신세계로 나를 데리고 가줄 입장권이었다. 내 자신감을 새롭게 업데이트시켜줄 것이고, 내 몸의 주름을 펴줄 것이며, 내가 과거에 실망시킨 모든 사람에게서 나에 대한 기억을 지워줄 것이다. 입고 있으면 여자들이 내게 다가와 이 스커트 어디서 샀는지 알려달라고 애원할 것이고 나는 카메라에다 윙크하며(이 버전의 환상 속에서는 완벽히 상업적으로 연기할 테니까 걱정하지 마시라) "맨입에?" 혹은 "그냥 오다 주웠어" 같은 말을 날릴 것이다. 발 전문 외과 병원에 가던 사람들은 내 입에 테디 그레이엄 크래커를 한 움큼씩 넣어주며 "와, 이 여자 진짜 인생 제대로 사는구나"라고 감탄할 테지.

24.99달러짜리 세일 스커트가 부담을 느낄 만큼 과한 기

대감이 솟아올랐다.

알라이야는 내 선택에 칭찬을 퍼부으며 나를 피팅룸으로 데려갔다. 문을 잠그고 거울을 보며 깊은 숨을 들이마셨다. 그래, 바로 이거야. 나는 땀범벅인 몸에서 반바지를 분리하고 스커트 속으로 발을 디뎠다. 스커트는 내 몸으로 유유히 올라와 허리에서 멈췄다. 지퍼를 천천히 위로 올렸다. 그건 맞는 정도가 아니었다. 그 이상이었다. 마치 특별히 나를 위해 재단된 이 스커트가 내 몸과 아름답게 융합해 나를 감싸주고, 부드럽게 해주고, 내 격을 높여주는 것 같았다. 더 나은 내가 되리라. 꿈이 이뤄지고 있었다! 세상의 모든 이치를 안다는 듯한 미소를 지어 보이자, 내 헤어스타일도 갑자기 럭셔리해 보였다. 더 날씬해졌고 더 받아들여지기 쉬운 사람이 된 것 같았다. 고등학생 때 나를 괴롭혔던 여자애들이 이 스커트를 입은 나를 보면 "어머, 저거 사치야?"라고 놀랄 테고 난 **"그래 맞다, 이 멍청한 년들아!"**라고 소리치며 그들의 모든 남자 친구들에게 아구창을 날리겠지(어머, 이런 판타지를 떠올린 건 처음이다. 흠…… 괜찮은데?).

혼돈스러운 이미지는 잠시 밀어두자. 그럼에도 나는 꽤 괜찮아 보였다. 나는 괜히 피팅룸에서 나와 사람들의 찬사를 이끌어냈다. 여름에 입기에는 좀 더웠지만 뭐 어떤가? 가을에 입으면 되지. 알라이야와 다른 점원들 앞에서 한 바퀴 돌다가 굵은 땀방울이 이마에서 눈썹으로 떨어지는 걸 느꼈다. 이 완벽한 스커트 속에서 나는 지나치게 흥분했고, 그래서 다시 피팅룸으로 돌아갔다.

등 지퍼를 집기에 내 손가락은 너무 땀범벅이었다. 티셔츠에 땀을 좀 닦아낸 뒤 다시 지퍼를 집었지만, 어라. 움직이지 않았다. 숨을 들이쉬고 천을 끌어모으며 지퍼를 내리려 했다. 실패. 나는 똑같은 짓을 하며 15분가량을 허비했고, 이제 피팅룸 조명은 마치 취조실 조명처럼 느껴졌다. 땀은 엉덩이 골을 타고 흘러내렸으며 머리카락은 얼굴에 미역처럼 들러붙었다.

전에도 이런 적이 있다. 사실은 여러 번 있다. 몇 년 전까지만 해도 나는 빈티지 가게에서만 옷을 사곤 했다. 시폰드레스와 다른 아름다운 드레스, 스커트는 상당한 보살핌과 관심을 필요로 했다. 그런 옷들은 대부분 고무 밴드도 다 삭아 있었고 어디에 앉든 색이 묻어났으며 지퍼는 녹이 슬어서 썩은 이빨처럼 갈라져 있었다. 내가 가장 좋아했던 옷은 심플한 핏빛 칵테일드레스였다. 슬립형 상의에 허리를 날씬해 보이게 하는 긴 페플럼 스커트가 붙어 있는 모양이었다. 그 옷을 입고 오만 데를 다 갔다. 빨간 립스틱을 바르고 세팅된 머리에 난해한 디자인의 브라운 힐을 매치해서 학교에 갔으며, 마치 언제든 누군가가 저널리즘 수업 121호 강의실로 뛰어들어와도 손을 내밀 준비가 되어 있었다. "도와줘, 난 엄청난 부자 변호사인데 내 요트 파티에 파트너로 데려갈 완전 옷 잘 입는 젊은 여성을 찾고 있어. 나를 예의 바르게 무시하지만 내 돈은 자유롭게 써도 되고 내 잘생긴 동료들이랑 바람을 피워도 되는 와이프감을 찾는 중이지. 근데 너 좀 괜찮아 보인다. 어때?"

근데 그 드레스를 어떻게 관리해야 하는지 몰랐던 거다. 나보다 1, 2인치 날씬한 1950년대 여성을 위해 만들어진 드레스라 솔기가 튼튼하진 않았지만 천의 강도에 대해서는 왠지 믿음이 있었다. 나는 찬물에 손빨래를 했다. 예민한 질감의 옷은 원래 그렇게 세탁하는 거 아니었나? 드레스는 빨간 염료를 토해냈고 금세 쪼그라들어서 내 허벅지를 반밖에 덮지 않았다. 학교에 입고 가기에는 과해졌지만(아, **지금**에서야 과하다고?) 다른 상황에서는 괜찮을 것도 같았다. 엉덩이에 꽉 끼는 그 옷을 입고 어디 앉을 수는 없었지만 그렇다고 아예 입지 말라는 법은 없으니까. 핸드폰이 망가져서 수리점에 가던 날에도 이 최애 드레스에 브라운 힐을 신고 쇼핑몰로 향했다. 수리 기사가 핸드폰 어디가 망가졌는지 설명하고 있을 때("자 보세요 손님, 여기 토마토소스가 헤드폰 잭에 묻어 있죠? 액체나 음식물에 빠진 핸드폰은 못 고칩니다") 드레스가 딱 내 볼기짝 위에서 찢어지는 걸 느꼈다. 그 자리에 솔기는 없었지만 상당한 텐션이 있었던 것은 분명했다.

나는 드레스 가장 바깥에서 펄럭거리는 천을 끌어당겨 새로 생긴 구멍을 덮으려 애썼다. 가게를 나오는데 수리 기사가 "근데, 손님 드레스 끝내주네요"라고 굳이 말해주었다. 언젠가 내 몸이 엄청나게 달라질 때를 대비해서 그 드레스는 버리지 않고 두었다. 물론 찢어진 15센티미터 부분은 다시 꿰매야 하겠지만.

자, 다시 피팅룸으로 돌아와서. 나의 불안과 걱정은 최고치에 다다르고 있었다. 머리 위로 치마를 벗어볼까(아하, 내 허리는 내 어깨보다 좁구나, 팔에 스커트가 끼고 나서야 깨달았다), 아예 지퍼를 뜯어버리고, 알라이야에게는 벗다가 지퍼가 망가졌다고 말해야 할까?

하지만 이렇게 예쁜 아이템을 망가뜨리고 싶지 않았다. 잘하면 살려낼 수도 있을 것 같았다. 내가 되고 싶은 그 여자가 여전히 될 수 있을 것도 같았다. 유일한 대안은 알라이야에게 스커트 벗는 걸 도와달라고 하는 것, 혹은 그대로 스커트를 사서 입고 나가는 것이었다. 그래서 30도가 넘는 더위에 땀을 뻘뻘 흘리며 "아직 하느님을 영접하지 못하셨어요?" 하고 팸플릿을 나눠주는 '도를 믿으세요'가 될 수도 있을 것이다. 아, 맞다. 꽉 물린 지퍼는 양초로 문지르면 움직인다고 들었던 것 같다. 밖으로 뛰쳐나가 "**누구 양초 없어요? 비상 상황이에요!**"라고 소리 질러볼까? 마지막으로 떠오른 대안은 좀 은밀하고 위험한데, 피팅룸 안에서 핸드폰에 유서를 작성한 뒤 같이 골라온 트렌디한 벨트에 목을 매는 것이었다.

어떤 결정이든지 간에 빨리 내리지 않으면 내 몸은 짭짤하고 끈적하고 수치스러운 땀으로 범벅 될 것이 분명했다.

나는 피팅룸을 나와서 알라이야의 어깨를 톡톡 쳤다. 번들거리는 내 얼굴을 알아보지 않길 바라며.

"오, 정말 잘 어울려요." 그녀는 수백 번은 손님들에게 지어 보였을 법한 환한 미소를 지었다.

"나…… 갇혔어요, 스커트에."

나는 뒤로 돌아 엉덩이를 내밀었다. 알라이야는 지퍼를 내리려 했다. 천을 끌어모아서 더 잘 잡히게 했다. "숨 들이쉬세요." 그녀는 내게 말하며 좀더 많은 스커트 천을 끌어모았다. 잠시 뒤 동료를 불렀다. 하지만 그 동료도 실패했다. "이상하네, 스커트에 뭐 잡히는 게 없는데요." 그래요, 잡히는 건 내 자아와 수치심뿐이죠. 그 스커트를 입고 너무 태양 가까이 다가갔던 게 분명했다, 내 인생을 더 낫게 만들어줄 거라 믿으며.

세번째로 온 점원은 지퍼 고리에 옷핀을 연결해 잡아당기려 했다. 그러고는 몇 분 동안 내 엉덩이를 흔들어댔는데 그렇게 잠깐이나마 살을 빼게 해서 스커트를 벗기려는 것 같았다.

점원들은 뒤돌아서서 난장 토론에 돌입했다.

"지퍼를 뜯어냈다가 다시 꿰맬까요?"

"머리 위로 벗기는 건 어때? 아니, 아니, 어깨가 더 넓구나."

"그냥 스커트를 잘라내 버리는 게 어떨까요?"

마지막 제안은 악몽이었다. 이걸 읽고 있는 당신이 여자라면, 무슨 말인지 알 것이다. 옷이 몸에서 빠지지 않아 그걸 잘라내야 한다는 건 인생의 끝을 의미한다. 마치 제왕절개의 가장 슬픈 버전 같은 거랄까, 단지 그 아기가 반나체의 존엄성 없는 여자로 치환될 뿐.

"그래," 알라이야가 결단을 내려서 동료들에게 말했다. "가위 갖고 와. 잘라내 버리자." 마치 외과의 세 사람이 나를 반으로 가르자는 말처럼 들렸다. 내가 마취되어 무의식 상태라 들리지 않는다는 듯이 말이다.

한 사람은 내 엉덩이에 붙은 스커트를 잡고, 다른 한 사람은 피팅룸 복도 벽으로 나를 밀었다. 거울 속에 보이는 내 얼굴은 땀으로 완전히 떡 졌고 거울 밖의 나는 새로 동아리를 만들기에는 나이깨나 들어 보이는 여자 선배들에게 둘러싸여 환영 신고식을 치르는 것 같았다. 당시 내 유일한 소원은 반쯤 노출된 하반신을 보지 못하게 그 누구도 이 피팅룸에 들어오지 않는 것이었다. 한때 사랑했던 그 스커트에게 침묵의 작별 인사를 속삭이자, 내 인생을 바꿔줬어야 했던 그 아이템은 '그래, 넌 그냥 너야. 옷을 다림질하는 법을 안다 해도, 넌 바뀌지 않아'라고 대꾸했다.

"오케이, 꽉 잡아!" 알라이야가 말했다. 누군가와 이렇게 은밀한 적이 있었을까? 내 엉덩이에 이렇게 오랫동안 가까이 있던 사람은 그녀가 처음이었다. 우린 이제 친자매나 다름없었다.

두 여자가 나를 꽉 잡고 스커트를 걷어 올리는 동안 알라이야는 스커트 천을 조각조각 냈다. "손님을 찌르고 싶진 않아요." 알라이야가 말했지만, 나는 등을 타고 흐르는 땀으로부터 신경 끄게 해줄 그 어떤 방해물도 환영할 터였다. 내 등짝에서는 작고 찬란하게 빛나는, 두려움이라는 이름의 강물이 세상 밖으로 방출되기 직전이었다.

내가 사랑에 빠졌던 그 완벽했던 아이템이 잘려나가는 소리는 고통스러웠다. 모든 옷단과 솔기와 스티치 한 땀 한 땀이 너무나도 쉽게 파괴되었다. 케이크를 굽고 예쁘게 장식까지 했는데, 생일 파티에 들고 가다가 바닥에 떨어뜨린 것 같은 기분이었다.

그 소리는, 마치 범죄처럼 느껴졌다. 내가 사랑하는 어떤 것의 비명 소리. 내가 그렇게 자랑스러워했던 존재의 마지막 속삭임. 평생 그 고통이 계속될 강력한 귀싸대기.

알라이야가 마지막 천을 잘라냈을 때, 나는 감사를 표하려고 몸을 돌렸다. 같이 일했던 것에 대한 농담이나, '몇 년 전에도 그 많은 물건을 놔두고 밖으로 나갔는데 또 이러고 있네' 같은 농담을 할까도 생각했다. 하지만 알라이야의 얼굴이 순간 창백해지는 게 느껴졌다. 그녀는 내 팬티 바로 앞에 쭈그려 앉은 채 마치 방금 수술을 끝낸, 혹은 육체적으로 기진맥진한 미친 사람처럼 나를 쳐다보고 있었다.

하필 스커트를 자르는 역할을 맡아야 했던 그녀로서는 애석한 일이었다. 그날 나는 1999년쯤에 유행하던, 고등학생 여자애가 남자애들을 꼬실 때나 입던, 고래 꼬리로 비밀의 과실을 살짝 덮어놓은 듯한 끈 팬티를 입고 있었기 때문이다. 딱히 천이라 할 만한 것도 없을 정도로 최소한의 레이스로 기워진 그 작은 천 조각은 내 누더기 같은 엉덩이 골에 겨우 매달려 있었다.

알라이야는 말없이 나를 피팅룸 안으로 밀어 넣고는 가위를 건네줬다. 더 필요하면 스스로 잘라내라고 말하며. 나는 스커트를 반으로 자르고 뭐가 남았는지 거울을 바라보았다. 엉덩이 한 짝은 안 익은 양배추 롤 같은 고무 밴드로 감겨 있었고, 다른 한 짝에는 작은 천 조각이 목적 없이 덜렁거리고 있었다.

나는 옷을 입었다. 팬티를 다시 묶거나, 손목에 차고 있던 고무줄로 허리에 맬까도 생각하다가, 그냥 입고 왔던 데님 반바지를 그 상태에서 다시 입었다.

알라이야에게 스커트의 남은 부분들을 건네며 사과했다.

"오, 괜찮아요, 종종 일어나는 일이죠." 물론 다른 어떤 일이 있었는지는 말해주지 않았다. 나는 변상하려는 마음에서 트렌디한 벨트를 샀다. 가게를 나서는 순간, 알라이야가 소리 지르는 게 들렸다. "헐, 쟤 어디서 봤던 앤지 방금 생각났어!"

악몽은 끝났지만 난 반은 찢어진 팬티를 축축해진 바지 속에 숨겨서 집으로 돌아와야 했다. 만약에 에어컨이 고장 난 지하철에서 데님 반바지가 엉덩이와 성기에 닿는 기분을 느껴본 적이 없다면 당신은 꽤나 운이 좋은 사람이다.

항상 그랬듯이, 인생에 어떤 찬란한 변화도 없이, 집으로 돌아왔다. 새로 산 벨트를 걸어놓고(지금껏 한 번도 매본 적 없다) 옷장을 둘러보았다. 한때 내 인생을 좀더 낫게 만들어주리라 생각했던 옷들이 가득 걸려 있었다. 하지만 모두 실패했다. 몇 분 정도 기분 좋게 해줄 수는 있지만, 실제의 나보다 더 좋은 사람으로 만드는 것은 불가능하다. 그냥 쇼핑몰에서 산 것들이고 피자 소스 때문에 버릴 수도 있으며 나중엔 잠옷으로 입거나 매니큐어 지우는 헝겊으로 전락하기 마련이다. 나는 여전히 똑같은 루틴을 반복한다. 그냥 엉덩이를 가리는 것 이상으로 내 영혼을 구원해줄 옷을 찾고 있으나 항상 결말은 똑같다. 9개월 전에 산 저 맥시드레스는 내 드넓은 엉덩이를 사랑스럽게 만들어주지 않았고, 2년 전에 산 귀걸이는 내 울퉁불퉁한 헤어라인을 감춰주지 않았다. 알라이야가 내게서 찢어낸 스커트는 내 목주름에 땀이 얼마나 빨리 찰 수 있는지 알려주는 것 이상을 해주지 못했다. 가끔 엄마가 월마트에서 그 티셔츠를 그냥 사게 내버려 뒀다면, 내가 내 몸에 잔소리를 그만 해댈 수 있다면, 어쩌면 내 팔과 목에게 좀더 친절하게 대했을지도 모르겠다는 생각이 들기도 한다. 어쩌면 사람들이 내 잔머리에 대해 하는 말에도 신경 쓰지 않았을지도 모르겠다.

하지만, 아마도 아닐 것이다. 잘 생각해보면 나를 기분 나쁘게 만드는 것은 다른 데 있다. 최저임금보다 낮은 임금을 받는 외국 어린이가 손수 만든 크롭셔츠가 우리를 치유해주는 것은 불가능하다. 옷은 소모품일 뿐이다. 세탁하다가 찢어질 수도 있고, 친구 집에서 잃어버릴 수도 있고, 보풀이 생기고 낡아지고, 유행이 지나기도 한다. 금방 까먹고 새로운 것들을 사면서 똑같은 사이클이 반복될 것이다. 하지만 기분 전환, 자기애, 자아 개조, 정신 승리를 위해 쇼핑 사냥감을 물색하는 우리가 느끼는 내적 불안감에 대해서는, 애초에 걱정조차 하지 말자. 어차피 그건, 우리와 평생 함께할 것이기 때문이다.

Papa ⟨papa@gmail.com⟩, November 17, 2015

어떤 상황을 대비해서

캐리어에 수건 넣는 걸 잊지 말거라.

Scaachi ⟨sk@gmail.com⟩, November 17, 2015

어떤 상황을 대비하라는 거죠?

Papa ⟨papa@gmail.com⟩, November 17, 2015

영적 지도자와 뱀 마술사, 억만장자, 돌팔이,

행복하기 그지없는 극빈자들의 나라인 인도지 않니.

어떤 일이든 대비해야지.

그러니까 수건 싸 가라.

3장

깨끗하게, 맑게, 자신 있게

꼬마 여자애가 하면 대부분은 귀엽게 느껴진다. 방구를 뿡 뀌는 것도, 고전문학 내용을 자기 맘대로 바꿔서 이야기해대는 것도, 심지어 인종차별적인 발언도.

처음 내 조카 건포도에게 결혼식에 참석하러 인도에 가야 한다고 말했을 때, 그녀는 미간과 입술을 한껏 찌푸리며 가고 싶지 않다고 했다. "그곳 사람들은 다 **가—난**하잖아. 그리고 인도 사람들은 냄새도 고약하단 말이야." 우선, 건포도는 아직 자기 가족의 절반이 인도 사람이고 더욱이 자신도 절반은 인도인이라는 사실을 현실과 연결시키지 못했다. 자신이 내뱉은 말에 다른 사람들이 당황한 기색 역시 전혀 눈치채지 못한 채 그저 새로 튀긴 생애 첫 형광 주황색 잘레비°로 관심을 돌릴 만큼 어린 다섯 살 꼬마였으니까.

하지만 건포도의 말은 나를 괴롭혔다. 1년 전쯤 그녀가 인도인을 좋아하지 않는 다른 이유를 내게 이야기한 적이 있다. 건포도에게 소리친 적이 몇 번 되지도 않지만, 그때가 바로 그 몇 번 중 한 번이었다. 이내 조용해졌고 건포도의 눈에 눈물이 그렁그렁했다. "미안해." 내 허리를 감싸 안으며 그녀가 말했다. "꼬머, 나한테 화내지 마." 그녀는 고모에서 모음 오를 잘라내고 나머지를 힘주어 발음해 나를 꼬머라고 부른다. 그리고 나는 그녀를 건포도라고 부른다. 그녀가 태어날 때부터 지금 같은 백자 도자기 피부는 아니었기 때문이다. 갓 태어난 건포도는 쪼글쪼글하고 보라색이었으며 잔뜩 성나 있었다. 인종이나 출신에 상관없이 신생아들이 대부분 그렇듯 말이다.

태어난 지 얼마 안 된 건포도의 눈은 옅은 하늘색이었다. "색이 더 짙어질 거야." 엄마가 말했다. "대부분 그래." 건포도의 피부는 하얬다. 심지어 쇼킹하게 창백하고 과묵한 뱀파이어 안색의 소유자인 그녀의 아빠—내 오빠—보다도 더 말이다. 건포도는 갓난아기 때 다른 인도 혈통 가족들보다 훨씬 털이 적었다. 이 모든 것은 우리의 승리였다. 나의 승리이자 우리 엄마의 승리. 나는 건포도의 눈동자 색이 계속 푸르기를 조용히 바랐다. 그녀의 절반을 이루는 백인 혈통의 열성인자를 계속 유지할 수 있기를 말이다. 아기 건포도가 나를 바라보던 순간, 그녀의 눈동자를 보고 어린 시절의 내가 푸른 눈동자를 원

○ 밀가루 반죽을 고리 모양으로 빚어 기름에 튀긴 다음 설탕물에 푹 절이는 인도식 도넛. 서아시아에서 흔히 먹는 간식이다.

한 것이 얼마나 큰 사치였는지 떠올렸다. 5학년 때, 선생님은 조명을 껐다 켰다 할 때 동공이 변하는 모습을 직접 관찰하게끔 짝꿍과 서로 코를 박고 상대의 눈을 바라보게 했다. 내 짝은 눈동자가 옅은 파스텔 톤 파란색인 백인 여자애 브린이었다. 나는 그녀의 홍채가 수축하고 확장하는 것을 관찰했다. 브린이 말했다. "네 건 하나도 안 보여. 너 꼭 상어 같아." 건포도는 결코 상어가 되지 않을 것이다.

반면 건포도의 코는 우리의 기대에 미치지 못했다. 펑퍼짐하고 찌그러진 것이 굉장히 인도스럽고, 굉장히 우리스럽다. "언젠가 좀 작아지겠지?" 엄마는 말했다. 하지만 아니올시다. 우리는 안다, 그녀가 우리 코에서 헤어날 수 없음을. "저 까만색 서류 집게를 코에 끼워볼까나……" 아빠가 말했다. "그럼 코가 좀 날씬해질 텐데."

하지만 건포도는 그 자체로 완벽하다. 그 작은 체구를 어떤 가정에 끼워 넣더라도 완벽할 만큼 말이다. 우리는 모두 그녀의 머리를 만지고 머리카락 냄새를 맡으며 그녀를 작은 인형처럼 데리고 다니고 싶어 한다. 아빠는 한 손으로는 건포도의 손을 잡고 다른 한 손으로는 뒷마당의 사과나무에서 사과를 따곤 한다. 햇빛에 타서 이제는 올리브색이 된 피부에 숱 많은 턱수염 그리고 매부리코의 아빠와 작은 얼굴, 분홍색 피부, 파란 눈의 건포도는 극명한 대조를 이룬다(그들은 실제로 그랬다. 더 까매지면서 이제는 검푸른색으로 보이는 아빠, 그리고 영원히 진주 같은 건포도).

현대화된 중매를 받아들인 내 세대의 인간들 중 가장 최근에 결혼한, 사촌 스위투의 결혼식에 참석하기 위해서 우리 가족 모두 인도에 갔을 때의 일이다. 아빠의 동생인 차차(힌디어로 '삼촌'이라는 뜻이다)가 나를 공항에서 픽업한 다음, 나보다 일주일 전부터 인도를 여행하고 있던 건포도와 다른 친척들을 데리러 기차역으로 향했다. 건포도는 색 바랜 이모티콘이 그려진 레깅스와 "**닌자는 잠복근무 중**"이라고 적힌 티셔츠를 입고 있었다. 밝은 갈색 머리는 디스코 머리로 땋아서 묶었지만 매듭 사이로 곱슬곱슬하게 삐져나온 머리카락 덕에 얼굴 주변에 마치 후광이 비치는 듯했다. 건포도는 오빠의 품 안에서 발사되듯 빠져나와 내게 파고들며 내 목을 꽉 감싸 안았다. 그리고 내게 꼭 해야 할 말을 했다. "안녕, 꼬머."

"기차에서 재미있었어?" 내가 물었다.

"응, 근데 배가 아파." 건포도는 사이다 병을 쥐고 있었다. 그 모습을 보니 멀미 때문에 여행 중에 계속 토하고 아팠다며 그 자그마한 몸 전체로 말하는 듯했다.

우리 가족 모두 지난번에 인도에 왔을 땐, 나는 열 살이었다. 오빠는 오렌지 빛 서리가 내린 듯한 헤어스타일로 대학을 다니고 있었고 엄마의 부모님도, 베헨지 할머니도 살아 계셨다. 그때는 건포도라는 존재에 대한 개념조차 없었다. 우리는 기차 여행을 했고 나도 건포도가 그랬던 것처럼 누군가 날 좀 잡아줘야 할 수준으로 메스꺼움을 느꼈다.

몇 가지 이유를 대며 이번 여행이 그때와는 다르다고 할 수도 있다. 하지만 우리의 목적지는 언제나 그랬듯, 인도에서 가장 북쪽에 있는 그 마을의 12월이다. 인도 다른 지역보다 시원한(겨울 평균기온 영하 6.6도) 그곳에 가면 나의 수많은 언티들○은 항상 내 얼굴을 문지르며 내가 엄마를 닮았다고, 참 이쁘고 하얗다 말하며 인사한다. 차차는 나를 뚱땡이라고 놀리더니 혼자 너무 심하게 웃다가 사레들려 기침을 쏟아내기도 했다(그를 '노인네'라고 부르면 그는 손으로 내 목을 긋는 시늉을 한다). 그전과 달라진 것이 아무것도 없었다. 내가 안은 작고 하얀 몸의 건포도만 빼고 말이다. 지나가던 사람들이 우리를 쳐다보았다. 그녀는 너무나도 극명하게 우리와도, 이곳과도 어울리지 않았다. 심지어 그녀 또래의 친척들과도 말이다. 건포도는 손가락으로 내 머리를 쓸어내리며 물었다. "꼬머, 초콜릿 있어?" 그녀는 사람들의 시선을 전혀 눈치채지 못했다.

내가 어린 시절 살던 캐나다의 캘거리는 당시 고작 인구 100만 명이 넘는 도시였다. 캘거리를 북서, 남서, 북동, 남동까지 네 지역으로 나누었을 때 우리는 남서 지역에 살았는데, 그곳은 주로 백인 거주 지역으로 학교와 식료품점, 아이들로 넘쳐났다. 우리는 그 지역에서 몇 안 되는 비백인 가족이었다. 그 지역에 비해 북동 지역은 널린 것이 이민자였는데 대부분이 서남아시아 출신이었다. 그쪽으로 이사를 간다면 힌디어나 펀

○ auntie. 영어 'aunt'에서 파생된 단어로 인도에서는 이모와 고모, 그 외 모든 외간 아주머니들을 통칭하는 말이다.

자브어만 써도 살 수 있을 정도였다. 우리가 살던 곳에서 가기에는 차로도 꽤 먼 거리였기에 그곳은 꼭 필요한 일이 있을 때만 갔다. 나는 그들이 나와 같은 종류의 사람들임을 머리로는 알았지만 가슴으로는 받아들이지 않았다. 나는 이민 1세대들이 펼치던 삶의 방식을 밀어내고 있었다. 그곳 사람들 모두 자랑스러워하는 그것을 말이다. 인도 아주머니들은 살와르°를 입은 채 장을 보러 다녔고 꼬맹이들은 다들 태어나면서 선물받은 금은 뱅글을 차고 다녔다. 오빠도 이름 첫 글자가 새겨진 펜던트가 달린 금 목걸이를 하고 다니지만, 보이지 않게 매번 옷깃 안으로 쑤셔 넣는다. 반면 북동 지역 남자애들은 펜던트가 보이게 농구 저지 위로 목걸이를 했다. 우리는 그들과 달랐고 나는 계속 그렇게 다르게 살기로 굳게 결심했다. 내가 받은 모든 금색 장신구를 옷장 서랍 안에 숨겼다. 그것들 때문에 내가 타자인 것이 티 난다고 여겼기에 완강히 거부했다(지금은 장신구 하나하나를 다 착용한다. 어떨 땐 여러 개를 한꺼번에 하기도 한다. 다른 타자들에게 나도 타자임을 알려주는 신호랄까).
북미 대륙으로 처음 온 이민자 부모들은 생존과 번영을 위해 자신들을 백인주의와 동화주의의 파도에 내맡긴다. 자연스럽게 자녀들도 삶의 절반 정도는 똑같은 과정을 겪는다. 대개는 이렇게 살다 결국 반대 방향으로 기울게 되는데, 그 깨달음을 얻기 전에는 그저 숨어 살라는 가르침을 받는다.

° 허벅지 부분은 펑퍼짐하다가 발목 부분으로 갈수록 좁아지는, 소위 알라딘 바지.

내 친구들은 백인 이름을 가졌다. 제니퍼, 카일라, 켈리, 몰리, 키얼스틴. 우리 부모님은 도대체 그 이름들에 무슨 의미가 있냐며 비웃었다. 그들이 다른 갈색 인종 사람들에게조차 전혀 납득되지 않는 이름을 내게 지어준 걸 생각해보면 실로 질문거리가 많아지는 대목이긴 하다. 언젠가 예전에 인도에 갔을 때 차차는 내게 카일라Kyla, 그러니까 켈라Kela가 힌디어로 바나나(kela, केला)를 뜻한다고 말해줬다. 난 돌아와서 이 사실을 내 친구에게 말해줬고 우리는 한 학년 내내 이걸로 웃어댔다. 선생님이나 다른 애 부모들은 내게 묻곤 했다. "너 어디에서 왔니?" 다 내 요상한 이름 때문이었다. 나는 그 질문에 대한 정답이 "E 버스를 타고 가다가 마지막에서 두번째 정류장에서 내리면 그 근처에 살아요"가 아니라 "부모님이 인도에서 이민 오셨어요"라는 것을 재빨리 습득했다. 그들은 그 대답에 얼굴을 밝히며 "오, 인도, 멋진 곳이라고 들었어! 엄마가 카레 만드실 줄 아시겠다?"라고 말하곤 했다. 그러면 나는 어깨를 으쓱해 보이며 말했다. 네, 당연하죠, 그런 것 같아요. 이 말은 정녕 내게 마치 엄마가 물을 끓일 수 있는지를 묻는 거나 마찬가지였다.

9·11테러가 터지기 전까지만 해도 내가 어디 출신인지 그리 큰 문젯거리가 아니었다. 문제였더라도 그 전까지 나는 기억도 안 날 만큼 미묘하게 선 넘는 먼지차별을 알아차리지 못했다. 당시 5학년이던 나는 학교 갈 준비를 하며 거실에서 양말을 잡아당겨 신다가 건물이 무너지는 것을 목격했다. 엄마

는 두려움에 휩싸여 주저앉은 채 꼼짝하지 않고 그 장면을 바라봤다. 엄마가 나보고 스쿨버스 놓치겠다며 빨리 나가라고 재촉하지 않은 건 그날이 처음이었기에 생생히 기억난다. 겁에 질려 굳은 얼굴을 한 엄마가 나무 주걱을 공중에 치켜들고 거실 커피테이블에 얼어붙은 채로 앉아 있었다. 학교에 도착하자 담임선생님이 우리를 자기 주변에 동그랗게 앉힌 후 무슨 일이 일어났는지 설명하려 애썼다. 하지만 대체로 우리 느낌을 묻는 식이었다. 아이들 사이에 오간 이야기를 요약하면 이런 식이다. 비행기를 '나쁜 놈들'이 훔쳤어, 「다이하드」 같아. 그나마 일상적인 수업과 달랐던 점을 꼽자면, 선생님이 생각해보라고 하지 않았으면 그냥 무시했을 법한 그 뉴스에 대해 우리가 토론했다는 것이다. 이전에도 항상 건물들은 무너졌고 전쟁은 일어났으니까. 나는 그저 그 뉴스가 이 세상에서 우리가 주목할 만한 어두운 면을 보여주는구나 하고 넘어갔다. 나는 별로 걱정하지 않았다.

하지만 아이들은 자라면서 세상일의 전후 사정에 더 촘촘히 놓이고, 그들의 정서를 담는 그릇으로 언어를 더 능숙하게 사용하게 된다. 그리고 젠장할 일은 바로 그 정서에 인종차별도 포함된다는 것이다. 나는 9·11테러 이듬해 여름 일주일간 어린이 캠프에 참가했다. 그곳에서 여자애들 몇 명과 친구가 되기를 간절히 바랐고 그들과 항상 함께 앉으려고 애썼다. 그중 우리보다 몇 살 정도 더 많았던, 사촌이 브리트니 스피어스 백업 댄서라던 단장 아이가 지금도 기억에 남는다(그 사실을 증명할 방법은 없었지만 돌아보니 그녀가 어딘가 모르게 하와이 사람으로 보였고 그 댄서 사촌도 그래 보였으며 그래서 그게 거짓말이라기에는 너무 말도 안 된다고 생각했다). 나는 빙글빙글 돌며 달리기, 푹신한 매트 위에 몸 던지기, 이것도 저것도 아닌 머리 땋기 시간 등 활동 시간마다 그 여자애들 주변을 계속 맴돌며 따라다녔다. 점심시간에 그들과 함께 앉기로 단단히 마음먹은 바로 그날까지 말이다. 엄마는 내가 '부끄러워하지 않을' '백인' 음식을 항상 싸주었다. 샌드위치, 사과(우웩), 쌀과자, 팩주스, 과일 맛 젤리롤. 예전에 친구 카일라가 말린 완두콩으로 만든 야채수프를 싸 왔다는 이유로 친구들에게 가차 없이 놀림당하는 걸 보고, 한 번도 키치디°를 싸준 적 없는 엄마를 그날 저녁 다른 날보다 몇 배는 더 세게 꽉 안았다. 심지어 난 키치디를 되게 좋아하는데도 말이다. 드디어 그들 옆에 앉기로 한 날, 점심 도시락을 가져와서 함께 잔디밭에 앉았다. 무리 중 한 여자애가 긴 갈색 머리카락을 어깨 뒤로 휙 넘기면서 내게 물었다. "너 왜 우리랑 앉아 있니?"

"같이 앉으면 안 돼?" 내가 물었다.

"넌 피부가 갈색이잖아."

오우, 나는 생각했다. 이게 바로 **그거**구나. 누군가 말해주진 않았지만 느껴지던 바로 그 차이. 어떤 여자애들이 나와 친구가 되길 원하지 않던 이유가, 어떤 부모들이 나를 그렇게 오

° 쌀과 렌틸콩으로 만든 인도식 야채수프.

랫동안 쳐다본 이유가 바로 이거였구나. 모두 내가 어디 출신인지를 알고자 했던 이유가 바로 이거였다. 나는 **갈색**이다. 그 당시 캘거리에는 흑인 인구가 많지 않았다. 하지만 내가 다니던 유치원에 흑인 여자애가 한 명 있었고 난 '흑인'이 바로 그녀를 지칭하는 말이라는 것을 배웠다. 1학년 때엔 중국 여자애가 한 명 있었는데 그녀는 자신을 '아시아인'이라 명명했고 나는 그 말도 그녀에게 해당하는 것임을 알았다. 하지만 내게는 어떤 이름도 붙여진 적이 없었다. 아빠는 우리가 카슈미르 사람이라고 했다. 인도 북부 지역 카슈미르 출신이라는 것이 좋게 느껴졌다. 아빠는 우리가 성직자들의 후예인 브라만 계급이라고 했다. 그 단어는 우리가 교육을 받은 똑똑한 사람들이고, 앞뒤 내용이 다 사실은 아니겠지만 그래도 사실처럼 느껴지는 가치 있는 그 역사의 장본인임을 의미한다. 아빠는 우리가 인도에서 피부색이 가장 하얀 축에 속하는 것, 그리고 우리의 특권과 하얀색 피부의 상관관계는 순전히 멍청한 운의 결과라는 것에 대해 절대 노골적으로 언급하지 않았다. 하지만 나는 머지않아 그 상관관계를 파악할 수 있었다. 아빠는 우리가, 인도가 배출한 최상의 아웃풋인 양 말했다.

하지만 '최상의 아웃풋' 콘셉트는 내가 중학교 시절을 극복하는 데 전혀 도움이 되지 않았다. 어떤 남자애들은 '태생적인' 커리 냄새를 가려주겠다며 데오도란트 스틱을 내게 가져다주었다. 8학년 때는 주로 수업 시간에 지우개 뜯어 먹는 게 일이던 조슈아란 남자애가 나를 오사마 빈라덴° 사촌이라고 불렸다. 나는 할머니 것과 똑같이 생긴, 루비 박힌 금색 링 귀걸이를 빼버렸다. 그건 너무 뻔했으니까. 친구들 사이에서 바람 불던 요가 트렌드에도 휩쓸리지 않았다. 코에 피어싱을 했었으나 내 정체성을 너무 드러내는 거 같아서 2년 만에 빼버렸다(그 때문에 나는 세 번이나 다시 뚫어야 했다). 다른 나라에 대해 알아보는 사회 수업 과제를 할 때 나는 주로 백인들이 사는 나라를 선택해야만 했다. 그리스는 안전한 축이었고 프랑스는 훨씬 더 안전한 선택지였다. 부모님이 저녁밥으로 뭘 만드시냐고 내게 순진무구하게 묻던 여자애에게는 꺼지라고 에둘러 말했다. 고등학생이 되자 나는 계속 '깜둥이'라고 불렸다. 원래 인종차별이라는 게 사실대로 정확할 필요 없이 그저 가혹하기만 하면 되는 것이기 때문이다. 나는 코 성형수술을 하려면 돈이 얼마나 필요할까 고민했다. 코는 내가 지닌 것 중 내 인종의 특성을 가장 잘 보여주기 때문이다. 내가 유일하게 원한 것은 탄약통 같은 내 코를 산산조각 내서 인도식 매부리를 없앤 뒤에 얹을 날씬한 코였다. 스키 점프대처럼 그 끝을 뾰족하게 만들어 내리라(백인들은 스키 타는 것을 좋아한다. 걔들은 눈 가지고 항상 이상하게 똥 멍청이 짓을 하더라?). 나는 태양도 피했다. 내 피부는 겨울에는 아파 보일 만큼 누르뎅뎅했지만 여름엔 짙은 황금 갈색이 되기 때문이었다.

고등학교에서도, 대학에 들어가고 나서도 나는 내내 나의

○ Osama bin Laden(1957~2011). 2001년 9·11테러를 주도한 테러 단체 알카에다의 지도자.

갈색스러움을 밀쳐냈다. 토론토로 이사 와서 내가 매일 보는 갈색 사람들의 숫자는 세 배 정도 증가했고 그들은 내가 그들과 같다는 것을 바로 알아보았다. 난 격분했다. 그 무리에 속하고 싶지 않았다.

하지만 지금 건포도는 내가 이때까지 보통 적으로 여겨온 여자애의 모습을 하고 있다. 객관적으로 봐도 귀여운 외모의 건포도와 친구가 되고 싶었을 것이다. 그녀가 우리 반 아이였다면 '보통' 애들이나 누릴 수 있는 '보통'의 삶을 매끄럽게 살았을 것이다. 왜냐하면 혈통은 건포도 인생의 제목이라기보다는 각주이기 때문이다. 나나 오빠와는 다르게 건포도는 인도인으로 자라지 않고 있다. 그녀가 유일하게 인도스러운 것에 노출되는 시간은 일주일에 두 번 우리 부모님을 볼 때뿐이다. 건포도가 어디 출신인가는 그녀의 존재 자체와 그다지 관계없어 보인다. 건포도의 인종은 그녀 스스로 파고들 연구 과제이기보다는, 도리어 건포도가 자기 엄마 배 속에 잉태된 그 순간부터 그녀를 제외한 나머지 우리 가족이 현미경으로 요리조리 살펴볼 연구 대상이었다. 부모님은 그녀의 하얀 피부, 야리야리한 눈동자, 두드러진 '백인'의 특징을 보고 축복받았다고 생각했다. 심지어 밝든 어둡든 어차피 다 갈색이어도 밝은 갈색 쪽이 낫다고 여겼다. 그건 판에 박힌 셰이디즘°이었다. 인도인이나 흑인 사회에서 빈번하게 이야기되는 주제이긴 하지만 까놓

° 피부색을 근거로 사람을 차별하는 것. 인종차별과 다른 점은 같은 인종 내에서도 피부색의 명도 차이로 차별한다는 것이다.

고 논의되는 일은 거의 없는 바로 그것. 건포도가 태어날 때 나는 이미 열여덟 살이었고, 하얀 것이 우월하지 않다는 것 정도는 객관적으로도 알고 있었다. 하지만 아직도 우리는, 우리와는 전혀 다른 삶을 살아갈 그 작고 하얀 여자애를 가족으로 맞이하게 되어 영광스럽게 생각하고 있지 않은가?

건포도가 매우 어린 아기였을 때, 목욕을 마친 그녀 배에 로션을 발라주다가 우리 둘의 피부가 얼마나 다른지 보며 경이로워한 적이 있다. 내 피부는 짙은 누런색에 팔과 손에는 검은 털이 새싹처럼 돋아나 있었지만 건포도의 피부는 꿀 탄 우유 같았다. 피부가 너무 '좋아서' 내 살이 건포도의 살을 문지르는 것 자체가 마치 그녀를 더럽히는 것 같은 느낌이었다. 내가 작은 수건으로 건포도를 감싸자 그녀는 내가 항상 갖고 싶었던 바로 그 파란 눈으로 나를 바라보았다.

잠무는 인도 북동부의 잠무 카슈미르주에 위치한 인구 약 60만 명의 도시다. 엄마는 분쟁 지역으로 널리 알려진 카슈미르 계곡 내 북부 스리나가르°에서 자랐지만 아빠 쪽 가족들은 1920년대에 그곳을 떠났다(할머니, 할아버지는 가족들이 종교적·민족적 소수자로 찍혀 대부분 떠난 후에도 1990년대 초반까지 그곳을 지키셨다고 한다). 잠무가 실제로 카슈미르 계곡 안에 있진 않아서 그렇게 정치적·군사적으로 불안정하지는 않

° 잠무 카슈미르주의 주도.

았지만 잠무와 카슈미르는 떼려야 뗄 수 없이 연결되어 있다고 여겨진다. 도시 곳곳에 있는 J&K 정부, J&K 잡화점, J&K 어린이집 따위의 간판이 그들의 연결 관계를 자랑하는 것만 봐도 알 수 있다. 그래도 잠무와 카슈미르에는 각각의 규칙이 있다고 차차가 우리에게 말해주었다. 헌법이나 국가 안보 규범, 한때는 국무총리까지도 따로 뒀다고 한다. 잠무는 보안 검색이 너무 삼엄해서, 와이파이를 연결하지 않으면 내 핸드폰은 그 어디에서도 작동하지 않는다. 실제로 잠무에서 지역 심 카드를 사지 않는 한 모든 핸드폰은 다 깡통이 된다. 애플 앱도 구동되지 않고 시리가 뭣 같은 일 하나 제대로 못 해준다. 잠무는 아름답다. 기억하기로는 내가 가본 인도 도시 중에서 가장 아름답다(엄마는 항상 스리나가르가 훨씬 더 아름답다고 내게 일깨운다. 우거진 나무에 꽃향기며 선상가옥. 하지만 스리나가르의 상황이 오락가락한다고 여긴 엄마는 그곳에 단 한 번도 우리를 데려가지 않았다).

타지마할에서 마주친 행인들이 건포도의 엄마인 앤에게 당신 딸 좀 안아봐도 되냐고 물었다. 사람들은 앤과 건포도를 사진 찍고 싶어 했다. 전혀 모르는 사람들이 건포도를 앤의 품에서 낚아채려 하면 아빠가 공격적인 힌디어로 그자들을 쫓아내는 상황이 점점 더 성가셔졌다. 하지만 그 본토 인도인들을 완전 탓할 것도 아닌 게, 사실 그 같은 하얀 얼굴을 이전에 본 적이 없다면 건포도는 진정 매혹적이다. 저렇게 어린아이가 인도 여행을 하네 하고 놀라워하는 사람들도 분명 있었을 것이다. 그리고 너무나도 힌두식인 건포도의 본명을 듣는다면 분명 경탄할 것이다. 저렇게 예쁜 인도 애가 있다니. 우리 가족을 닮지 않고 요렇게 생긴 그녀는 참 복도 타고났다.

건포도는 알아채지 못한 것처럼 보였다. 그녀는 차이° 마시러 이곳에 왔다. "설탕, 차, 주세요?" 정도는 영어로 말해도 알아듣는 언티라면 틀림없이 그녀에게 쿠키와 함께 내어줄, 극강으로 달콤한 그것을 마시기 위해서 말이다.

이번 여행으로 찾은 인도는 15년 전 내 기억 속 그곳과는 다르다. 이제 나는 강제 스쿼트 자세로 쪼그려 앉아 불가피하게 온몸에 오줌을 발사해야 했던 화장실이 아니라, 내가 선호하는 화장실을 발견한다(백인들이 부족한 점도 많지만, 그들은 실로 편안히 앉아 45분 동안 유유히 똥 때리기 학사 학위를 취득했다). 상점 앞 간판과 광고판은 대부분 영어로 쓰여 있고, 손님들이 무례하게 굴면 릭샤◇ 운전수들은 다 눈치채며, 남자들은 내가 눈을 마주치면 쏘아보는 성인 여성임을 알아본다. 'DRUGGIST AND CHEMIST' '레이디 닥터 란자나 다르, 진료 시간: 화요일과 금요일 오전 11시부터 12시까지'△ 같은 간판들이 길에서 쏟아진다(어떤 의사가 일주일에 두 번, 한 시

° 뜨겁게 데운 우유에 찻잎과 인도 향신료를 넣고 끓인 후 마시는 인도식 밀크티. 실제 힌디어 발음은 '짜이'에 가깝다.

◇ 인도의 대중교통 수단으로서, 택시보다 운임이 저렴해 많은 사람들이 이용하는 일종의 삼륜 바이크다. 주로 모터의 힘으로 가는 오토 릭샤, 사람이 끄는 릭샤가 있으며 최근에는 친환경 전기 릭샤도 생겼다.

△ druggist와 chemist 둘 다 약사를 지칭하는 표현이다. 레이디 닥터lady doctor는 산부인과 의사의 옛말. 여의사라고도 해석될 수 있다.

간씩만 진료를 보겠냐고!). 자동차 등짝에는 공립학교를 다니면서도 대입 자격 평가에서 평균 97점을 맞은 세 소녀의 학업 성과를 열렬히 알리는 광고가 붙어 있다. 여자들은 과한 메이크업에 꼭 끼는 청바지를 입고 뾰족 구두를 신는다. 눈 점막을 카잘°로 칠하지 않은 것만 빼면 난 이곳에서 현지인으로 통한다(여행 절반 정도가 지나자 이마저도 바뀌게 되었다. 세 언티가 내게 "왜 그렇게 자주 아파" 보이냐면서 눈가에 가느다란 선을 그리라고 검은색 아이라이너를 사주었다).

그런데 이번에는 내 흰 피부를 의식하는 불편한 상황에 마주치게 된다. 고국 캐나다나 백인이 주류를 이루는 나라에서 이민자 집단에 속한 비백인인 내가, 여기 인도에서는 백인이 된다. 카슈미르인들은 인도에서 특권을 차지해온 데다 워낙 소수인지라, 인도에서는 눈에 띄는 사람들로 여겨진다. 토론토에서 인도인이 운전하는 택시를 탄다고 하자. 그 택시 운전사는 내게 우리 가족이 어디 출신인지 물을 것이다. 내가 대답하면 그는 이슬람교도들을 얼마나 증오하는지 얘기하면서 나와 한편이라고 생각할 것이다. 그 운전사가 만약 이슬람교도라면 이번에는 '검둥이들'과 있었던 문제에 대해 얘기하며 나와 연대하려고 할 것이다. 우리 모두 백색성을 지향하며 고군분투하고 있다.

결혼식장에서 몇 안 되는 일꾼들이 음식을 만들고 설거지

° 남아시아 여성들이 아이라이너처럼 눈 주위에 바르는 까만 화장품.

를 하고 있다. 그들은 모두 어두운 피부색의 인도인들이다. 나는 어디를 가든 대체로 사람들이 바라는 인종으로 먹힌다. 에콰도르에서는 원주민들이 내게 스페인어로 얘기하고 태국에서는 태국어로 말 건다. 그리스계나 라틴계 여자로 통하기도 하고 미국 어떤 지역에서는 이탈리아 사람이 될 수도 있다. 하지만 여기 직원들은 누가 봐도 인도인이다. 어두운색 피부를 보면 누구라도 그렇게 생각한다. 내가 차이 한 잔을 비우면 일주일 내내 그곳에서 일하던 여자가 컵을 치워 간다. 그녀는 우리가 먹을 아침 식사를 준비하고 어마어마하게 큰 주전자에 차를 채우며, 간식을 내오고 설거지를 한다. 그녀는 코가 찻잔 받침 접시만 하고 치아는 반뜩이는 흰색이다. 아무도 그녀에게 공손하게 굴지 않는다. 아무도 그녀에게 '해주세요' 혹은 '고마워요'라고 하지 않는다. 내 사촌 스위투만이 무조건 우리보다 나이 많은 여자들을 지칭하는 말이라고 배운 '언티'로 그녀를 부르며 해주세요, 고마워요, 한다. 연장자들이 차를 다 마시면 그녀가 쟁반을 들고 나타난다. 그들은 그녀를 쳐다보지도 않고 쟁반 위에 다 마신 잔을 올려놓는다.

공항 근처에서 돈을 구걸하는 여자들의 피부색이 모두 짙다는 사실을 모르고 넘어갈 수가 없다. 나와 비슷한 피부색의 남자들은 어깨가 드러난 옷을 입은 나를 뚫어지게 쳐다보거나, 은행에서 줄 서 있는 내게 딱 달라붙어서 뭐라고 중얼중얼 말을 걸어보려 드는 반면, 나보다 몇 톤 정도 더 어두운 피부색의 남자들은 나와 눈길조차 마주치지 않는다(캐나다에서도 이런 일이 있지만, 인도에서의 나는 어리석게도 우리 모두 똑같이 생겼다고 생각했기 때문에 그 차이를 더 분명히 느낀다). 은행원 중에서 피부색이 어두운 사람은 없다. 디즈니 만화「알라딘」의 악역 마법사 자파의 신발같이 생겨서 신으면 발가락이 한데 모여 동그랗게 말려 올라가는, 앤이 맞춘 수제 신발인 주타나 보석 장신구를 파는 사람 중에서도 피부색이 어두운 사람은 없다. 계급적 차이가 먼저인지, 쉐이디즘이 먼저인지는 모르겠다. 하지만 그 둘은 분명 불가분의 관계로, 긴밀하게 연결되어 있다.

이때까지 몰랐다. 뒤돌아보니 우리가 인도로 여행 올 때마다 항상 우리의 특권을 여기저기 알리고 다녔다는 것을. 지난번 인도에 왔을 때 아빠가 내게 킷캣과 데어리 밀크 같은 미니 초콜릿 바로 가득 채운 선물 세트 한 통을 사줬다. 포장을 벗기고 한 입 베어 물자 초콜릿이 산산이 부서지며 말라비틀어진 초코 맛 마이쭈의 분필 버전 맛이 났다. 포장지를 자세히 들여다보니 킷캣이 아니라 킷킷이었고 데어리 밀크가 아니라 디어 밀크였다. 캐나다를 떠올리게 할 만큼 설득력이 크게 떨어지는 복제품이었다. 짝퉁이고 아니고를 떠나서 맛이 최악이었다. 당시에는 내게 꽤나 중요했던 그 초콜릿에 대고 격노하고 있는데, 나의 그런 모습을 또래 아이 여럿이 쳐다보고 있었다. 나 자신에게 분개하는 것은 바로 이 장면이다. 그 네 명의 아이들이 바라보는 동안, 걔네보다 잘 먹어서 통통하고 피부색도 더 하얀 여행객이 현지 초콜릿을 먹고 구역질을 하는 꼴이라니. 나는 초콜릿을 통째로 그 아이들에게 줬고 그들은 통을 받자마자 뛰어가버렸다. 나는 나쁜 년이었다.

델리에 사는 우샤 언티 집에는 청소 도우미가 있었다. 그녀는 항상 차분한 색의 살와르를 입고, 차팔°을 신을 수 있도록 엄지발가락 부분만 갈라져 있는 베이지 색 양말을 신었다. 그녀는 우리가 먹을 모든 음식을 만들고 끊임없이 바닥을 닦는 듯했다. 기다란 목재 식탁이 있는, 별도의 식사 공간에서 우리가 밥을 먹는 동안 그녀는 부엌 한편에 서서 식사를 했다. 어느 날 오후, 그 집에 언티의 20대 아들과 남겨진 적이 있었다. 그날 그는 내 베이비시터였지만 자기 방에서 바리케이드를 치고만 있었다. 나는 거실에서 TV로 만화영화를 보고 있었고 그 아줌마는 항상 그랬듯 집 청소 중이었다. 그녀가 거실을 지나치다가 멈춰 서서 몇 분 동안 나와 함께 만화영화를 봤다. 그러다 내가 그녀를 쳐다보는 걸 눈치채고 이내 자리를 떴다. 하지만 나는 그저 그녀에게 내 옆에 앉아서 TV를 같이 보지 않겠느냐고 묻고 싶었을 뿐이다. 그녀의 피부는 깜깜하며 촉촉했다.

인도인들은 타고난 피부색을 넘어서는 수준의 흰 피부에 집착한다. 인도인들, 특히나 여자들은 피부가 조금이라도 더 하얘 보이길 바란다. 부모가 자녀의 배우자를 찾으려 낸 구인 광고에서 자녀의 소득과 키 옆에 '연한 갈색' 피부색을 자랑하는 경우를 심심치 않게 볼 수 있다. 언티들은 내가 얼마나 우리

° 인도식 '쪼리'로, 엄지발가락 끼우개가 있는 샌들을 가리킨다.

엄마를 많이 닮았나 얘기한다. 이건 그저 우리 엄마가 예뻐서라기보다는, 엄마가 가족 중에서 피부색이 가장 하얘서 그런 것이다. 고모는 이번 여행에서 나보다 일주일 먼저 인도에 온 앤의 팔을 문질러대면서 "그 하얀 피부 좀 내게 옮겨다오"라고 했다고 한다. 고모는 항상 그랬다. 그 누구보다 자신과 자식들의 미백에 신경 썼다. 고모의 아들 로한은 하얗지 않다. 하지만 그의 부인은 하얗다. 그녀는 타고난 대박을 맞은 셈이다. 고모의 딸 스위투는 나보다 더 하얗다. 게다가 얼굴 선이 가냘프기까지 하다. 고로 스위투는 진정 완벽하다고 볼 수 있다. 고모도 그렇게 까맣지 않다. 고모를 보면서 한 번도 까맣다고 느낀 적이 없다. 하지만 고모가 앤에게 한 말로 미루어보아 고모는 더 하얘지길 바라는 것 같다. 한번은 캐나다에 온 고모가 그 통통한 손가락으로 내 얼굴을 이리저리 쓰다듬으며 이렇게 물었다. "'밝고, 맑고, 자신 있게'○ 쓰니?"

'밝고, 맑고, 자신 있게'는 서남아시아 지역에서 유명한 피부 미백 화장품 브랜드다. 볼품없던 여자가 화학물질 가득한 이 화장품을 얼굴에 떡칠한 후, 피부가 허옇게 동동 뜬 유령 같은 모습으로 변신해 남자의 마음을 사로잡는다는 광고를 마케팅에 이용한 바로 그 브랜드다. 광고 속 크림은 '착색된' 얼굴이나 '갈색'이 된 신체 부위에 바를 수 있다고 한다. 어떤 신체 부

○ Fair and Lovely. 인도와 서남아시아 지역에서 20~30대 여성을 타깃으로 한 화장품 브랜드. 피부색 차별이라는 비판을 받아 2020년 이후 브랜드명을 Glow and Lovely로 바꾸었다. 미백 제품 라인이 가장 많이 팔린다고 한다.

위도 가능하겠지. 갈색인 내 피부 전체에도. 심지어 달갑잖은 갈색 음순에 바르라는 미백 화장품까지 있다. 밀가루 죽같이 하얀 피부의 한 여성이 자신을 휭 스치듯 휘감고 가는 꽃잎들과 함께 춤추는 그 광고는, 피부색이 더 하얘지면 더 날씬해지고 더 아름다워지며 남자들의 시선을 더 끌 수 있다고 소비자들에게 소구한다. "이 멍청이 같은 나라 사람들은 하얘지는 데 집착하고 있어." 고모가 앤의 팔을 문댄 이야기를 해주자 로한이 못마땅하다는 듯 낮은 목소리로 말했다. "엄마만 그런 건 아니지만 엄마는 거기에 너무 꽂혀 있어."

결혼식 전, 나는 파운데이션을 바르고 있었다. 내 파운데이션 색상은 고모의 피부색보다 한두 톤 정도는 밝아서 갈색보다는 누런색에 가깝다. 고모가 내 파운데이션을 빌려 써봐도 되냐고 물었다. "네, 그러세요." 나는 고모에게 말했다. "그런데 고모한테 안 맞는 색일 것 같아요."

"그래도 더 하얘 보이겠지?"

그럴 거라고 말했다. 고모, 매우 하얘질 거예요. 마치 광대처럼요. 그녀는 웃더니 카슈미르 말로 뭔가를 중얼거리고는 우리 엄마보다 신속하게 사리° 주름을 잡았다. 휴, 이제야 맘 편히 브라를 풀 수 있겠다.

세상 어디에서도 내가 이렇게 하얀 존재가 되어본 적이 없다. 방에 들어서는 순간부터 느껴지는 명백하고 유용한 특권이

° 커다란 천을 둘둘 감은 후 주름을 잡아서 입는 인도 여성의 전통 의상. 여전히 대중적인 옷차림이다.

라니, 하얗다는 것이 바로 이런 것이구나! 나처럼 생긴 사람들은 인도에서는 사회경제적 지위와 교육 수준이 더 높은 상류층에 속한다고 여겨진다. 이게 때로는 사실일 수도 있다. 하지만 그것이 사실일 수 있는 유일한 이유는 인도가 피부색이 밝다고 득을 보고, 어둡다고 벌받을 수 있는 곳이라는 데 있다. 우리가 다닌 인도의 여러 곳에서 카스트제도는 더 이상 통용되지 않지만, 그렇다 해서 몇십 년 동안 누려온 출신에 따른 특권을 지금 우리가 누리고 있지 않다는 것은 아니다. 내 가족들, 그리고 우리와 지내는 갈색 사람들은 거의 모두 피부색이 연갈색이다. 그들은 북미 대륙에서는 먹히지도 않는 카슈미르인들의 우월 의식과, 피부색 옅은 사람들의 지배 의식을 내 머릿속에 욱여넣었다. **까만 피부의 인도인, 그들 자체가 나쁜 건 아니지, 근데 우리는 좀 잘났어. 우리는 똑똑하고 아름답고 훌륭하지 않니? 이게 바로 우리가 기회의 땅이라는 캐나다에서 이렇게 잘 먹고 잘사는 이유 아니겠니?** 인도와 캐나다의 쉐이디즘을 비교했을 때 유일한 차이는 바로 우리 가족이 대접받는 수준일 것이다.

일주일 내내 결혼식장에서 위층으로, 위층에서 결혼식장으로 음식을 들고 이리저리 왔다 갔다 하는, 딱 봐도 20대 정도로 젊어 보이는 남자가 있었다. 그는 보기에 한 사람을 삶을 수 있을 정도로 큰 솥을 어깨에 짊어지고 달팽이처럼 낑낑거리며 계단을 오르내렸다. 우리는 그의 말소리를 들은 적도, 그와 눈을 마주친 적도 없었다. 그는 육체노동을 하는데도 발가락이다 보이는 슬리퍼를 신고, 주차장에서 담배를 태우며 아주 딱 달라붙는 스키니진에 달린, 해져서 모서리가 찢어진 주머니에 스마트폰을 꽂아두었다. 그는 잘생겼지만 성나 보이고 절망스러워 보였다. 얼핏 보기에도 그는 이곳을 벗어나고 싶어 했다.

그의 매력은 불가항력 같았다. 나는 매일 어떻게 하면 그와 눈을 마주칠 수 있을까를 고심하며 몇 분 동안 그를 따라다녔다. 그의 엉덩이는 귀여웠다. 앤도 그의 엉덩이에 대한 내 생각에 동의하면서 그의 낭만적인 침묵 역시 분명한 매력 포인트라고 말을 보탰다. 그리고 우리가 이 청년을 캐나다로 데리고 가면 오빠와 내 남친 햄 군이 뭐라고 할지에 대해 진지하게 생각해보자 했다. 우리는 농담 따먹기식으로 그를 존중받는 한 남성으로 변신시키는 계획을 세웠다. 양복도 입히고, 영어도 가르쳐서 그를 「마이 페어 레이디」° 인도 남자 버전으로 만들어보자고.

참 웃긴 생각이지. 이게 제국주의적 발상이라는 것을 깨닫기 전까지 말이다.

° 조지 버나드 쇼의 희곡 『피그말리온』을 원작으로 한 뮤지컬이자 영화. 1964년에 개봉한 오드리 햅번 주연의 영화로도 유명하다. 한 언어학 교수가 하층 계급 여성의 발음을 교정하면서 귀부인으로 만드는 이야기. 영화에서는 둘의 사랑이 이뤄지는 해피엔딩으로 끝난다.

*

여행 후 몇 달이 지나고 나는 건포도와 가족들을 만나러 캘거리에 갔다. 건포도는 막 여섯 살이 되었고 우리가 함께한 인도 여행을 여전히 기억하고 있었다. 결혼식장에서 떼로 모여들어 건포도에게 건넨 코코넛 쿠키 이름처럼, 그녀에게 인도 여행은 **나이스 타임**이었다. "재미있었어?" 나는 물었다.

"어." 건포도가 말했다. "하지만 다시 결혼식에 가고 싶지는 않아."

"왜?" 나는 이 대목에서 걱정했다. 그녀가 그곳에 가는 것을 좋아하길 바랐다. 아님 적어도 훗날 언젠가는 한 번쯤 인도를 그리워하게 될지도 모른다는 사실을 모른다면, 고향에 대해서 무심한 정도로만 인도에 대해 무심하길 바랐다.

"맨날 똑같은 것만 먹잖아! 그리고 너무 간질간질하고 맞지도 않는 옷들도 입어야 한다고! 하지만 우리 또 가자. 놀러."

건포도는 인도 사람들이 다 가난하다고, 그래서 싫다고 말한 그때를 기억하지 못하는 듯했다. 번쩍번쩍한 사원들을 보고 판단이 완전히 반대쪽으로 기울게 되었는지도. 그래, 그녀는 인도 사람들이 역한 냄새가 나서 싫다고도 했지. 그러나 이번 여행에서 건포도가 맡은 냄새라고는 달콤한 연유 향뿐이었다. 그녀에게 이번 여행은 그저 휴가였다. 그저 **나이스 타임**이었다. 정체성의 위기를 맛본 끔찍한 시간이 아닌 것이다. 건포도는 사람들의 피부색이 다른 것도, 인도의 문화유산도, 혹은 일상적인 인종차별의 낌새조차도 느끼지 못했다. 그녀는 아직 자기 얼굴이 어떻게 생겼는지도 모르는 아이다(나는 그녀와 내 코를 손가락으로 가리키며 말했다. "우리 코가 똑같이 생겼네." 건포도는 그 말을 듣고 매우 좋아하더니 이내 이렇게 말했다. "눈썹도 똑같고, 꼬머 심술 났을 때 표정이 내가 심술 났을 때랑 똑같지." 그 말을 듣고 나는 마음이 놓였다).

"넌 네가 갈색인 것 같아?" 내가 물었다.

"어." 그녀가 대답했다. "난 반만 갈색이지. 꼬머는 완전 갈색이고."

"친구들에게 네가 반은 인도 사람인 거 얘기했어?" 건포도는 항상 백인으로 통했다. 거기엔 몇 가지 이유가 있었다. 하지만 나는 건포도가 백인이 아니라는 것을 사람들이 알길 바란다. 적어도 그렇게 말하도록 누군가는 가르쳐야 한다고 생각한다. 그녀 나이였을 때의 난 내 갈색성에서 헤어나려 애썼다. 하지만 나이를 먹으면서 점점 나 자신을 갈색성에 파묻게 된다. 이제 내 주얼리는 대부분 금색이다. 할머니가 물려주신 뱅글과 결혼 반지, 엄마의 귀걸이. 심심하면 손에 점 세 개를 찍어 삼각형을 만든 후, 인도 무용 수업에서 공연하던 날 엄마가 아이라이너로 내 볼에 그려준 그 문양을 그려본다. 이런 것들이 이제 내게 유일한 편안함을 준다.

"어떤 애들은 알아." 건포도가 말했다. "모두한테 말할 필요는 없잖아."

토론토에서 살면서 마주했던 먼지차별("스타벅스 여자 점원이 내 이름을 비사기라고 알고 있는 거예요. 그리고 이제는 내가 주문할 때 **매—번** 내 컵에 '비사기'라 쓰고 있다고요")에 대해 얘기해도 아빠는 지루한 듯 눈을 굴렸다. 그는 더한 경우도 많이 당했으니 말이다. 우리 아빠는 절대 백인으로 통할 수 없는 사람이다. 우리 가족 중에서도 코가 가장 인도인다운 데다 피부색이 가장 까맣다. 고로 나의 커피컵 이슈는 그에게 문젯거리 축에도 끼지 못했다. 내가 어렸을 때 학교에서 은근슬쩍 당한 인종차별에 대해 일러도 아빠는 어깨를 으쓱해 보이며 이렇게 물었다. "어떻게 애들이 네가 인도 사람인지 알았을까? 넌 어떤 사람이든 될 수 있는데."

이건 내가 누리는 특권이기도 하다. 그러나 항상 그런 것은 아니다. 당신이 내 출신을 콕 집어 얘기하지 못한다는 건 동시에 내가 **이곳** 출신이 아니라는 걸 안다는 뜻이기 때문이다. 경찰이 흑인에게 총을 겨누기보다는 아이스크림을 건네주고, 모두가 손에 손잡고 벽을 넘는다는 캐나다(특히 토론토)가 다문화를 지향한다 천명하지만 때로 인종에 관한 대화가 가능하지 않다거나 복잡한 문제로 여겨지는 걸 보면, 이곳에서도 틀림없이 인종차별이 은밀하게 퍼져 있음을 알 수 있다. 하지만 사람들은 그 사실을 잘 인정하지 못한다. 그리고 만약 인정한다면, 그에 따른 벌을 받게 된다. 그건 마치 아일랜드 사람을 비하하지 않고서는 못 배기겠다는 친척 노인네를 흉보는 것과 같다. 백인 주류 사회에서 **그들**은 자신들이 그린 풍속도가 여전히 흠잡을 데 많고 엉망진창이라는 것을 지적받으면 상처받는다. 예를 들어, 내가 캐나다 매체에 발을 들여놓기까지도 쉽지 않았다. 그들이 날 이렇게도, 저렇게도 통하는 사람이라고 여겼기 때문에 나는 그들의 입맛에 맞게 재단되었다. 나는 백인이 아니다. 아니고말고. 하지만 나보고 넌 백인에 가깝다고 하면 그 말도 맞고, 또 반대로 넌 백인과는 거리가 멀다고 하면 그 말도 맞는다. '당신은 다문화 출신입니까?'라는 설문 조사 문항이 있다면 **그렇습니다**란에 체크할 수 있다. 겉보기에만 그런 것이 아니다. 나는 다 가진 여자다!

어린 시절 느꼈던, 내 얼굴에 내뱉어지며 내 품격을 떨어뜨리고 내게서 인류애를 앗아간 모욕적인 인종차별은 어른인 내게 새로운 옷을 입고 다가온다. 지금의 나는 인종차별을 당했을 때 그냥 무시하거나, 길에서 나무 주걱을 휘두르면서 소리소리 지르는 고정관념 속의 인도 여성들처럼 받아친다. 내가 함께 일하는 여성들은 주로 백인들인데 그들은 내게 말투를 신경 쓰라고, 아니면 더 예의 있게 말하라고 한다. 내가 바로 어디 내놔도 그 두 가지는 빠지지 않는 갈색 여성인데도 말이다. 나는 내 다양성으로 인해 덕을 보고 있지만 동시에 괴롭기도 하다. 나보다 피부색이 어두운 친척이 '피부색이 너무 갈색'이라며 술집 기도들한테 쫓겨난 것 같은 일은 내게 일어나지 않겠지만, 공항 보안 검색원이 내게 더 신경 쓴다거나, 날 고용한 잡지사가 오로지 인도에 대한 글만 쓰게 한다거나, 좋아하던 남자가 내게 "네가 갈색 여자치고는 매력적이야"라고 말하는 일은 일어난다. 내 글을 좋아하지 않는 어떤 사람이 내게 암

호화된 이메일로 '사막년'이라 써 보낼 수도 있는 일이다.

이민 3세대이기도 하고 백인으로 보일 수도 있기에, 건포도는 이때까지 우리 가족이 살아온 삶과는 다른 길을 갈 것이라는 데 안도했다. 그리고 동시에 그런 나 자신에게 극도로 화가 났다. 오빠는 피부색은 밝지만 부모님이 이민자 출신이고 이름이 힌두식이다. 내 피부색은 아빠만큼은 어둡지 않지만 이름이 은연중에 모든 것을 까발린다. 그리고 내 몸은 빽빽한 숱의 털 부자다. 건포도는 지금으로서는 우리의 영역을 떠난 유일한 사람이다. 엄마가 백인인 건포도는 백인 동네에 살고 백인 음식을 먹으며, 백인 음악을 듣고 백인 학교에 다닌다. 어떤 면에서 우리에 비해 건포도에게 더 쉬운 점이 많겠지만 또 다른 면에서는 더 어려운 점도 있을 것이다. 두 파벌에 동시에 속한 건포도는 그 둘 중 어디에도 제대로 속한다 할 수 없을 것이기 때문이다. 우리는 백색성을 향해 고군분투했지만 건포도는 한 번에 두 가지가 공존하는 복잡한 상황에 대해 자기 나름의 정의를 내려야 할 것이다. 나는 건포도에게 갈색성을 각인시키고 싶지만 내 노력은 건포도를 드러내기보다는 보호하는 식이 될 것이다. 두 마리 토끼를 한 번에 잡을 수는 없다.

최근에 다시 건포도를 만나 함께 캘거리 스탬피드라는, 말떼를 놀이공원에 데려다 놓고 별별 짓을 다하는 세상에서 가장 백인스러운 로데오 축제에 가는 길이었다. 우리는 나란히 손을 잡고 앤이 운전 중인 차 뒷좌석에 앉아 있었다. "건포도야, 너 스펠링 아는 단어 있어?" 내가 물었다. "응." 건포도가 대답했다. "제이, 에이, 케이, 이."

"제이크가 누군데?" 내가 물었다.

"걔가 나보고 결혼하재." 건포도가 말했다. "우리 결혼할 것 같아." 그러면서 제이크가 평생 달성한 업적을 열거했다(그는 신발 끈을 혼자 묶을 수 있다. 그는 글을 읽을 수 있다. 그는 구름다리에 대롱대롱 매달릴 수 있다. 그러다가 한번은 떨어져봐서 이제는 '자기 입술을 깨물었을 때 느끼는 고통'에 대해서도 안다). 나를 결혼식에 초대해줄 거냐고 물었다. 건포도가 "오케이"라고 했다.

"알면 기쁜 사실이 있어요." 운전석에서 앤이 말했다.

"뭔데요? 쟤네 내일 헤어질 수도 있을 텐데요."

"어쩌면요. 근데……"

앤이 핸드폰을 건네줬다. 사진 속에는 건포도와 그녀의 미래 남편감이 서로 손을 잡고 환하게 웃고 있었다.

"제이크도 갈색 피부거든요!"

Papa ⟨papa@gmail.com⟩, March 14, 2015

자식들이 내 신경을 긁어대는구나. 내가 너희에게 너무 많은 걸 바라나 보다.

Scaachi ⟨sk@gmail.com⟩, March 14, 2015

우리가 어떻게 해주길 바라시는데요?

Papa ⟨papa@gmail.com⟩, March 14, 2015

나를 신'처럼' 대하는 걸 바란다.
완전한 신으로 대하지 말고, 신과 인간의 중간 정도 존재로 날 대하란 말이다.
나를 만날 때마다 경의를 표하는 걸 잊지 말고.
내 생각대로만 하란 말이지.

Scaachi ⟨sk@gmail.com⟩, March 14, 2015

아빠는 무슨 생각을 하는데요?

Papa ⟨papa@gmail.com⟩, March 14, 2015

생각 좀 해보마.

4장

쌰-서로울 나의 결혼식

인도 결혼식이 재미있다고 주장하는 두 부류의 인간들이 있다. 첫번째 부류는 백인들이다. 그들은 오만 것에 대단한 의미를 부여한다. 하지만 실은 멍청해서 뭐가 뭔지도 모르고 자기들 것과 다르다는 이유로 이국적이라고 좋아한다. 아 잠깐, 당신이 얼마나 인도의 '색감'을 사랑하는지 어필하지 마시길 — 피와 응가에서 온 그 색들을 딱히 존중할 필요까지는 없다.

두번째 부류는 바로 인도 땅에서, 진짜 인도인들이 치르는 찐 인도 결혼식에 참석해본 적이 없는 사람들이다. 참석해봤는데도 여전히 인도 결혼식이 재미있다고 하는 이가 있다? 그렇다면 그는 개인적인 시간과 자주성을 침해당하는 5~7일 동안의 인도 결혼식을 처음부터 끝까지 체험해보지 않은 게 틀림없다. 여러 벌의 옷을 갈아치우면서 가족 구성원으로서 의무를 다해야 하는 그 죽음의 주간을 겪어보지 않은 거다. 결혼식 본식과 피로연 정도에 갑자기 나타나 파코라○나 먹으면서 여자애들의 일자 눈썹을 보고 귀엽다고 종알거리거나 아니면 식전 헤나 문신 의식에나 나타나서 제 등허리에 문신을 해달라 하는, 그러니까 결혼식에서 본 사람들과 다시는 마주칠 일이 없는 사람일 것이다. 인도 결혼식이 추구하는 바가 여럿 있지만, '재미'는 절대 그 축에 끼지 못한다.

가족들과 함께 사촌 스위투의 결혼식에 참석하기 위해 잠무로 갔다. 그렇게 애써서 뭘 하는 법이 없는 민족을 위해 만들어진 인도 데이팅 앱 샤디닷컴◇ 덕분에 스위투의 부모님은 야성미 있어 보이지만 수염은 잘 손질되어 있고 미국에서 좋은 직장에 다니는 괜찮은 남자를 그녀에게 짝지어줄 수 있었다. 꿈은 이루어진다.

재미와는 가장 거리가 먼 것이 인도인들의 찐 인도 결혼식인 것처럼, 휴가와 가장 거리가 먼 것은 인도 사람들을 만나러 가는 인도 여행이라고 할 수 있다. 친구들에게 곧 인도로 여행 갈 거라고 이야기했더니 친구들은 하나같이 내가 그곳에서 할지 모를 환상적인 경험들에 대해 읊조리며 사진 많이 찍어 오라고, 맛있는 것 잔뜩 먹고 오라고 했다. **얘들아, 하지만 친척들을 만나기 위해 인도에 가는 경우라면 쉬러 가는 게 아니며, 멋**

○ 야채 튀김으로, 밀가루를 묻혀 튀긴 음식이다. 인도를 비롯한 남아시아 국가에서 주로 먹으며, 식당에서 팔기도 하는 인기 있는 길거리 음식이다.

◇ 인도인들이 애용하는 온라인 데이팅 서비스. '샤디'는 힌디어로 결혼을 뜻한다.

진 경험을 할 리도 없단다. 피가 가장 덜 섞인 친척들까지 만나러 가는 여행이거든. 생업이 있는 내가 인도에 언제 또 오겠니? 처음 본 친척들에게는 '만나서 반갑다' 하고, 나이 많은 친척들에게는 미리 '안녕히 가세요' 하는 거라고.

우리 가족이 잠무에 왔다. 부모님의 방문 목적은 스위투의 앞날을 축복하는 것이다. 그들은 은행에서 갓 구워진 바삭바삭한 루피화 지폐를 찾고, 두꺼운 뱅글을 준비해 빨간 벨벳 주머니에 담아두었다. 오빠 부부는 건포도를 자랑하기 위해 왔다. 건포도는 장손인 아빠의 손녀이자 우리 가족의 최신작이었다. 어머니의 기쁨이자 아버지의 노력의 결실인 그들의 딸, 즉 나는 부모님의 성공을 증명하기 위해 왔다. 나는 우리 대가족 가운데 처음으로 인도 밖에서 태어난 아이였다. 부모님이 정당한 이유로 인도를 떠나 머나멀지만 풍요로운 나라에 이주해서 잘 살고 있다는 것을 입증하는 산증인이다. 나는 기쁨이 넘치는 얼굴을 보여주면서 이렇게 말할 것이다. **하얀 피부에 몸무게랑 키도 평균인 나를 봐. 머리카락은 길고 빛나지. 나는 대학 나온 여자고 우리 민족의 풍습과 전통도 존중할 줄 안다고. 내가 인도 말 못하는 것, 나도 알아. 하지만 한때 노즈 링이 끼워져 있던 내 코의 구멍을 봐. 이 구멍은 내가 진짜배기이면서 동시에 현대적인 카슈미르 여자라는 증거야. 코울 가는 서구권에서도 번영하고 있어. 내 말이 옳다고 느끼신다면, 언제든 핸드백이나 금화 두 닢으로 동의를 표하시길.**

부모님은 내 호텔 방을 따로 예약하는 게 얼마나 중요한 일인지를 간과하고 무려 15일 동안 내가 66세 아버지와 60세 어머니 사이에 샌드위치처럼 껴서 잘 수 있을 거라고 생각했다. 호텔에 짐을 내려놓자마자 20분 동안 부모님과 치열하고도 진심 어린 언쟁을 벌인 후에(“**내가 존경해 마지않는 부모님 생식기가 누워 있는 침대를 절대 같이 쓰지 않을 것**”이라고 목 놓아 계속 소리친 결과, 부모님은 침대 옆 바닥에 간이침대를 설치해주었다) 우리는 오토 릭샤를 타고 가면 15분 거리인 결혼식장으로 향했다.

이미 결혼식장 안에는 내가 지난 5년을 통틀어 봤던 것보다 많은 인도인이 있었다. 아빠 쪽 친척들이 거의 다 와 있었다. 할아버지의 형제 중에 살아 계신 분부터, 실은 아빠의 고모뻘이지만(이것도 사실 실제 족보상으로는 아닐 수도) 아빠보다 어려서 여동생이라 불리는 분, 할머니의 남동생, 아빠의 진짜 여동생, 그리고 고모의 아들이자 몇 년 전 피로연에만 손님이 천 명 왔던(난 안 갔지만) 델리에서의 그 결혼식의 주인공 로한, 그리고 다섯 살배기 건포도와 동갑인 로한의 딸 E, 그리고 아빠의 사촌, 우리 부모님을 엮어준 엄마 친구까지.

이렇게 들으니 더 혼란스럽다고? 그게 당연하다. 실제로 우리 족보는 정말 뒤죽박죽이다. 이 인도인들은 누가 누구와 어떤 관계인지, 어떻게 연결되어 있는지 쉽게 설명해주지 않는다. 가족이니까 가족으로 대하라고만 할 뿐이다. 우리 부모님도 내 언티 중 어떤 분은 아빠의 언티이기도 하고, 엄마 쪽의 그 많은 언티 중 어떤 분은 엄마와 진짜 가족이 아니라 그저 엄마의 어렸을 적 친구라는 사실에 대해 왈가왈부하지 않는다. "엄마, 왜 나는 언티가 40명이에요? 혹시 할머니가 알을 어마어마하게 낳는 바다거북이셨나요? 그래서 눈 밑에 눈물 자국이 있는 바다거북처럼 그렇게 많이 우셨던 거예요?" 사실 좋게 보면 굉장히 이성적인 질문인데, 이렇게 묻는 것을 건방지다 하다니! "어떻게 그래요?"란 의문문은 "이건 이거다"라는 평서문에 떠밀려 설 자리가 없다. 바로 이런 식이다. 이 사람들이 네 가족이야. 실은 별로 닮지도 않았지만 서로 어디가 얼마나 닮았는지에 대한 진부한 이야기를 늘어놓을 거야. 이야기를 들으면서 미소가 번질 거야. 마음도 따뜻해질 거야. **똑바로 행동해라**.

결혼식장은 3층짜리 집이었다. 집에 딸린, 잔디가 제멋대로 난 빈터는 피로연장으로 쓰일 예정이었고, 결혼식 때 태울 장작더미가 쌓여 있었으며 실내 홀도, 멀리서 온 사람들이 옷 갈아입고 아이들 낮잠 재우는 방도 있었다. 침실도 여러 개 있었는데 그중 하나가 스위투 방이었다. 스위투는 본격적인 결혼식 주간(인도 결혼식은 일주일 내내 한다고 이미 말하지 않았는가? 심지어 세상에는 그것보다 더 짧은 징역살이도 있는데!) 전에 예비 신부들이 하는, 잘게 땋은 헤어스타일을 한 채 침대에 걸터앉아 있었다. 스위투의 엄마가 아빠의 여동생 되시니, 스위투는 내 진짜 사촌이다. 이 점에 대해서는 꽤 확신한다. 우리 둘은 피를 나누지 않았다고 하기에는 너무 비슷하게 생겼다. 스위투도 나처럼 모발이 길고 굵다. 우리 둘 다 밝고 노르스름한 피부에 코도 똑같이 생겼다. 스위투는 매사에 배배 꼬여 있고 남을 내려다보는 느낌이 있다. 지금은 성격을 죽였지만, 마음속에서 불이 나면 말 그대로 몸이 뜨거워지는 게 고모랑 똑같았다. 스위투는 모두 상서로움에 집착해서 유난을 떨 때 웃어댔다. '상서로움'이란 영어 단어는 인도 결혼식 기간 내내 쓰이는 말이다. 여기 사람들은 그 단어가 주는 느낌을 더 강조하기 위해 단어의 특정 부분에 강세를 주고 토막 내어 말한다. '썅-서롭-구나'식으로 말이다. 결혼식 날짜? **썅-서로워야** 해. 궁합은? 하늘의 별들로 점치고 반드시 **썅-서로운** 만남이어야 하지. 냅킨을 놔야 하는 위치와 준비할 음식의 양, 신부 헤나 문신의 밝기 정도 말이지? 이 모든 것이 **썅-서로운** 날, 가장 **썅-서로운** 징조가 될 수 있도록 우리 모두 최선을 다해야 해. 본인의 영어 실력에 상관없이 이렇게 말하는 이들이여, 이제부터 이 단어를 말할 때 유의하시길. 우리 독자들이 다 귀 기울여 듣고 있다고!

스위투는 고모가 자식 중 마지막으로 결혼을 해치우는 젊디젊은 처자이다. 스위투는 인도를 떠날 수 있다면 영국이든 캐나다든 미국이든 상관없이 자신을 받아주는 나라로 가려 했고 결국 영국으로 가서 몇 년 동안 학업에 열중했다. 스위투는, 내 진짜 사촌들과 어쩌다 사촌이라고 부르게 된 이들을 통틀어 유일하게 내 모습이 투영되어 보이는 아이이다. 인도로 가는 비행기에 몸을 싣는 것부터 해서 친척들과 이러쿵저러쿵 따분한 대화를 하는 데 꼬박 이틀을 보낸 뒤 스위투를 만나고 나서야 내가 왜 이곳에 오기로 했는지 생각났다. "차이 한잔할래? 밀크 차이 아니면 녹차? 설탕 넣지? 아줌마한테 차이 좀 가져다 달라고 해야겠…… **이모, 차이 한 잔!**"

스위투에게 고모를 닮아간다고 말했다. 고모는 150센티미터가 될락 말락 한 키에, 손가락과 발가락은 관절염으로 쪼그라들었지만 여전히 그 누구보다 사리 주름을 빨리 잡는 여인네다. 고모는 내게 전화해서 이렇게 소리치곤 했다. "**우쭈쭈쭈 내 사랑하는 조카! 너를 잘게 잘게 다져서 가루로 만들래. 아무도 널 찾지 못하게 말이야.**" 고모가 있는 방에 들어가는 순간 그녀는 쉴 틈도 주지 않고 "**배고프지 배고프지, 와서 뭐라도 먹어라**" 같은 공격을 퍼붓는다. 고모는 다른 사람의 진을 쏙 빼놓으면서도 완벽한 여자이고, 피부가 세상에서 가장 보드랍다. 그 누구라도 고모의 사마귀 난 작은 손으로 '얼굴 문질문질'을 당하게 된다면, 다른 사람에게 당하는 가장 사랑스러운 폭력을 경험하게 될 것이다.

"음," 내 사촌은 대답했다. "그렇다고 너도 우리 엄마처럼 변하지 말라는 법은 없는 거 알지?" 나는 소리 지르면서 스위투에게 달려들어 콱 꼬집으려 했다. 그 순간 내 안에 이미 고모의 모습이 있음을 깨달았다.

스위투는 좋은 말로 하면 양가 부모가 결혼에 관여한 중매결혼을 했다. 그 커플이 북미에서 상식으로 통하는 방식의 '데이트'나 해봤을까? 스위투와 약혼자가 결혼식 전에 둘만의 시간을 충분히 보냈을 거라 생각하지 않는다. 하지만 스위투는 그가 마음에 들었다. 예전에 스위투를 미국 영주권으로 꼬셔 낚으려 했던 첫번째 시골뜨기 녀석에게는 "예스"라 하지 않았다는 것은 익히 알고 있었다. 스위투는 스물일곱 살이었다. '이상적인' 신붓감보다는 훨씬 많은 나이였다. 스위투는 학업을 마칠 때까지 결혼을 미뤘고 실제로 남편감을 찾기 전에는 일하고 있었다. 그녀의 인스타그램 계정에는, 다른 친척 여자애들이 결혼 안 한 남자 옆에 설 때에 비하면 찰싹 붙어 있다고 할 만큼 남자와 가까이 서서 찍은 사진도 있다.

이 중매결혼이 그녀 자신의 의지인지 부모의 강요에 의한 것인지, 누구의 선택인지 묻지는 않았다. 사실 대답은 빤하다. 원래 다들 그렇게 하기 때문이다. 적어도 우리 가족들 사이에서는 그것이 순리이다. 그래서 캐나다나 미국에 사는 내 사촌들도 그렇게 하곤 한다. 그들이 하는 일종의 현대식 중매결혼에서 부모들은 이상형을 적는 칸에 자신의 딸을 먹여 살릴 '좋은 직업'을 가진 '괜찮은 청년'(그들은 '괜찮은'이라는 말이 세상에서 다다를 수 있는 최고의 경지인 것처럼 이 표현을 쓴다) 혹은 '좋은 가문' 출신에 돈 좀 있고, 시선을 끄는 외모에 예의도 바르며 피부도 허여멀건 아이를 낳아줄, 연갈색 피부에 손목이 가느다란 우아한 처녀라고 쓰인 서류를 들고 자신들의 아들딸을 선보인다. 종교와 계급도 맞아야 하며 불가피하게 피부색까지 중매의 조건이 된다.

몇 년 전, 캐나다 앨버타주에서 자란 내 사촌 한 명도 선을 봐서 인도에서 결혼식을 올렸다. 그녀에게 왜 스스로 결혼 상대를 찾지 않고 중매결혼을 선택했는지 물었더니 그녀는 오히려 이렇게 항변했다. "근데 말이지. 결혼식 전에 이 남자를 아예 안 만난 건 아니거든?" 그럼에도 불구하고 그녀의 부모는 둘이 하나가 되는 그 과정을 모두 통제하고 준비했다. 부모는 자녀의 배우자를 선택할 최고의 적임자일까? 그만큼 그들에게 믿음이 가나? 우리 부모님은 다방면에 뛰어난 분들이다. 자산 관리에도 성실하다. 엄마는 부엌 아일랜드 조리대에서 무려 양 한 마리를 한 입 크기로 손질할 수도 있다. 아빠는 2년에 한 번씩 차고를 때 빼고 광 낸다(차고 위생에 대한 강박증을 드러내는 분명한 증거이긴 하지만 말이다). 여러모로 훌륭한 부모님이지만 그들이 죽은 후에도 오랫동안 붙어 지내야 하는 내 남자를 선택하는 일은, 글쎄올시다. 그들에게 맡기고 싶진 않다.

내 기억에 우리 가족 중 최초로 비중매결혼을 한 사람은 사촌 중 가장 나이가 많은 앤지이다. 나보다 열다섯 살 많은 앤지는 우리 오빠 또래의 친척들 중 처음으로 결혼을 했는데, 상대는 고등학교에서 만난 백인 남자였다. 역시, 그러면 그렇지! 당시 여덟 살이던 내게 그 결혼은 수많은 결혼식 중 하나일 뿐이었지만, 언니와 나머지 가족들에게는 반란에 가까웠다. 먼 훗날 내가 백인 남친을 집으로 데려와서 겪은 것처럼 말이다. 앤지가 자신의 선택을 관철시키기 위해 투쟁하는 동안 언니의 남편은 언젠가는 승낙을 받을 기회가 있을 것이라며 그저 인내하고 기다리는 수밖에 없었다. 이제는 아득히 잊힌 반란 과정에서 자신이 어떤 역할을 했는지 전혀 눈치채지 못하는 그들의 아들은 이제 열네 살이 되었다(1년 동안 앤지 언니 가족과 함께 산 적이 있다. 그 당시 일곱 살이던 언니 아들은 '선한 의지만이 다뚜믈 끝내노라'라는 글귀를 써서 어느 날 아침 내 방문 밑으로 슬쩍 밀어 넣은 적이 있다. 아, 진정 그 다툼을 걔가 알아야 하는데 말이지!).

내가 중매결혼을 하길 아빠가 바란다는 것을 안다. 예전에 아빠가 권한 맞선을 거부했을 때 그는 몸속의 피가 모두 머리에 쏠릴 정도로 화를 냈다. 엄마도 중매결혼을 바랄 것이다. 하지만 내게 맞선을 권할 만큼 어리석지 않다. 오빠 역시 맞선을 거부했고 훗날 결국 캐나다 동부 출신의 굉장히 훌륭한 백인 여성 앤을 부인으로 맞았다. 카슈미르에 사는 우리 친척들은 다른 카슈미르 사람들과 결혼하곤 했다. 애초에 몇 안 되는 사람들이 세운 지역이다 보니, 그건 씨를 말리지 않고 종족을 계승하려던 의도적인 행동이었다. 하지만 계속 이럴 순 없었다. "아무리 애를 써도 카슈미르 사람과는 결혼할 수 없었어요." 앤지는 결혼식 날 자기 어머니에게 이야기했다. "다 내 사촌들이잖아요. **진짜** 내 사촌이라고요. **나중에 생길 애 얼굴을 한번 상상해보세요!**"

제 생각대로 밀고 나간 오빠가 앤의 손가락에 사파이어 반지를 끼워 우리 집으로 데려오는 것 같은 열띤 저항이 없었다면, 부모들은 스위투가 그랬듯이 나와 우리 세대의 모든 자녀들에게 딸과 신부의 임무를 기대할 것이다. "내가 네 짝을 찾아줄 수 있었으면 좋았을 텐데." 엄마가 햄 군에 대해서 평정심을 유지할 수 있게 되자 내게 이런 얘기를 했다. "세상에 어떤 부모가 자기 애를 위해 짝을 골라주고 싶지 않겠니?"

고모는 "우리 귀염둥이"라며 내 뺨을 가볍게 스치듯 어루만지더니 스위투에게 다가가 엄청 빠른 속도로 카슈미르 말을 짹짹거렸다. 스위투는 인도 결혼식에서 반드시 지켜야 할 천 가지 것들 때문에 계속 불려 다니고 있었다. 당사자가 수치심을 느낄 정도로 사소하기 짝이 없지만 신부가 해야 하는 일로 암묵적 합의가 된 것들이었다. 스위투는 숨을 깊게 들이쉬고 눈썹을 치켜올리며 나를 쳐다보더니 누군가의 처가 되기 위해서 해야 할 일들을 처리하기 위해 침대에서 몸을 일으켜 세웠다. 스위투가 무슨 말을 할 수 있을까? 그녀는 그저 인도인 신부인 것을. 스위투는 자신이 처한 상황을 잘 알고 있다.

*

결혼식 주간에는 일곱 개의 각기 다른 행사가 치러진다. 하객들도 각 행사에 맞는 다른 의상을 입어야 하는데 그것을 캐나다에서 다 싸 가지고 올 수는 없는 노릇이었다. 그리고 엄마에 따르면 내가 가져온 옷 몇 벌은, 너무 점잖거나 점잖음 수준에 미달되거나 아니면 색깔이 나를 환자처럼(이 말을 할 때 엄마는 토하는 시늉까지 했다) 보이게 한단다. 본가의 내 오래된 옷장에는 인도 옷이 열두 벌 정도 있었다. 에메랄드 색 레헨

가는 크롭탑 상의에 돌 조각, 반짝이 그리고 생각만 해도 가려운 망사 소재 장식이 달린 긴 스커트를 매치해서 입는 공주님 상·하의였다. 살와르 카미즈는 부들부들한 느낌의 실크 소재 튜닉과 바지를 함께 입는 의상이고 나머지 옷 두 벌쯤은 사리였다. 사리는 나보다는 나이가 많거나 기혼자들에게 어울리는 의상이었다. 13미터 정도 되는 천을 위태롭게 추켜올린 채 소변을 볼 수 있을 만큼 평정심을 가진 사람들 말이다(옷핀 아이템을 장착한다고 해서 레벨 업이 되지 않더라). 대체로 10년 전쯤, 내가 10대일 때 오빠 결혼식에서 입은 옷들이다. 그 후로 가슴, 허리, 궁뎅이, 허벅지를 비롯한 모든 곳이 엄청나게 부풀어 올랐다. 심지어 목까지 굵어졌다.

모든 10대 여자애들은 본인들이 너무 크거나, 너무 작거나, 어쨌거나 남들에게 인정받을 몸매는 아니라고 생각한다. 이건 본인의 신념이나 피부색과는 상관없다. 그들은 있는 그대로의 자기 자신을 증오하도록 단련받았기 때문이다. 그들은 10년 묵은 시폰 상의를 입어본 뒤에야 비로소 진실을 알게 된다. 학생 때나 맞았던 그 옷에 가슴이 팬케이크가 되도록 몸을 욱여넣으니 팔은 아래로 접히지도 않고, 장력에 미어터질 것 같은 공장제 바늘땀 사이로 팔뚝의 두부살이 삐져나온다. 그러다 보면 내가 10년 전 소녀 시절엔 몸이 **괜찮았구나**라는 것을 깨닫게 된다(알다시피 지금도 몸에 대한 콤플렉스가 있을 수 있지만, 여전히 우리의 몸매는 **괜찮다**).

결혼식 의상은 인도에서 더 싸다. 엄마는 결국 한 번밖에 입을 일이 없는 옷 대여섯 벌을 인도에서 사길 바랐지만 나는 그러기 싫었다. 이 여행을 책으로 엮는다면 앞부분은 엄마가 내 결혼식 하객용 의상을 살 때마다 내게 치수를 물어보고, 답을 듣고선 그럴 리 없다면서 되묻는 진땀 나는 이야기가 될 것이다. 인도에 가기 몇 개월 전, 내 팔 둘레와 가슴 사이즈를 엄마에게 메시지로 보냈더니 엄마가 내게 전화를 걸었다.

"이건 아니지."

"뭐가요?"

"이건 맞지 않아."

"뭐가 맞지 않는다는 건데요?"

"현실적으로 이 치수는…… 납득이 안 된다, 얘."

"대체 무슨 소리 하시는 거예요?"

"난 애를 둘이나 낳았고 너보다 나이가 세 배나 많은데, 어떻게 네 가슴이 내 것보다 크지?"

엄마와 내가 서로 다른 인간 개체이기 때문에 당연히 둘의 사이즈가 다를 수밖에 없다고 따지는 것 말고도 이성적으로 엄마의 생각에 이의를 제기할 방법이 천 가지는 있을 것이다. 내 치수가 인도에서 납득이 안 될 리 없다고 엄마를 설득할 수도 있었다. 하지만 같이 인도에 오고 나서도 이 문제로 엄마랑 왈가왈부할 것이 분명했기에 나는 마음이 편치 않았다. 내 가슴은…… 의학적으로도 특이 케이스이기 때문이다.

인도 여성들은 굴곡진 몸매를 타고났다는 고정관념이 있다. 사람들이 내 몸을 안쓰러운 눈빛으로 쳐다보면서 하는 말이다. 고등학생 때 학교 탈의실에서 체육복으로 갈아입는 내 모습이나, 필수과목이자 일주일짜리 고통 체험 과정인 수영 시간에 수영복을 입은 내 빵빵한 엉덩이며 허벅지를 보고 여자 친구들이 내게 건넨 말이기도 하다(정신 나간 학교 선생들은 아마 이런 생각을 했던 게 분명하다. '얼어 죽을 이 겨울날, 일주일 동안 매일 축축한 스판덱스 수영복 쪼가리를 걸친 열한 살짜리 여자애들끼리 서로 몸매를 평가하게 한다면 정말 웃기지 않겠어?'). 실제로 거기서 본 여자애들은 대부분 꼬챙이처럼 말랐다.

인도인들의 미의 이상형은 서구의 것을 점점 닮아간다. 조그맣고, 허리는 잘록하며, 바비 인형 젖통에, 길고 부드러운 머리카락과 가느다란 콧날. 이 중에 나는 흰 피부와 모태 직모를 가졌다. 잠무에 와서 처음으로 내가 하얗다고, 그래서 특권 계층이 된 것 같다고 느꼈다. 하지만 내 몸은 여기서도 설 곳이 없는 느낌이다. 어디를 가든 내 몸은 조그맣다고 여겨진 적도, 절대 이상적인 비율의 몸으로 여겨진 적도 없다. 내 우람한 어깨에 셔츠는 찡기고, 지퍼는 내 엉덩이에 걸려 올라가지 않고, 두 안경 렌즈 사이로 툭 튀어나온 내 코는 얼굴에 비해 너무 넓적하다. 인도에서도 내 몸은 너무 크다. 나는 위아래로도, 양옆으로도 너무나 길다. 여기서 나랑 체형이 비슷한 여자들은 키가 155센티미터가 채 되지 않는다(한번은 내가 몸에 꼭 끼는 롱드레스를 입었는데 엄마가 내게 다른 옷을 입는 것이 어떻겠냐고 했다. 엄마가 이렇게 말했다. "나는 전혀 상관없지만…… 너 알잖니, 다른 사람들이 다 뭐라고 할지." 엄마는 차이와 튀김으로 가득 찬 내 볼록한 배를 쓰다듬었다). 나는 내 몸이 인도에서 상식적인 수준일 거라고 생각했다. 내 것과 비슷한 엉덩이, 팔, 허벅지 그리고 계속 옆으로 늘어날 것 같은 굵은 목을 가진 다른 사람들을 봤기 때문이다. 애당초 아무도 같은 팀으로 넣어주지 않아서 저 구석에서 쭈그리고 있을 불쌍한 내 몸을 인도 팀에 애써 끼워 넣고 있었다.

그래도 이때까지 내 몸에 서운한 감정을 느낀 적이 없었다. 적어도 이곳에서 고통스러운 쇼핑을 시작하기 전까지는 말이다. 영어가 모국어가 아니고 내 사이즈를 아무리 알려줘도 이해를 못 해먹는 서른다섯 살짜리 옷 가게 점원들을 상대하면서 나는 갑자기 내 몸을 부끄러워하고 불편해하던 10대 청소년으로 되돌아갔다. **네 몸은 우리가 바라는 사이즈가 아냐**라고 소리치는 곳에 뚝 떨어진 느낌이었다. 내가 태어난 곳에서 당한 것보다 더 큰 소리로 말이다. 예상하시다시피 쇼핑하면서 난 기가 팍 꺾였다. 캐나다에서 난 8이나 10, 아니면 14 사이즈도 될 수 있었지만, 인도에서는 단지 XXL에 불과했다. 나는 쇼핑을 하면서 정말 중요한 것이 무엇인지를 잊지 않으려고 애썼다. 하지만 점원이 골격을 스캔한 후 말없이 고개를 내젓는 걸 보며 내 몸뚱이를 탓하지 않기란 쉽지 않다. 신체적으로나 도덕적으로나 특정 사이즈인 것이 무슨 큰 **잘못**이라고! 자의적으로 정해놓은 개똥 같은 기준에 나를 맞추면서 나 자신에 대해 아쉬워하는 마음을 어디에서 떨쳐낼 수 있는 것일까?

잠무에서 내 몸에 대해 섭섭했던 마음이 잠시 사라졌다.

바로 내 손 때문이었다. 언티들과 엉클들이 내게 누구 자식이냐고 물었을 때 엄마 이름을 말하면 그들은 내게 밝은 미소를 보여주었다. 왜냐하면 매우 당연히, 내가 엄마를 닮았기 때문이다. 그들은 내 몸 구석구석에서 엄마의 모습을 발견했을 거다. 그런 다음 짧은 손가락에 금가락지 두 개를 끼고, 빨갛게 칠한 손톱을 길게 기른 내 손을 쳐다보았다. 그리고 놀라운 표정을 감추지 못하며 내 손을 오랫동안 잡았다.

아마 난 무모하게도 이곳에서 나와 같은 편을 찾을 수 있다고 생각했었나 보다. 이민자나 그들의 자녀들에게는 어느 편에 속한다는 것 자체가 누리기 어려운 사치이다. 그건 감정의 지옥에서 고립된 것과 같다. 왜 그런지는 모르겠지만, 가장 떠나기 어렵지만 결국 계속 머물 수도 없는 곳이 바로 고향이지 않은가.

삽질 쇼핑 투어 동안 들어간 가게에서마다 우리가 거친 필수 코스가 있다. 머리도 안 들어가는 옷, 머리는 들어가지만 어깨가 안 들어가는 옷, 그리고 머리와 어깨는 간신히 들어가지만 가슴에 걸려서 날 마치 유방이 네 개 달린 여자로 보이게 하는 옷. 피팅룸에서 이 세번째 옷을 입고 나올 때마다 엄마가 드러내는 실망감은 이루 말할 수 없을 정도여서, 그 실망감을 병에 진공 포장한 다음 이민자 출신 엄마를 그리워하거나, 자기를 슬픈 표정으로 쳐다봐줄 흰머리 아줌마를 원하는 사람들에게 팔면 돈 좀 벌겠다는 생각이 들기까지 했다.

하루 종일 그 과정을 거친 후, 옷을 세 벌 샀다. 하나같이 내 마음에 들지 않았다.

인도 결혼식에 참석하면, 인도 안에서든 외국에서든 내내 남성과 여성에게 기대하는 수준이 달라서 느껴지는 불평등에 맹렬히 얻어맞는다. 아빠와 오빠는 결혼식 어느 행사에서도 전통 의상을 입어야 할 필요가 없다. 대신 대체로 그들은 운동할 때 입는 재킷이나 폴로셔츠, 아니면 티셔츠나 걸쳐 입는다. 그들은 먹고 마시는 데서도 자유롭다. 스위투의 머리 주변에서 경전을 암송하는 의식에도 참여하지 않는다. 그들의 몸은 논의의 대상이었던 적도 없다. 내 몸 때문에 소외감을 느낀 나는 이 사실에 가장 분노했다.

결혼식 전에 열리는, 신부를 위한 축하 의식 동안 하객들은 춤을 추고 노래한다. 초반에는 DJ들이 인도 팝 음악과 힙합 음악을 틀어준다. 후렴 부분에 **'섹스 인 더 모닝'**이라는 구절이 반복되던 노래를 듣더니 엄마는 날 쳐다보며 얼굴을 찡그렸고 나는 오글거림에 못 이겨 가루가 되어버릴 것 같았다. 후반에는 가수가 라이브로 카슈미르 전통 가잘°을 불렀다.

서로 춤추는 모습을 지켜보기 위해 여자들이 모두 아래층으로 내려와 있었다. 난 불편한 의상에 몸뚱이를 욱여넣은 상태였다. 발 디딜 때마다 삐걱거리는 오래된 마룻바닥처럼 숨을 내쉬는 족족 터질 듯 아슬아슬했다. 그때 남자들은 싸구려 위

° 사랑이나 고통을 주제로 한 시에 곡조를 붙인 노래.

스키에 우르르 모여들어 생선 튀김과 치킨을 먹고 있었다. 종교 행사로 인해 술과 고기가 모두에게 엄격하게 금지된 그날, 여자들에게 배급된 음식 중에는 맛난 단백질이 한 조각도 없는데 남자들은 술 마시고 고기도 먹는 것에 난 무엇보다 분개했다.

나는 테라스에 있던 아빠한테 다가갔다. 아빠는 나와 비밀연애라도 하는 것처럼 조심스럽고 나지막한 목소리로 내게 닭고기를 먹어보라고 했다.

"왜 남자들한테는 술을 주죠?" 아빠에게 물었다. "여자들은 바보 같은 옷을 입고 아래층에서 구질구질한 것들만 보면서 사이다랑 환타나 마시고 있는데 말이죠."

"원래 그런 거니까 그렇다."

"참 가부장제스러운 헛소리네요." 나는 입에 치킨을 한가득 물고 튀김옷 덩어리를 입 밖으로 발사하면서 말했다. "참 위선적이에요. 페미니즘 관점에서 최악이군요."

"네가 그렇게 생각해야만 한다면 그렇게 여기렴."

"하지만 아빠도 한몫 거들고 계시잖아요."

"아, 그렇지." 계속 마시면 은근 취하는 달짝지근한 술을 비우며 아빠가 말했다. "그래서 우짤낀데?"

이때까지 제자리를 지켜낸 전통에 대해 왈가왈부하는 것은 너무나 소모적인 일이라 아빠나 나나 애써 이걸로 말싸움한 적이 없었다. 지금 무기력하게 내 입에 생선 튀김을 넣어주고 있는 아빠를 보시라. 그는 교육의 중요성을 강조하고, 경제

적 자립을 요구하며, 인간과 제대로 소통할 능력도 없을 아기 때부터 내게 주체적으로 살 것을 강요했던 그 사람과 같다고 보기 힘들 정도였다. 1950년대에 태어났지만 그는 어쩌면 내가 아는 사람들 중에 가장 그럴싸한 수동적 페미니스트로서, 그가 할 수 있는 수준에서 성평등을 추구하는 데 최선을 다했다. 하지만 남자들이 인도에 오면 이런 사소한 불평등 문제에 대해 빡빡하게 굴지 않게 되나 보다. 나는 인도인을 야만인이나 동물 취급하며 그들이 퇴행하고 있다는 식의 썰을 푸는 것에 질색한다. 실제로 그렇지 않기 때문이다. 그러나 일부 인도인에게는 생선 튀김이 놓인 식탁에서 겸상할 사람을 고를 특권이 있다는 것은 분명했다.

다시 한번 말하지만, 난 그저 프라이드치킨이 먹고 싶다. 하지만 이렇게 시대에 뒤떨어진 풍습이 언제까지 더 이어질지 알 수 없다. 아래층에서 신부와 함께 춤을 추던 서른 살 이하의 젊은 여성들은 핸드폰을 손에서 놓지 않았고 흠잡을 데 없는 영어를 구사했다. 그리고 그들 모두 미국으로 떠나길 원했다. 종이컵에 김빠진 탄산음료를 마시는 여자들과, 위층에 우르르 모인 그들의 아버지나 남자 형제들의 조합을 떠올려보자. 현재 그런 남자들과 함께하는 삶에서 행복을 느낄 여자는 여기에 단 한 명도 없을 것이다.

신부의 오빠이자 사촌 로한이 내 어깨를 두드리면서 속삭였다. “술 좀 가져다주라?” 로한은 가족이 하라는 대로 하는 사람으로 나이는 나와 내 부모님의 중간 정도 된다. 하지만 그는 내가 얼마나 이 모든 것에 넌덜머리를 내고 있는지 잘 알아챘다.

내가 말했다. "내가 살아 있는 한, 항상, 계속, 제발 좀 그래줘."

"조금만 기다려봐." 아마도 어떤 사람들은 변화를 향해 노력하고 있다. 조용하게라도.

아래층으로 돌아와보니 스위투는 또 옷을 갈아입느라 애쓰고 있었다. 스위투에게 끔찍한 고통을 안겨주었을 헤나 문신이 팔다리, 손발에 뒤덮여 있었고 문신 잉크가 굳어서 가루가 되고 있었다. 그녀와 가족들에게 노래를 선사하고 있는 젊은이는 구릿빛 피부, 빛나는 하얀 이 그리고 엘비스 스타일의 꽁지머리였을 법한 숱 많고 짙은 색 곱슬머리를 뽐내는 고전적인 카슈미르 미남이었다. 나는 그가 마음에 들었다. 그의 얼굴은 매력적이면서 웃기기도 하고 다정해 보였다. 그는 여성용 전통 드레스를 입고 손목에는 뱅글을, 발목에는 짤랑짤랑하는 발찌를 했다. 다리엔 종을 매단 끈을 긴 천과 함께 엮어서 무릎 아래로 늘어뜨렸다. 위층에 있던 남자들이 서서히 아래층으로 내려오더니 공연에는 아랑곳하지 않고 그를 조롱하듯 큰 소리로 수다를 떨었다. 의상을 입은 나의 노래남은 가족들에게 노래를 부르면서 결혼식장을 이리저리 뛰어다녔다. 그는 차례로 신부의 삼촌(아빠와 차차는 그와 함께 무대 주변에서 어색하게 춤을 추었다)과 고모 부부를 불러 일으켜 세웠다. 그는 노래 부르고 춤추라며 엄마도 무대 위로 끌고 갔다. 그 남자가 엄마에게 곡조 붙인 카슈미르 말로 "당신의 영웅은 누구?"라고 묻고 있는

데, 아빠가 괜히 화난 척하며 엄마를 끌고 내려오기 위해 무대 위로 올라가 말했다. "나다, 제길." 그러고는 우악스럽게 한 손으로는 그의 가슴에 삿대질을 했고 다른 한 손으로는 웃는 엄마를 끌고 내려왔다.

스위투가 다가와 내 어깨를 감싸더니 나를 끌어안았다. 그녀에게서 굳은 헤나 잉크와 세 시간 동안 쉼 없이 춤추며 묵은 땀 냄새가 났다. "재미있어?" 스위투는 부드러운 영국식 인도 억양 영어로 물었다.

"재미는 있는데 저 드레스 입은 남자에 대해 좀 말해줘 봐. 드레스 입은 남자는 원래 웃기라고 있는 건가?"

"맞아. 여자 흉내 내는 거거든."

"하지만 왜 드레스를 입어야 해?"

"드레스를 안 입으면 보기에 재미가 없으니까?"

"근데 왜 그게 웃기지?" 이 공연은 동성애자와 트랜스젠더 혐오이며 동시에 여성을 보여주기식으로 대상화했다. 여성을 물건처럼 대하고 오락거리로 상품화했다. 성적 농담거리에 지나지 않는 여장 남자라니.

"있지," 스위투는 몹시 격분해 말했다. "여긴 매우 위선적인 나라야. 여자들은 남자들 앞에서 춤출 수 없지. 하지만 여자 드레스를 입은 남자는 남자들 앞에서 춤출 수 있어. 이 자체가 웃음거리인 거야. 여자들을 조롱하는 거지." 그러다 그녀가 웃으면서 내 볼을 꼬집었다. 화가 날 만한 말을 듣고, 아플 정도로 꼬집혔지만 왠지 모르게 그냥 웃음이 나왔다.

인도에서든 캐나다에서든 여성의 모든 것은 조롱거리가 된다. 스위투는 자립심 있는 여성이다. 내가 보기에 그녀는 그래왔다. 하지만 이 결혼에서 스위투는 여성을 인간으로 대한다고 보기 힘든 풍습과 전통, 그러니까 으레 그래왔기에 대물림되는 하나하나를 견뎌야 했다. 스위투는 손질해서 구워질 고깃덩어리같이 그 자리에 가만히 있어만 줘도 되는 신부가 아니었다. 두개골에 화려한 기계장치 같은 어마어마한 장식들을 매달고 이런저런 의무를 다 해내야 했다. 그동안, 스위투는 자기 욕망과 바람을 그 어디에도 드러내지 않았다. 그녀는 거의 불평하지도 뭘 부탁하지도 않았다. 아마도 이건 인도 여자애들이 어렸을 때부터 결혼식에 가서 모든 과정을 지켜보고 그들에게 기대되는 역할을 학습했기 때문일 것이다. 조용히 지내며, 불평하지 말고, 울되 소리 지르며 울지 말고, 연장자들에게 마실 차를 내어주고, 차분하게 남들의 기대에 부응하도록 노력해라.

가끔 햄 군은 내 왼손을 잡고 자기 얼굴에 갖다 댄 다음 우리가 언제쯤 결혼할 수 있냐고, 청혼은 언제 해야 하냐고 묻는다. 나는 항상 좀더 있어보자고, 지금은 아니라고 말한다. 사실 내 마음속에 딱 정해놓은 날짜가 있는 것은 아니다. 내가 이러는 건 그를 고문하기 위해서라기보다는(재미있기는 하지만), 결혼이 무엇을 의미하는지 알기 때문이다. 햄 군이 원하는 것은 하루 날을 잡아서 우리가 사랑하는 모든 이들을 불러 모아 큰 파티를 여는 것이다. 그의 친구들이 마음껏 술 마시고, 먹고 싶은 걸 먹고, 그 와중에 우리는 결혼 선물로 미니 토스터 오븐을 받을, 바로 그런 파티 말이다. 그는 다정하고 소중하지만 아무것도 모르는 멍청이다. 예식 전 몸을 정결하게 하기 위해 우유에 몸을 적셨다, 장미 꽃잎 세례를 받았다, 다시 요구르트로 목욕하는 진풍경을 사촌 결혼식에서 본 여덟 살짜리 아이가 되어본 적이 없기 때문이다. 그는 남자들이 보는 앞에서 여자들은 춤추는 것이 허락되지 않지만, 여자 옷을 입은 남자는 춤춰도 괜찮은 상황을 경험해본 적도 없다. 많고도 많은 언티 중에 하나가 내게 '좋은' 부인이 되는 법을 강의하는 동안 그도 다른 남자들처럼 프라이드치킨을 먹으면서 찬장에서 몇 년은 묵은 병맛 위스키를 꺼내 마시겠지. 구린 감이 있지만 나는 그가 어쩔 수 없이 그랬다고 생각하며 그의 죄를 사하여주겠고 나는 더 깨쳐져야 하겠지.

부모님은 우리가 결혼하기를 바란다(그들에게 동거는 나이나 인종 차이보다 훨씬 질 나쁜 죄악과 같다). 그들은 우리가 시청에서 결혼하든, 라스베이거스에서 혼인신고만 하든 상관없다고 주장한다. 거짓말쟁이들. 5학년 때 미용실 언니에게 받은 잘못된 권유로 픽시컷을 한 적이 있다. 60센티미터 되는 꺼먼 머리를 양털 깎듯이 토막토막 잘라냈다. 엄마는 그 머리카락을 다 모아서 튼튼한 지퍼백에 넣은 후 가방에 쑤셔 넣었다. "엄마, 뭐 해요?" 내가 물었다. "네가 커서," 엄마는 대답했다. "너 결혼식 할 때 머리카락 연장할 거잖니. 그때 이 머리를 쓸 수 있어." 엄마는 그 머리카락을 차고 냉동고에 넣어두었다. 아직까지 내 머리카락은 거기 있다. 가끔 냉동 피자 만두를 발굴

하기 위해 냉동고에 손을 집어넣었다가 내 DNA로 채워진 그 지퍼백을 꺼내든다. 우리 엄마는 내가 꼭 제대로 된 결혼식을 하길 원한다. 이건 내가 어떻게 할 수 있는 게 아니다.

엄마는 백인들은 우리를 이해하지 않는다고, 어떤 상황에서도 이해 못 할 거라고 말하곤 했다. 심지어 그가 참을성 있는 호인이라도 말이다. 이는 친척들 중에 카슈미르 동지나 적어도 힌두교 동지가 아닌 사람과 결혼한 경우가 극히 드물다는 엄마의 주장을 뒷받침하는 근거였다. 나는 엄마가 환원적이고 지독하다고 생각했지만 지금 와서 생각해보니 엄마는 내가 몰랐던 것을 알고 있었구나 싶다. 의무를 강요받아본 적이 없는 사랑꾼 햄 군에게, 내 삶엔 지켜야 할 의무 사항이 넘쳐난다는 것을 어떻게 설명하지? 자기야, 자기가 좋든 싫든 간에 상관없이, 자긴 이런 여자랑 결혼한 거야. 앞으로 전통의 중요성을 설파한 윗세대들조차 어이없다고 느끼는 관습을 지키는 데 평생 전념해야 해. 결혼식은 그 첫번째 단계에 지나지 않아.

그렇게까지 말했는데도, 로한은 내게 술을 가져다주지 않았다.

*

결혼 주간 Day 5, 빈틈없는 **5일**을 꼬박 보내고서야 드디어 진짜 예식을 올리는 날이 왔다. 나는 빈티지 느낌이 나는 토론토 프로야구 팀 블루제이 긴팔 셔츠를 입고 있었다. 망사와 구슬이 잔뜩 달린 가렵고 투박한 3킬로그램짜리 레헨가를 입고 기다리길 관뒀기 때문이다. 반드시 그걸 입어야 하는 순간이 닥쳐오기 2분 전에 그 옷에 몸을 집어넣기로 마음먹었다.

"지금 입고 있는 옷 말고 **괜찮은** 티셔츠 없니?"

"이게 어때서요?"

"그 옷은…… 마치…… 거기……서 온 것 같아……" 엄마가 말을 쉽게 잇지 못했다. 엄마는 영어로 내게 모욕적인 발언을 하기 전, 상황에 맞는 적당한 단어를 떠올리기가 쉽지 않을 때 이런 식으로 말한다.

"어디?"

"의류 수거함 같은 거 있잖니."

별로 그렇게 기분 나쁘지 않았다. 전에도 여행 도중 엄마가 내게 옷 좀 갈아입으라고 세 번 이야기했었다. 그때에 비하면 이번은 가장 약한 수준의 모욕이었다. 여기에 온 지도 며칠 안 됐는데 벌써 사이가 나빠지면 안 되지.

일정에 따르면 예식은 6시에 시작될 예정이었다. 하지만 표준적인 인디언 타임에 따르면 그건 예식이 실제로는 7시에나 시작될 것을 뜻한다(결국은 8시가 되어서야 시작되었다!). 그럼에도 불구하고 우리는 의무감을 띠고 아침 10시에 결혼식장으로 향했다. 결혼식장에 도착해보니 스위투는 벌써 그곳에 와 있었다. 스위투는 내가 본 신부 중에 가장 현명하고 침착했다. 그럴 수 있었던 건, 결혼식 5일째쯤 되니 더 이상 내 맘대로 할 수 있는 것이 없구나 하는 현실을 자각했기 때문이지 않았나 싶다. 자신이 선택할 수 있는 것이 없었다. 입을 옷, 먹을 음식, 똥 누러 가는 타이밍, 그리고 꼬물꼬물 기어 다니는 아기 사촌을 자신과 같은 침대에 재울지 여부까지도. 신부가 원하는 바는 중요하지 않다. 결혼식 날은 신부가 아니라 바로 신부 엄마를 위한 날이라니까! 신부는 사람들을 볼 때마다 그저 참한 얼굴로 상냥하게 '나마스카르'° 하며 인사하면 된다. 스위투도 똑같았다.

통상적인 코스(차이, 로티, 버터, 차이)를 몇 시간에 걸쳐 밟아주고, 스위투의 머리를 준비시키는 과정이 시작되었다. 스위투는 머리맡 양옆으로 호위를 받았다. 한쪽엔 언티 한 명이, 다른 한쪽엔 나와 여자 사촌들이 앉았다. 언티는 코코넛 오일을 스위투의 머리카락 뿌리부터 끝까지 듬뿍 처발랐다. 다른 언티들은 의미를 알 수 없는 인도 노래를 흐느끼듯 불렀다.

스위투의 머리가 정갈하게 빗겨진 후에는 고통스러운 가르마 타기 차례였다. 원래 앞가르마 타는 데 2~3초 정도면 충분하지만 이 경우엔 빗이 사용되지 않았다(어머니께서 말씀하셨다. "그거 금지야." 결혼 주간 중 말도 안 되는 일을 정당화할 때마다 이 말을 하곤 했다). 심지어 모든 언티가 가르마 타기에 동참하고 싶어 해서, 완벽한 직선 가르마에 대한 합의점을 찾기란 쉬운 일이 아니었다. 결국 그래 바로 이거야, 이거면 됐다 싶을 때까지 그들은 반복해서 손가락으로 스위투의 머리카락

° Namaskar. 힌디어로 '안녕하세요' 혹은 '안녕히 가세요'를 뜻하는 인사말. 널리 알려진 인사말인 '나마스테'보다 더 공손한 느낌을 준다.

을 빗겼고 긴 손톱으로 가르마를 탔다. 언티는 스위투의 양 갈래 머리 다발에 붉은 실을 함께 엮어가며 긴 밧줄 모양으로 땋았고 그 끝에는 금색 술 장식을 달았다. 그런 다음, 땋은 머리를 넓은 금색 리본으로 감쌌다. 그리고 스위투의 이마에 구슬 박힌 머리쓰개를 둘렀다. 이 시점이, 언티들이 스위투의 머리를 찔러대고 머리카락을 잡아당기기 시작한 지 45분이 흘렀을 때다. 이때부터 스위투는 땀을 흘렸다. 머리쓰개는 아무것도 아니었다. 그 위에 하얀 천 조각을 올린 뒤 그걸 또 머리쓰개에 꽉 끼워 넣고 스위투의 피부와 기름진 머리카락 위로 잡아당겼다. 나는 스위투의 무릎을 도닥였다. 그녀는 끙끙거렸다.

언티들은 얇고 번쩍이는 합성 섬유로 만든 금색 모자를 그 위에 얹었다. 그런 다음, 금색 별과 자수가 새겨진 흰 천을 얹었고 그 위에 또 다른 머리쓰개를 더했다. 마지막으로 그 모든 걸 머리에 단단히 고정해줄 핀을, 그날 초저녁부터 내가 맡고 있던 회색 쇼핑백에서 꺼내라고 내게 소리쳤다. 사이코패스가 아니고서야 당연히 그 안에 흔히 쓰는 실 핀이 들어 있을 거라 생각했지만, 내가 꺼낸 것은 옷핀이었다. 성인 여자 셋이서 스위투의 머리를 잡았다. 그들은 두개골을 가시로 콕콕 찌르며 스위투의 머리카락에 그 화려한 기계장치 같은 것을 옷핀으로 고정시키기 시작했다. 마침내 스위투는 굴복했다. 닭똥 같은 눈물이 얼굴을 타고 흐를 새도 없이 바닥에 뚝뚝 떨어졌고 스위투는 소리를 지르며 울어댔다. 그 모습을 본 언티들은 콧방귀를 뀌더니 소리를 지르며 웃음을 터뜨렸다. 언티들이 비웃어대는 것도 이 모든 과정의 일부일까? 아니면 언티들은 스위투가 결혼의 묘미에 취해 눈물을 흘리고 있다고 생각했을까? 인도 신부들은 원래 결혼식 날 슬퍼해도 이상한 일이 아닌 걸까? 곧 서른이 되는 스위투는 언티들에겐 여자가 되어가는 한 소녀일 뿐이었다. 그래서 그들은 웃었으리라. 하지만 나는 두개골을 찔러대던 옷핀 때문에 스위투가 울었을 것이라고 지금도 굳게 믿고 있다.

가족과 친척들이 스위투의 고통을 보며 환희를 느낀 게 분명했다. 그런 느낌이 든 건 이번이 처음은 아니었다. 결혼 주간 동안 스위투는 고통스러운(하지만 필수적인) 순간들을 여러 번 맞이했는데, 그중에서도 가장 절정이 바로 데주르를 준비하는 과정이었다. 데주르는 금색 체인에 풋볼 공같이 생긴 커다란 금색 펜던트가 아래로 덜렁거리도록 귀에 매다는 장신구로, 결혼반지처럼 유부녀임을 나타내는 상징이다. 데주르는 양 귀 한가운데에 있는 연골에 구멍을 내어 통과시키는 방식으로 채워진다. 보통은 딱 달라붙는 작은 귀걸이나 링 귀걸이로 피어싱을 하는 부위에 체인이라니. 마음대로 움직일 수도 없는 신체 부위를 째서 만든 구멍에 체인을 잡아끌어 통과시키다니, 그건 못 할 짓이다. 아직 유부녀가 아닌 스위투의 귀에는 체인 대신, 장식 달린 빨간 실이 꿰어져 있었다. 체인이 아니더라도 양쪽 귀에 두꺼운 금붙이를 매달고 있는 것 자체로도 충분히 고통스러울 것이다. 스위투는 모닥불 옆에 앉아 흐느끼며 제발 살살 해달라고 애원했다.

그 와중에 스위투의 반려자가 될 사람은 아무것도 하고 있지 않았다. 10년 전쯤, 오빠는 자기 결혼식에서 차갑게 식은 토사물 맛이 나는 인도식 푸딩을 강제로 먹고, 누군지도 모르는 몇백 명의 사람들과 포옹하고, 개같이 더운 날 모닥불 앞에서 한 시간쯤 기도했다. 하지만 그 누구도 오빠 몸에 구멍을 낸 다음 뭔가를 꿰어 넣으려 하지는 않았다. 나는 결혼식 때 신랑 머리에는 아무런 구멍을 뚫지 않는다는 것에 분개했다. 데주르 의식이 끝나자 스위투가 결혼식장 건물 옥상에서 잠시 보자고 했다. 극도의 피곤함을 경험 중인 그녀는 내 어깨에 쓰러지다시피 했다.

"정말 너무해." 스위투가 말했다. "끝나지를 않잖아." 그녀는 창백한 얼굴에 희미한 미소를 띠었고 손가락으로 내 머리카락을 돌돌 감았다. 나는 말했다. "있잖아. 좋은 소식이 있어. 그건 어차피 우린 죽고 이딴 거 다 의미 없어진다는 거지." 스위투는 될 대로 되라는 듯 심하게 웃음을 터뜨렸다. 그러다 내 볼을 꽉 꼬집고는 다음 할 일을 하러 유유히 사라졌다.

원래 예식이 시작되었어야 하는 시간보다 한 시간 늦게, 나와 내 사촌 버디는 신랑을 맞이하기 위해 스위투의 다른 사촌들과 함께 현관으로 걸어 나갔다. 그는 오지 않았다. 우리는 그가 나타나기를 기다리며 카펫이 깔린 긴 런웨이의 끝자락에 천수국 꽃잎이 담긴 은 쟁반을 들고 서 있었다. 우리 오빠와 피곤해서 징징대는 건포도를 비롯한 다른 사람들은 신랑에게 줄 화환을 들고 있었다. 그러고 나서 우리는 한 시간을 또 기다렸다.

드디어 신랑이 나타났다. 생화와 돈으로 휘감은 버건디 색 인조 벨벳으로 머리끝부터 발끝까지 치장한 모습이었다. 이제야 예식이 시작되었다. 버디와 나는 장작더미 쪽으로 향하는 신랑을 뒤따라 걸으며 천수국 꽃잎을 그의 머리 위로 뿌렸다. 우리는 문 앞에서 화환을 들고 바글거리는 하객들, 그러니까 지금껏 본 것보다 더 많은 언티와 엉클 쪽으로 향했다. 그들이 차례로 신랑 목에 화환을 걸어줄 때마다 사진과 동영상을 촬영하느라 우리는 가던 길을 잠시 멈춰야 했다. 하객들은 NG를 내면 큰일 나는 배우들처럼 결국 본인들이 사진에 제대로 찍힐 때까지 다시, 또다시 그 짓을 반복했다. 남의 결혼식에서 **뭣같이** 보인다고 해서 누가 신경 쓴다고 저럴까?

신랑이 그러는 동안 나와 버디는 스위투를 데리러 위층으로 올라갔다. 스위투는 세상 끝까지 드리울 것 같은 붉은 천에 끝단에는 정체를 알 수 없는 꽃, 잎사귀, 덩굴을 굵은 금색 실로 수놓은 사리를 입고 단장했다. 일곱 개는 됨 직한 금 목걸이를 걸고 인도 여자들이 결혼할 때 한다는 작은 진주와 루비, 검은색 보석을 두르고 있었다. 시럽 코팅한 사과색 입술. 가늘게 검은색 라인을 그린 눈. 누군가가 확 꼬집은 듯한 볼. 그리고 머리 장식 밑 가르마에 달랑달랑 매달린 장신구에서 시선을 아래로 옮기면 이마 한가운데에 빈디°가 자리 잡고 있었다. 스위투에게 아름답다고 이야기했다. 그녀는 정말 아름다웠다.

° 이마에 찍는 붉은 점. 유부녀를 상징한다.

“정말?” 스위투가 모든 것을 초탈한 듯이 되물었다. “나는 이상한 것 같아.”

“아니야. 다 완벽해 보여. 정말이야.” 스위투의 목걸이에 엉킨 데주르를 풀어주려다가 의도치 않게 귀를 잡아당겼다. 그녀는 비명을 질렀고 나는 문워크로 여덟 발짝 뒤로 물러났다.

나는 생각했다. **이제, 곧, 모든 축복을 받으며 신부와 신랑이 결혼하게 되겠지. 모두 그 모습을 볼 테고 참 아름다운 광경일 거야.**

하지만 그런 일은 일어나지 않았다. 인도 사람들이 계획한 인도 결혼식이니까 그렇게 될 수 없었다. 인도 사람들은 당연한 일에도 서로 다 의견이 다르다. 그러므로 그들과 함께라면 사람들이 보통 기대하는 식으로 사건이 전개되지 않는다. 스위투를 장작더미로 데려가는 동안 나는 어떻게 천 명쯤 되는 저 하객들이 모두 식을 볼 수 있을까 의아했다. 기도 예식 때 그 주변에 직계 가족만 앉혀도 충분하지 않은 공간이었다. 버디에게 그 방법을 묻자 버디는 내 바보 같은 면전에 웃음을 터뜨리며 대답했다. 바로 이럴 때 아웃사이더임을 느낀다. “일단 예식은 밤새도록 진행되거든. 그리고 아무도 그 식을 보지 않아. 여기 있는 모두가 뭐 먹으러 갔다가 좀 쉬었다가 밖에 좀 앉아 있다가 그러다가 피곤해진다 싶음 집에 갈 거야.” 그때가 밤 9시였다. 예식은 앞으로 아홉 시간 동안 더 이어질 예정이었다.

나는 무기력하게 식장 이곳저곳을 왔다 갔다 하며 밤을 보냈다. 밤 11시가 되어서 스웨터와 청바지로 갈아입고 엄마의 모직 숄을 어깨에 둘렀다. 가지 튀김, 요구르트에 빠져 헤엄치던 연근 조각, 차와 쿠키를 내 몸에 때려 넣었다. 몇 시간이 지나자 주변에 더 이상 내가 아는 사람들이 보이지 않았다. 새벽 4시, 햄 군의 생일이 되었다는 게 기억났다. 내겐 와이파이도, 작동되는 유심도 없었기에 그에게 **이 이상한 여행에 당신을 왜 안 데려왔을까, 후회스럽다**는 말을 전할 방법이 없었다. 이제는 텅 빈 피로연장에서 쓰잘머리 없는 핸드폰을 든 채 엄마의 숄로 내 몸을 꽁꽁 감싼 후 태아처럼 몸을 웅크리고 울었다. **여기는 왜 이렇게 추운 거야?** 나는 생각했다. 여기 인도잖아. **인도는 모름지기 더워야 하는 거 아니었나.**

몇 시간 후 아빠가 나를 깨워 같이 밖으로 나갔다. 새 삶을 향해 가는 스위투를 배웅하기 위해서였다. 통상적으로, 수백 년 동안 해온 식으로, 새 신부는 결혼식장을 떠나 남편의 가족과 합가해 산다. 우리 엄마도 결혼할 때 그렇게 했다고 한다. 몇 년 동안 엄마는 시부모님과 함께 살았고, 할아버지가 돌아가시고 난 이후에는 차차와 함께 살았다. 스위투도 남편과 북미로 이주하기 전까지는 잠시나마 시부모님과 함께 살러 가야 했다. 우리는 작별 인사를 나눌 채비를 했다.

새벽 6시. 우리가 처음 신랑을 맞이한 곳에서 다시 의식이 시작되었다. 이 여행을 시작한 이래 나의 불만 지수가 최고봉을 찍을 때쯤이었다. 죽도록 하기 싫은 학교 연극 때문에 침울해져서, 페이스북 접속 시간을 제한하는 부모와 떨어져 혼자만의 시간을 갈구하는 성난 10대 소녀나 다름없었다. 하지만 그

때, 쉴 새 없이 내 귀를 괴롭히던 불협화음이 멈추었다. 길에서 아이들이 내지르는 소리, 다른 운전자를 들이받아버릴 것 같은 오토바이의 모터 진동음, 끊임없이 들려오는 인도 여자들의 수다, 수다 그리고 또 수다. 그 모든 소음이 사라져 고요했다. 난 누구인가, 또 여긴 어디인가. 삐딱선을 타던 내 부정적인 마음도 스르르 녹았다. 달도, 해도 떠 있지 않았다. 그저 비포장도로가 바람에 쓸리면서 일어난 불그스름한 흙먼지 소용돌이와 이리저리 쳐둔 분홍색, 주황색 휘장 너머로 보이는 남색 하늘뿐이었다.

바로 그때, 스위투가 하객들 사이로 유유히 걸어 나왔다. 아무도 말소리를 내지 않았다. 훌쩍거리며 얼굴을 티슈에 처박는 소리만이 냉랭한 공기를 채울 뿐이었다. 스위투는 내게 다가왔다. 그녀의 눈은 피곤에 찌들었고 화장은 녹아 흐르고 있었다. 스위투는 내 목을 감싸 안았고 나는 어쩔 줄 몰랐다. 신부에게, 특히 우는 신부에게 무슨 말을 어떻게 해야 할지는, 지금도 정말 모르겠다. "괜찮아." 나는 스위투에게 말했다. "나도 북반구 저 반대편에서 살잖아."

스위투는 차 쪽으로 한 걸음 옮겼다. 그러다 갑자기 뒤돌아서서 고모를 꽉 안았다. 그들은 마치 잠시 멈춘 세상에 둘만 있는 것처럼 서로 부둥켜안았다. 둘의 심장에 과부하가 걸릴 것 같았다. 앞으로도 절대 그렇게 격하게 사용될 리 없는 내 심장이라도 내어주기 위해 가슴을 가르고 싶을 정도였다.

스위투는 차를 타고 손을 흔들며 작별 인사를 했다. 그리고 새신랑과 함께 시가로 출발했다. 고모는 사마귀가 난 작은 손을 가슴에 얹고서 차가 떠나는 것을 지켜보았다. 돌아선 고모는 온몸이 흔들리도록 꺽꺽 흐느끼다가 쓰러졌다. 고모는 얼굴을 감싸 쥔 채로 부축을 받으며, 아주 많은 양의 차이가 기다리는 결혼식장으로 돌아갔다.

하지만 지금 생각해보니 애당초 왜 그렇게 우리 모두 울어댔는지 모르겠다. 비웃음을 사도 싼 게, 스위투는 남편 집에서 고작 일곱 시간 머물고 결혼식장으로 돌아왔다.

스위투의 시가 식구들은 그녀의 머리쓰개를 풀어주고 머리카락에 묻은 오일을 씻겨주었다. 스위투는 사리를 풀어 벗은 후 다른 선홍색 사리로 몸을 감쌌고, 우아하게 올린 머리를 핀으로 고정했다. 그 전날 저녁부터 뭘 먹긴 먹었을까 싶고 잠도 한숨 못 잤을 텐데 싶었지만, 변신한 그녀는 완전 달라 보였다. 스위투는 어른이 되었다. 성인 여성의 옷, 헤어스타일, 화장 그리고 이제는 실이 아닌 금색 체인을 귀에 건, 제대로 된 데주르를 갖춘 진짜 여성 말이다. 이 착장이 스위투가 진정한 여자가 되었음을 보여주는 표식이리라.

중매결혼이 나는 아직도 편치 않다. 중매결혼이 초래하는 결과, 그러니까 여성이 중산층 가정의 노예로 팔려나가는 것이 비도덕적으로 느껴진다. 인도뿐만 아니라 다른 곳에서도 이런 일은 차고 넘친다. 하지만 스위투와 새신랑이 미소 짓고 서로 속삭이며 농담을 나누는 장면은 보기 좋았고, 잠시나마 서로를 살짝 터치할 때는 내가 아는 백인 커플들보다 더 가깝게 교감하는 듯했다. 휘몰아치듯 혼란스러운 인도 결혼식 와중에도 그들은 마치 태풍의 눈에 있는 것처럼 편안한 침묵 속에서 서로를 응시했다. 중매결혼은 그 둘에게 먹히는 방법이었다. 여전히 잘 산다고 하니, 지금도 잘 먹히는 중이다. 그럼 됐지 뭐. 결혼은 그러면 된 거 아닌가. 게다가 그 끝도 없는 결혼식을 떠올려보자면, 둘은 무조건 잘 살아야 한다고!

*

인도는 알록달록한 밝은색과 빈곤함이 풍기는 매력적인 이미지로 묘사되는 경우가 많다. 백인들이 제작하는 인도 배경의 영화나 뮤직비디오에서 흔히 등장하는 장면으로 봄 축제 홀리°를 꼽을 수 있다. 영상 속에서 흰색 티셔츠를 입은 갈색 피부의 사람들은 서로에게 색색의 가루를 뿌려댄다. 누군가에게는 의미 있는 날이겠지만, 실제로 축제가 언제인지조차 모르는 사람들이 이 날을 묘사하는 건 뭔가 이상한 구석이 있다. 거꾸로 목적성도 없이 사람들이 우르르 나와서 미국 대통령의 날을 축하하는 영화를 인도 사람이 찍는다고 생각해보시길.

인도의 이미지는 보통 딱 두 가지로 정리될 수 있다. 첫번째, 한마디로 이야기할 수 없을 만큼 하나하나가 너무 아름다

° 인도의 가장 큰 봄 축제. 힌두 문화를 배경으로 한 색의 축제다. 겨울이 끝나고 봄이 오는 시기에 열려, 선이 악을 이긴 것을 기념한다. 종교의식을 치른 후 서로의 몸에 물감이나 색 가루를 던지며 흥겹게 보낸다.

운 인도. 엉덩이 큰 여자들과, 흙먼지 가득 날리는 길에서 맨발로 축구하는 남자애들이 사는 나라. 길거리를 배회하는 코끼리와 그저 보기 좋은 인도 사원이 있는 나라. 두번째, 어색하게 요동치면서 앞으로 나아가고 있는 인도. 유행처럼 번진 강간에 고통받고, 페미니즘 운동과 의료 시스템에 있어 한없이 무능한 나라. 노상 방뇨와 '노상 방똥'이 행해지고 카스트제도가 전 세대를 망쳐놓은 나라. 암울한 빈곤함이 창궐해 이를 목격한 모든 이의 영혼까지 털지만 세계 유수의 정보 통신 기지가 있는 나라. 파키스탄, 이라크, 아프가니스탄과 인접한 걸 보면 무시무시하지만 나름 위협적이지는 않은 나라. 끝내주는 음식에 대단한 관광지들, 배워서 내적 평화의 경지에 이르고 싶게 하는 명상법 등이 주는 재미와 이국적인 정취를 맘껏 누릴 수 있게 해주는 나라. 세상의 모든 것과 마찬가지로 중간 지점 어딘가에 진실이 있다. 어떤 곳이든 아름답고 완벽하면서도 훼손되어 있고 위험하다.

그 결혼식에서 먹은 몇번째 점심이었을까? 단골 메뉴인 한 솥 가득 덤알루°와, 케일 잎이 흐물흐물해지도록 압력솥에 푹 찐 요리를 마지막 점심으로 먹고 우리는 떠나야 했다. 스위투도 남편과 미국 애팔래치아산맥으로 며칠 후 떠날 예정이었다. 그곳에 가면 스위투는 여러 가지를 잃고 잊겠지. 하나의 큰 덩어리였던 가족이 조각조각 나겠지. 결국 그녀의 아이들은 인

° 미니 감자를 튀긴 후 걸쭉한 소스에 오랜 시간 약불로 조린 요리. 잠무 카슈미르주에서 즐겨 먹는다.

도 말도 못 배우고 할머니가 어디 출신인지도 헷갈려할 것이다. 그곳에 가면 인도는 그녀가 태어났지만 앞으로 살지 않는 나라가 되고 그녀의 뿌리는 뽑힌다. 나는 스위투에게 이 말을 하지 않았다. 어쨌든 인도에 한 번도 살지 않은 사람에게 들을 말은 아니지 싶었다. 대신, 그녀를 꼭 안아주었다. 스위투에게 좋은 향이 났다. 모든 인도 여자에게서 나는 샌달우드, 헤어오일 그리고 니베아 크림의 그 향긋한 향.

"그래서, 이제 우린 언제 또 만나지?" 스위투가 물었다. 스위투가 찬 결혼식 뱅글이 계속 짤랑거렸다. "다음 결혼식에서 보려나?"

"스위투, 여덟 시간만 투자하면 언제든 만날 수 있어. 우리가 10년 후에나 만난다면 그건 뭔가 잘못된 거지."

스위투는 내 볼을 꼬집더니 나를 다시 끌어안았다. 그녀에게 나는 영원히 여동생 같은 존재다. 조카 건포도가 우리 앞을 가로질러 달려갔다. 건포도는 이 여행에서 입어야 했던 마지막 인도 의상을 넝마로 만들고 있었다.

이민에 대한 많은 것은 상실에 대한 것이기도 하다. 첫번째로, 사람들을 잃는다. 앞으로 죽을 사람들과 이미 죽은 사람들. 그리고 역사를 잃는다. 고국의 언어로 말할 수 있는 사람들은 사라지고 다음 세대는 점점 더 서구화된다. 그리고 추억을 잃는다. 스위투의 결혼식 내내 사람들을 만나면서, 예전에 어디서 어떻게 알게 된 사람인지 퍼즐을 맞추려 노력했다. 하지만 지금의 난 그마저 하나도 기억 못 한다. 건포도는 그런 시도조차 하지 않는다. 내가 잃어버린 것들이 실은 아직도 존재한다고 누군가 상기시켜줘야, 내가 상실한 것들을 아쉬워하겠지. 그리고 결혼식, 장례식, 누군가의 탄생 혹은 그 밖에 인생에서 중요한 획을 긋는 일에 닥쳐서야 내가 상실한 것들을 그리워할 것이다. 나는 결혼식 때 신부에게 이것저것 강요하는 것이 싫다. 하지만 차를 타러 가는 스위투를 보는 우리 엄마 얼굴을 지켜보는 것은 좋았다. 엄마가 손을 뺨에 댄 채로 눈을 깜빡이자 굵은 눈물이 또르르 흘렀다. 좋은 눈물이었다. 자녀를 위해 우는 이상적인 어머니상을 완성시켜줄 만한 괜찮은 눈물이었다. 엄마가 결혼하면서 떠나온 것과 같은 방식으로 딸을 떠나보내는 작별 방식도 마음에 들었다. 아들딸이 독립하기 전 다 함께 살던 집 빈 방까지 청소해야 하는 데 불만이 많은 엄마는 주변에서 집을 줄여 옮기라고 할 때마다 이의를 제기한다. "네가 결혼하기 전까지는 이 집을 팔고 싶지 않구나. 이건 네 집이잖니. 나는 너를 이 집에서 시집보낼 거야." 나는 엄마가 냉동고에 넣어둔 예전 머리카락을 머리에 붙일 생각은 없지만 엄마가 그런 생각을 한다는 것은 좋다.

언젠가 햄 군과 나도 인도식 결혼식을 해야만 하겠지. 우리 둘을 위해서라기보다는 부모님, 고모, 차차, 숙모, 마시, 푸파지…… 그리고 참석하지 못할 수도 있지만 어떻게든 내 귀에 실을 꿰어놓고 강제로 고추 튀김을 먹일, 여기저기 따로 흩어져 사는 우리 가족들을 위해서 말이다. 햄 군과 나는 서로를 사랑하는 마음으로 할 것이다. 하지만 무엇보다도 내 가족들을 위해서 결혼식을 하겠다. 결혼식은 일종의 종결 방식이다. 우리 부모님이 그린 동그라미 안으로 돌던 내 삶이 끝난 것을 더 문제 삼지 않겠으며, 나 스스로 새로운 동그라미를 그릴 준비가 됐다는 선언이다. 결혼식을 거치지 않으면 알 수 없는 내 뿌리의 한 역사를 기억하겠다는 약속이기도 하다. 결혼식에서 정말 따르고 싶지 않은 것이 많다. 일단, 내 결혼식에서는 특정 성별의 하객만 술 취하지 않고 맨 정신으로 있는 일은 없을 것이다. **고맙지?** 마음에 들지 않는 것이 많지만, 그때가 아니면 언제 그 모든 사람이 시폰으로 된 옷을 입고 내 앞날을 축복하며 한자리에 모여 손으로 음식을 먹을 일이 있을까. 그때가 아니면 그들을 또 언제 볼 수 있을까 싶기도 하고.

건포도는 결혼을 안 하면 어른도 아니라면서, 나랑 햄 군이 이제는 결혼할 때가 되었다고 넌지시 눈치를 준다. 그러는 그녀를 비웃었지만 나도 결국 언젠가 그녀에게 똑같이 해주고 싶다. 건포도가 어떤 상대와 결혼할지는 전혀 상관하지 않는다. 솔직히 그 결혼이 합법적 결합인지 아닌지도 내 알 바가 아니다. 건포도가 어떤 상황에 처하든 나는 그저 그녀의 머리카락에 코코넛 오일을 바르면서 내 뼛속 깊은 곳에 그녀가 자리 잡고 있다고 말해주고 싶다. 언티들이 건포도 머리에 옷핀을 꽂아댈 때, 보라색 꽃을 띄운 우유로 그녀의 몸을 적실 때, 상당한 무게의 치렁거리는 의상 때문에 건포도가 불평불만을 할 때 그녀 앞에서 웃음을 보이며 그녀를 응원할 것이다. 고문 아닌 고문, 눈물 몇 방울, 팔목과 목을 감싼 금붙이, 눈썹을 따라 부드럽게 그린 빈디…… 우리가 같이 비빈 세월을 생각하면 건포도가 최소한 이 정도는 내게 해줄 수 있겠지!

Scaachi ⟨sk@gmail.com⟩, September 2, 2015

오늘은 은근 인종차별적인 이메일을

한 통도 안 보내셨네요.

혹시 어디 아프세요?

Papa ⟨papa@gmail.com⟩, September 2, 2015

항상 일반 대중들은 지성과 성정이

남들보다 뛰어난 자들을 오인하곤 하지.

5장

트위터는 내 땅이다

열두 살, 갓 7학년으로 올라가 갖게 된 내 생애 첫 컴퓨터는 20킬로그램짜리 델 데스크톱이었다. 모니터 사이즈는 파일 정리용 캐비닛만 했고 본체는 그 위에 다리를 올려서 자위를 할 수 있을 만큼(이론적으로 말이다) 높았다. 그게 우리 집 첫 컴퓨터는 아니었다. 아빠는 키보드 중앙에 젖꼭지처럼 생긴 드랙 포인트가 있는 노트북으로 일을 했고, 그보다 몇 년 지나 생긴 컴퓨터는 쿨링팬이 돌면서 야수의 굉음을 내지르는 놈이라 전원을 켜기만 해도 아래층에 있던 엄마가 질겁했다. 그 컴퓨터로 한 것이라고는 고작 마이크로소프트 그림판으로 그림을 그리거나 「킹스 퀘스트 6」 같은 게임을 하려 해본 것 정도? 그러나 다들 아시다시피, 게임을 작동시키려고 할 때마다 지구의 마이크로소프트에 접속할 만큼 진화한 똑똑한 외계인이 외계어로 빼곡하게 쓰인 메시지를 보내곤 했다.

하지만 이 델 컴퓨터는 제대로 된 인터넷이 가능했다. 전화선을 통하지 않는 진짜 인터넷 말이다. 인터넷은 당시 부모님이 전혀 모르는 분야였으니 나는 완전한 신세계로 입성할 수 있었다. 2003년, 그렇게 조용한 반항을 시작했다. 부모님은 내게 절대 메신저를 사용하거나 소셜 네트워크에 가입하지 말라고 했지만, 어디 그런 말에 복종할 10대가 있는지 딱 한 명만이라도 이름을 대보시라. 아무리 자기 자식이 유괴되는 것을 미연에 방지하려는 조치여도 말이다(**"꺼져 엄마! 열여덟 살짜리 남자애가 자기 차 안에서 만나자 한다고요. 엄마는 내가 사랑에 빠지는 걸 멈추게 할 수 없어!"**). 스물다섯 살이던 사촌 언니 니타가 그 컴퓨터에 웹캠과 핫메일 계정 그리고 MSN메신저°를 세팅해주었다. 부모님에게는 낯선 사람이 말을 걸지 못하게 설정해놨다고 말하며 내게 몰래 눈을 찡긋했다.

난 시간이 나는 족족 인터넷에 접속했고, 컴퓨터로 해야 하는 학교 과제는 뒷전으로 미뤄놓은 채 「존 스튜어트의 데일리 쇼」를 보거나 힐러리 클린턴 얼굴에 스트리퍼 몸을 합성한 동영상을 보곤 했다. 학교 친구들과 온라인 채팅을 했고 새로운 친구를 사귀며 관심도 없는 분야에 목숨 걸고 토론하기도 했다. 남자애들은 내게 관심을 표했고 여자애들은 나를 협박했다. 인터넷은 현실 속에서와는 전혀 다른 내 성격을 발현시켜

° 마이크로소프트사에서 개발해 1990년대 후반부터 2000년대 중반까지 대유행한 컴퓨터 기반의 메시징 서비스.

주었다. 비꼬기 좋아하고 시니컬한, 그 어떤 것에도 관심 주기를 거부하는, 완전히 새로운 나. 나는 한 모퉁이에다 괜찮은 앵글의 프로필 사진을 올렸다(상상해보시라, 손에서 카메라를 낚아챈 새 한 마리가 가슴골 정면을 찍은 듯한 바로 그런!). 나는 신문 기사를 언급하거나(마치 못 믿겠다는 말투로 '부동산 시장 그 자체는……'이라 쓰는 것만으로도 심각해 보인다), 어느 풋볼 팀 팬이냐는 한 남자의 질문을 듣고는 재빠르게 인터넷 검색을 한 후에 '다운'이 뭔지 아는 척, 스포츠를 좋아하는 똑똑한 여자인 척하기도 했다. 그때 내 MSN ID는 **'착한 여자애들이란 나쁜 년인 걸 아직 들키기 전인 애들이지'**였다.

넥소피아를 기억하는 사람들 있을까? 캐나다 서부에서 잠시 유행한 거라 아마 잘 모를 수도 있을 듯. 마이스페이스°의 캐나다판 짝퉁이었지만, 캐나다 짝퉁이 대부분 그렇듯이 최악이었다. 엄지손톱만 한 GIF 이미지로 프로필 사진을 만들 수 있었는데, 매달 10달러를 내면 원하는 색깔과 폰트로 프로필을 꾸밀 수 있었다. 예상대로 그건 정말 지옥이었다. 학교에서 인기 많은 애라면 넥소피아에서도 인기가 있었겠지만, 인기 없는 애라면 넥소피아 안에서도 대체로 현실 세계와 같은 사회구조를 답습했다. 그러니까 그 누구도 쉽게 검색할 수 없는 토론 게시판을 만든 다음 친구들을 소집해 멜라니의 페이지를 눈팅하며 그녀의 타투를 훔쳐보는 식으로 말이다("오, 열네 살

° 넥소피아와 마이스페이스 모두 2003년에 만들어진 소셜 네트워킹 사이트다. 넥소피아는 캐나다에서, 마이스페이스는 미국에서 만들어졌다.

짜리가 타투를 하다니 믿을 수 없어! 앤 너무 멋있는데 나는 냄새 나는 찐따 고릴라네").

많은 여자애들에게 이 사이트는 난생처음 온라인 추행을 경험하는 곳이기도 했다. 그 단어의 의미를 제대로 알게 된 건 수년 뒤, 혹은 10년 뒤였지만 말이다. 열세 살 때 그런 추행은 아주 흔하고 쉽게 일어났다. 한 여자가 '어리석게도' 가슴 언저리가 몇 센티미터라도 보이는 사진이나, 발육이 빠른 나머지 젖꼭지가 아주 자연스럽게 턱밑까지 떠 있을 정도로 빵빵한 가슴 사진을 올린다면 엄청나게 많은 메시지를 받게 된다. 여자에게 뭔가를 요구하거나, 요구를 안 들어주면 협박하는 내용의 메시지였다. 만나자는 그들의 요구에 여자가 당돌하게 '노' 하면 기분 상한 남자들은 이상야릇한 협박 메시지를 보낸다. 그들에게 이 모든 건 **여자** 탓이었다. 미묘한 추행을 넘어, 누드 사진을 보내주지 않으면 여자의 진짜 집 주소를 찾아내서 잡으러 가겠다는 놈도 있었다. 그 여자는 그날 오후 자신이 한 일과 상관없이 그들에게 빚을 지게 된 셈이다. 당시엔 모든 게 여자의 책임이며 통상 일어날 수 있는 일이라고 생각했다. 우린 한창 사춘기도 아니었고, 나이 많은 남자들한테 크리피함과 협박의 그 중간 어디쯤에 있는 메시지를 받는 걸 어느 정도 예상했다. 우리가 얼마나 똑똑하고 지혜롭든지 간에, 가상공간에서 가치를 가장 높이 쳐주는 것은 우리가 여자라는 점이었다. 단지 여자애라서 우리는 관심을 끌었고, 단지 여자애라서 속상한 일이 벌어졌다.

과거 학교 운동장에서 벌어지던 서열 싸움이 이제는 넥소피아상에서 얼마나 초적극적으로 조작을 잘하느냐로 대체되었다. 여자애들은 옆 학교 남자애인 척(넥소피아에서는 실명을 쓰지 않아도 되었다) 서로의 계정에 댓글을 달아주며 각자의 연애에 관해 헛소문을 퍼뜨렸고 남자애들은 여자애들에게서 받은, '전체 이용가'라고는 할 수 없는 메시지를 다른 놈들과 공유하며 시시덕거렸다. 최악인 것은 아마도 넥소피아의 평점제도이지 않았나 싶다. 자신의 프로필 사진이 자동으로 슬라이드쇼로 만들어져 그 사이트의 누구나 섹시함을 1점부터 10점까지 점수 매길 수 있었다. 열세 살에서 열여덟 살 정도의 애들 수천 명이 얼마나 뚱뚱한지, 혹은 섹스를 하고 싶을 만큼 핫한지 서로에게 점수를 주는 시스템이라니!

이 세상이 10대가 상상할 수 있는 정도의 크기라면, 그건 10대 청소년에게 꽤 영광스러운 경험이었을지도 모르겠다. 당시 인터넷은 생각보다 그렇게 큰 힘을 가진 매체가 아니었다. 아이들 사이에서 화제가 된다 해도 그건 그저 학교 뒷마당에서 이뤄지는 우리만의 험담에 불과했다. 8학년 때 수학 수업을 같이 듣던 여자애 욕하는 글을 내 블로그에 올린 적이 있다. 그녀와 그녀 친구들이 알아채고 내게 악성 메시지를 보냈지만, 소문은 몇 시간 안에 사라졌다. 그 어떤 비판도 인기의 일환으로 느껴졌고 그 어떤 칭찬 역시 잠깐 동안의 희열에 지나지 않았다. 여전히 집에서 나와 학교로 향해야 했으니까. 우리 엄마들이 무조건 학교에 가게 만드니까.

그랬던 많은 아이들이 성인이 되어 인터넷을 거의 직업 비슷하게 삼게 되었다. 주머니에 쏙 들어가는 사이즈의 핸드폰이나 컴퓨터는 술집이나 식당에서도, 바지를 내리고 볼일을 보는 동안에도, 괜히 간 파티에서 누구와도 말을 섞고 싶지 않을 때에도 언제든지 체크할 수 있다. 우리는 서로를 찾아내고, 어린 시절 온라인 커뮤니티에서 배운, 사소하지만 신경 쓰이던 교훈들을 더 커지고 더 잔인해진 글로벌 인터넷에 적용하려 애썼다.

나는 트위터를 한다, 아주 많이. 내게 허용된 것보다 훨씬 더 많이 말이다. 일할 때도 놀 때도 쓰고, 3년 전에 나보고 "덩치에 비해 예쁜 편"이라 평가한 여자애를 우연히 마주쳤을 때도 트위터를 켜고서 이렇게 말했다. "음, 미안해. 중요한 이메일이 왔네." 내 남자 친구 햄 군도 트위터에서 알게 되었다. 그는 실제로 만나기 몇 년 전부터 나를 팔로잉하고 있었는데, 그의 프로필 사진이 마음에 들었다. 그에 대해 다른 사람들에게 물어보니 쌍둥이 딸내미가 있는 유부남이라고 했다. 물론 그건 사실이 아니었는데, 더 황당한 소문은 그가 재혼해서 새 가족과 태평양 북서부의 한 섬에 살고 있다는 것이었다.

보통 트위터 유저들은 공공장소에서 공공연하게 말하지 못하는 자기 뇌 속의 것을 트위터에 싸지르곤 한다. 별것도 아닌 분노나 수동 공격을 매우 날카롭게 표현할 수 있기 때문인데, 실제로 현실 세계에서도 그러면 아마 우리 모두 회사에서 잘릴지 모른다. 하지만 나는 언제 어디서나 자기주장이 강하기 때문에 실제 생활과 가상 생활 둘 다 똑같이 행동했다(예를 들어 지난 6년 동안 편집장이었지만 최근에는 적으로 돌변한 조던과 피 튀기는 토론을 했다. '우와'의 철자가 woah인지 whoa인지에 대해 말이다. 나는 전자를 밀었고 조던은 후자를 밀었다. 조던이 맞을지도 모르지만 솔직히 whoa 쪽이 덜 쑥스러워 보인다고 생각하는 그를 생각하면 자살하고 싶을 정도라 나는 그 토론에 사활을 걸었다). 일반적으로 트위터는 에테르라는, 형체를 어떻게든 바꿀 수 있는 무한한 파괴력의 원천에 대고 유저가 고함치면, 그 에테르가 다른 형태의 유저로 뭉쳐져 처음 고함친 유저의 면전에 대고 다시 악을 쓰는 장이다. 공평하게 주고받지 않는다면 트위터를 한다고 할 수 없다.

인터넷상에서 분노를 일으키는 요인이 무엇인지 예상하기는 쉽지 않다. 남자들 — 경험상 대부분 백인 이성애자 중산층이고 트위터 프로필에 반마르크스주의자 혹은 반페미니스트라고 적은 남자들 — 에게 일관된 분노를 기대하기는 어렵다. 온라인 페미니스트 활동에 대해 생각해보자. 우리는 굉장히 예측 가능하다. 평등을 외치며 임신 중지권, 캣콜링 당하지 않고 길거리를 다닐 권리를 주장한다. 하지만 트위터 프로필에 '성스러운 암소가 제일 맛있는 스테이크 타르타르를 생산하는 법이지' 같은 것이 적힌 남자를 맞닥뜨린다면 그건 좀 유추하기가 힘들다.

나는 한 백인 여자가 아침 7시에 빈디를 다섯 개나 붙인 걸 보고 트위터에 농담을 올렸다. 그 트윗으로 나는 일주일 동안

역인종차별주의자라는 공격을 받았다. 한번은 TV 토론회에서 상원의원 성비를 50 대 50으로 뽑자고 주장했다가 남성 인권 활동가들의 공격을 받기도 했다. 한 남자의 트위터 ID—그 남자 ID는 진짜 가짜 같은데 진짜고, 심지어 이젠 트위터 계정도 없애버리는 바람에 내가 거짓말하는 것 같겠지만—는 브라이언 저키(멍청이와 동의어)였다. 저키는 본인이 멍청이란 걸 입증하는 트윗, '여봐' 하고 웅변조로 쏘아대는 듯한 표현을 반복적으로 쓴 트윗을 즐겨 보냈다. 여보라니? 우리가 언제 결혼했나?

계속 물고 늘어지면서 옥신각신하던 말싸움은 나흘이 넘도록 끝나지 않았다. 역대 최장 기록이었다. 결국 내가 성난 그 트윗에 매번 「굿 윌 헌팅」의 대사를 답글로 달고 나서야 잠잠해졌다. 나는 대본을 인터넷에서 찾아내 가장 말도 안 되는 대사들을 올렸다. 논리적인 척하는 헛소리들과 싸우느니 차라리 관련도 없는 헛소리를 대하는 것이 덜 피곤했기 때문이다.

'조사를 조금만 해봐도 네 종족이 엉망이라는 걸 알게 될 거야.' '발끈한 멍청이'라는 ID의 남자가 말했다. 그는 내가 마치 전 인구의 51퍼센트를 대표한다는 듯이 나의 젠더에 대해 화가 나 있었다.

나는 영화 속 로빈 윌리엄스처럼 '그게 네 책임은 아니야'라고 답했다. 비뚤어진 학생이 자기반성 끝에 선생님인 내 품안에 무너지듯 안기길 바라며.

'스스로 불쌍한 희생양이란 피해 의식에 절어 있는 건 정말 못 봐줄 일이야. 생각 좀 하고 말해줄래?' 그는 말했다.

'넌 아마 시스티네 성당에서 어떤 냄새가 나는지 모르겠지.'(로빈 윌리엄스에 빙의 중)

'젠더 가지고 싸우는 꼴통들은 대체 뭘 원하는 거니?'

'우리 엄마 방에서 딸딸이 좀 그만 쳐!'(이번에는 벤 에플랙이 되어)

밤에는 이런 대화 방식이 상당히 잘 통했다. 이게 모두 영화 대사라는 걸 악플러들이 알기 전이었고, 그들이 그 사실을 영원히 모르기를 바랐다. 나는 새벽 2시에 승리감에 도취돼 잠들었다. 다음 날 아침 햄 군이 나를 흔들어 깨웠다. 그의 손에 들린 아이폰 스크린은 트위터 알림으로 깜빡였다. "너 어젯밤에 무슨 짓 한 거야?" 그가 물었다.

인터넷 시대 이전 사람들은 어떤 방식으로 정체성을 형성했을지 궁리해보곤 한다. 10대들은 세상 속에서 어떻게 자신을 개척했을까? 너무나도 자주, 온라인에서 내게 소리 지르는 사람들은 자기 자아를 악플러가 되는 데서 찾는다. 내가 온라인 플랫폼에 시간을 쓰면 쓸수록 내 정체성은 스스로를 방어하는 모양새가 되어갔다. 이제 「굿 윌 헌팅」의 모든 대사를 다 외울 정도다. 모호한 것들까지 말이다. "아, 벌레를 삼켰어!" 같은. 참 중독적이다.

인터넷은 세상에 우리처럼 권력이 없는 사람들 — 나처럼 비백인 여성이거나 트랜스젠더, 퀴어처럼 본질적으로 다른 종족으로 간주되는 누구든 — 에게 소리 지를 곳이 있다는 것을 알려준다. 싸움을 일으키는 방법도 가지가지다. 내가 회사에서 잘리면 좋겠다고 하거나, 내가 문제투성이인 게 나와 엄마를 떠난 아빠 때문이라고 심리학 권위자 납신 듯 개념 없이 지껄이는 건 가볍게 넘길 수 있다. 하지만 나의 원수도 면전에 대고는 절대 뱉지 못할 정도의 답글을 상대하는 건 정말 참기 힘들다. 내 몸, 내 피부색에 관해 화를 내는 수준을 넘어 강간 혹은 살해하겠다고, 테러리스트로 고발하겠다고 협박하거나, 더 나아가서는 자살을 부추기기까지. 나는 많은 이에게 답글을 달았다. 협박당해서 원치 않는 오럴섹스를 받으면 뇌 속에 독이 너무 빨리 차오르니, 어쨌든 정력을 분출시켜버리는 게 나은 것과 같은 이유다. 비록 그게 또 다른 성기 관련 희롱으로 이어질지언정 말이다.

사람들은 이걸 어떻게 다 감당해내느냐고 묻는다. "진 빠지지 않아?" 한 친구가 내 트윗 멘션들을 보고 물었다. 남자들이 내게 갈보니 창녀니 내 몸을 갈기갈기 찢어서 쓰레기통에 버리겠다느니 따위의 트윗이었다. 아니 별로. 사실은 전혀. 독 없는 거미를 두려워할 필요는 없다. 그들은 나를 더 무서워한다. 단지 저들 다리가 후달리니까 패닉스러운 트윗을 날린 뒤 그저 내 담벼락 주변을 끊임없이 맴돌 뿐이다. 나의 진짜 두려움을 그런 사람들에게 낭비할 필요는 없다. 고양이가 그저 작은 분홍색 발바닥으로 잡아먹을 수 있는 존재를 두려워하던가? 그렇지 않다면, 내가 왜?

그런 남자들과 몇 년을 대치하다가 직접 그들에게 무슨 일이 있었냐고 묻기 시작했다. 트라우마에 관한 정보를 그들이 알아서 내비치면, 종종 나는 그들 스스로 달래야 했던 개인적인 파괴 경험에 대해 선제적으로 사과하기도 했다. 와이프가 친구나 친척과 바람이 났다. 아이들도 빼앗겼다. 이제는 자신의 삶을 윤택하게 만들어주지 않는 상대, 양육권조차 나눠주지 않는 상대 때문에 욕하는 것이다. 여자, 비백인 혹은 자기보다 열등하다고 여기던 누군가로 인해 직장에서 밀려났다거나, 전쟁터에서 돌아와 외상 후 스트레스 장애를 겪고 있는데도 지원받을 수 있는 국가적·개인적 네트워크가 전혀 없어서 아무런 보살핌도 받지 못했다거나. 혹은 그들의 어머니가 돌아가셨거나. 그들을 버렸거나. 삼촌이 성적 학대를 했다거나. 교도소에서 성폭행을 당했거나. 여성에게 성폭행을 당했거나. 아버지가 "이게 세상 돌아가는 꼴이다"라며 그들과 어머니를 구타했다거나. 한 남자는 내게 수천 단어 분량의 이메일을 보냈다. 그의 어머니가 최근에 자살했고 그게 내 탓이라는 거다. 나는 그의 어머니에 대한 조의를 표했다. 그러자 그는 내게 바로 사과했다.

그런 이유 말고도, 그냥 여자가 싫은 남자도 있다. 스테레오타입에 맞지 않는 인도 여자가 싫은 거다. 그게 불편하고 솔직히 '그냥 싫어서,' 그냥 아무런 논리가 없다. 그냥 내가 창녀라고 생각한다.

분노로 가득 차고 속 좁고 길 잃은 사람들로 가득 찬 인간 캔버스를 떠올려보면, 꽤 부담되는 일이다. 나를 상처 주려는 사람에게 공감하는 것도 그다지 재미없다. 하지만 그들의 행동이 종종 이해는 된다. 좀더 나아지려 스스로 노력하기보다, 남을 욕하고 부숴버리는 게 더 쉬운 법이니까. 그건 그들에게도 힘이 있다는 믿음을 준다. 실제로는 영원히 느끼지 못할 힘. 욕함으로써 자기 가치를 세상에 말하고 싶은 거다. 혹은 그들이 먹어야 할 약을 챙겨 먹지 않았을 수도 있고. 온라인으로 여자들을 괴롭히는 남자들은 가장 기본적인 것들 — 존경, 사랑, 애정 — 이 결핍되어 있다. 속으로 위축되지 않고 당당하게 살아가게 해주는 기본적인 존중감, 인간 중심의 교육 등을 받지 못한 것이다. 그리고 누군가가 그들을 아주 많이 실망시켰을 것이다.

내게 소리 지르고 어떻게든 나를 실직자로 만들기 위해 애쓰고 죽여버리겠다고 협박하는 이 남자들은, 나보다는 이 세상 모든 것과 어떤 부류의 사람들을 향해 화난 게 명백하다. 그 부류의 사람들은 내가 알지도 못하고, 만난 적도 없는 사람들이다. 하지만 어쨌든 그들은 내가 미미하게 저지른 잘못보다 훨씬 더 나쁜 짓을 한 사람들일 것이다. 이 사실을 깨달았다고 해서 내 기분이 나아지지는 않았지만 그 남자들이 대체 왜 그러느냐에 대한 답변은 얻을 수 있었다.

어쩌면 나는 좀더 빨리 겁먹었어야 했나 보다. 사람들은 내게 무서워하라고, 매주 비밀번호를 재설정하라고, 나나 부모님의 주소가 공개되지 않게끔 조심하라고 말했다. 하지만 내 두려움은 형체 없는 화석 따위에 있지 않았다. 오히려 나를 실제로 두렵게 하는 것에 직면할 자신이 있었다. 가령 나는 부모님이 돌아가시는 게 두렵고, 본가에서 살아야 하는 것이 두렵다. 건포도가 나중에 찐따로 커버려서 그간 내가 주던 무조건적인 사랑 대신 그녀의 입에 펀치를 날려야 하는 상황이 올까 두렵다. 지금은 나보다 건강하지만 어느 날 아침 갑자기 햄 군이 심장마비로 죽을까 두렵다. 두려움은 항상 충격적으로 다가오고, 걱정과 분노로 변한다. 그래서 내 인생에는 더 이상 두려움을 느낄 여백이 없다. 특히나 내가 한 번도 만난 적 없는 사람들에게 말이다.

나는 6년 동안 쓰던 트위터 계정을 잠갔다. 누가 봐도 6년 동안 난 용감했고, 악플러들에게 대응하는 캠페인을 벌이기도 했다. 하지만 내가 무너진 날, 문제가 일어난 곳은 가상공간이었는데도 더 이상 내 현실 공간이 안전하게 느껴지지 않았다. 사무실은 오염된 것처럼 느껴졌고 집은 침입당한 것 같았으며 친구들이 적으로 느껴졌다. 디지털 공간에서'만' 일어나는 공격 따위는 애초에 없다. 그것들은 내 현생에 상처를 냈다. 그들이 내 사무실 컴퓨터 속에 있기 때문에 사무실에 갈 수 없었고, 내 집 컴퓨터 속에도 있기 때문에 집에 갈 수도 없었다. 친구들도 다 온라인상에 있고 모든 사실을 알고 있기에 친구들에게 말할 수도 없었다. "너 힘들지 않아?"라고 좋은 의도로 물어와도 말이다. 내 대답은 점점 응 그래, 당연히 힘들지,로 변해갔다.

그날 아침 나는 비백인 비남성 작가들의 글을 더 많이 읽고 수수료도 더 쳐주고 싶다는 트윗을 올렸다. 당시 나는 이 나라에서 가장 하얗고, 가장 수컷 냄새 풀풀 나는 장문의 글을 편집 중이었다. 이건 너무 지겨워, 마치 몇 세기 동안 같은 맛 치약만 만들어놓고 왜 더 이상 안 팔릴까 걱정하는 것과 같았다. 내가 생각하는 미디어의 이상적인 모습은, 나와 비슷한 타자들을 보여주는 것이었다. 어릴 때 나와 비슷한 사람에 대한 기사나 영화를 보고 싶었던 기억이 있기 때문이다. 나는 열세 살에 접한 데이비드 세다리스°를 따라 작가가 되었다. 그가 쓴 단어 하나하나가 내 머릿속에 각인되었다. 그는 백인 남자였지만, 내가 남들과 다르다 느낀 것처럼 그 역시 스스로 남들과 다르다고 느꼈으리라는 걸 나는 알았다. 나는 인도 작가가 쓴, 이민 1세대인 10대 여자애가 데이트를 하는 청춘 소설도 읽었는데 그 플롯은 내 가슴에 꽃을 피웠다. 우리가 하고 싶은 일을 하고 있는, 우리와 비슷한 누군가를 보는 것은 분명히 우리를 변하게 한다. 그런 식의 글쓰기 — 다수자가 아닌 사람의 글 — 가 책꽂이, TV 혹은 우리의 인터넷 속에서 강한 존재감을 자랑할 때 우리의 염원은 더 강렬해지고 인종차별, 성차별 혹은 호모포비아, 트랜스포비아에 대항할 답을 구할 수 있다. 사람들은 소수자의 목소리가 강해지는 것을 대단히 두려워하는데 그것은 이미 특권화된 자기 집단의 힘이 약화될지도 모른다는 두

° David Sedaris(1956~). 미국 뉴욕 출신의 게이 작가로, 세대와 국적을 뛰어넘는 유머러스한 작품으로 전 세계적인 사랑을 받고 있다. 대표작으로 『나도 말 잘하는 남자가 되고 싶었다』가 있다. 20년 동안 함께한 남자 친구가 있는 것으로 알려져 있다.

려움 때문이다.

어쩌면 '비백인, 비남성 작가들의 글을 더 많이 읽고 싶다'고 쓴 것이 내 잘못이었나 보다. '백인 남성분들께서 미디어에 그간 공헌한 노력에 대해 너무나도 큰 감사를 드립니다. 빼빼한 금발 여배우에게 제발 자기 동정을 가져가달라고 조용히 애걸하는 모 작가의 트윗을 한 번 더 보고 싶을 정도입니다. 아이고, 제가 쓸데없는 말을 했네요. 하지만 곰곰히 들여다볼 가치도 있답니다'라고 말했어야 하는 것인가! 근데 있잖아, 난 그딴 거 신경 안 써. 그들의 감정 따위는 내게 중요하지 않다. 그게 바로 핵심이다.

언론은 좀더 다양화될 필요가 있다. 어떻게? 유일한 해결 방법이 있다. 비백인, 비남성, 논바이너리°가 더 많이 일하는 것이다. 그 사람들만 선택하자는 것이 아니라, 우리가 가장 무시해온 사람들을 더 일하게 하자는 것이다. 그러나 남들에게 영향을 미칠 수 있는 위치에 있지만 진지함을 풍기기에는 어린 나이의 비백인, 비남성이 이런 의견을 펼친다면 무슨 일이 벌어질까? 그 인플루언서는 사람들의 표적이 되고 만다.

답글들은 괜찮았다, 초반에는. 내가 감당할 수 있었고, 일반적인 오해 정도였다. 하지만 칼을 간 몇몇 사람이 나를 찌르자 머리가 돌기 시작했다. '백인들은 **신**이야. 니네 똥 같은 유색

° 젠더를 남성과 여성 둘로만 분류하는 기존의 성별 이분법gender binary에서 벗어난 종류의 성 정체성이나 성별을 지칭하는 용어로, 그러한 성 정체성을 가지고 있는 사람들을 가리킬 때에도 사용된다.

인종 변태 연놈들에 비하면'이라고 누군가가 썼고, 어떤 이유에선가 나를 잠시 침묵하게 만들었다. '쌍년처럼 걍 벌리고 다녀. 그래놓고 나중에 사람들이 뭐라고 하면 그때 피해자 코스프레나 하시겠지.' 또 다른 트윗을 읽고 나는 조퇴하기로 했다. 타임라인에서 '니네 친척 중에 몇 명이나 강간범이냐? 아시아에선 흔한 일이라길래'라는 트윗을 보면서 옷을 뒤집어쓰고 회사를 나왔다. 손에는 핸드폰을 여전히 든 채로. 생판 남들이 내게 그런 말들을 퍼부으며 만족해한다는 걸 아는 것도 잔인했지만, 아무렇지도 않은 척 행동하는 게 내게는 더 큰 스트레스로 다가왔다.

그 뒤 며칠 동안 나를 뒤따라온 건 강간 위협, 살해 위협, 자살 종용, 인종차별성 발언, 성적인 언급, 내 체중과 외모에 대한 비하, 나를 자르거나 '블랙리스트'에 올리라는 글, 심지어 햄군이 백인 성기로 나를 '문명화'시키지 못해 유감이라는 트윗들이었다. 창녀나 쌍년이나 검둥이라고 부르거나, 내가 맥주병으로 강간당해야 한다거나, 나를 미행해서 밤에 우리 집으로 침입하겠다거나, 윤활제를 바르지 않고(섬세한 부분까지 생각해주셔서 감사합니다, 선생님) 항문 강간을 당해야 한다거나 하는 코멘트들은 전혀 지혜로워 보이지 않는 공격들이었다.

그들이 하는 말엔 아무 의미도 없었다. 생각할 가치가 없었다. 나를 그저 쌍년이라 부르는 사람에겐 그 어떤 인과관계도 논리도 없었다. 실제로 만나면 찍소리도 못 할 인간들. 하지만 그 양이, 내가 감당할 수준을 넘어섰다. 너무 길고 너무 많고 너무 심했다. 하루에 수백 번 트위터에서 멘션을 받았고, 대부분 부정적이고 잔인했다.

그간 인터넷은 재미를 추구하는 우리 모두 함께 즐기는 글로벌한 농담 무대였다. 내 의견에 예의 바르게 반대하는 사람부터 내가 살해되길 바라는 사람들에게까지 농담 수준의 답글을 달곤 했다. 가진 옷도 없으면서 옷 따위 뭐 하러 입냐는 황제 폐하의 대응 방식이었다. 나는 내가 웃고 있다고 생각했다. 하지만 수 시간 동안 답글을 주고받으며 비꼬기 전투를 벌인 이후, 난 더 이상 재미를 느끼지 못했다. 햄 군도 재미있다고 생각하지 않았다. 내 친구들도 이건 재미와는 거리가 멀다고 생각했다. 친구들은 내게 메시지를 보내 멘붕 온 거 아니냐며, 괜찮냐고 물었다. 저명한 국제 언론사에서 올린 악플 기사를 읽고 내게 전화한 아빠도 재미있는 구석을 찾지 못했다. 아빠는 거의 울면서 전화를 걸어 대체 트위터가 뭐고 왜 자신은 읽을 수 없는 거냐고 물어왔다. 그는 사람들이 내게 뭐라고 하는지 보고 싶어 했고 나는 그가 읽지 못하는 것에 감사했다.

그때도 여전히 답글을 읽으며 거의 모든 사람들에게 하나하나 대꾸하고 있었다. 왜냐고? 그들은 그럴 만한 입장이지 않은가? 나는 사람들에게 내 말을 들어달라고 트윗을 썼고 내 스스로를 바쳤다. 그러니까 내가 가진 적도 없는 애를 유산하라고 소리 지르는 사람들에게조차 나를 바쳐야 하지 않는가? 온라인에 존재하는 것만으로 충분치 않게 느껴졌다: 너무나도 많은 낯선 이들이 원했기에 나는 나를 풀가동시켜야 했다. 그들에게 답을 빚지고 있었다. 나는 그들을 즐겁게 할, 혹은 화나게 할 그들의 소유물이었다. 그들은 나를 점령하고 있었다.

나는 새벽 3시에라도 눈이 떠지면 쓸데없이 잔인한 코멘트를 한 사람에게 바로 답글을 달게 핸드폰을 손에 꼭 쥔 채 잠이 들었고(실제로 그 시간에도 답글이 달렸다) 다음 날 일어나서 울었다. 햄 군은 내 등을 어루만지며 제발 일어나자고 했다. 가짜라고 그가 말했지만, 나는 진짜라는 것을 안다. 한 번도 잠그지 않았던 뒷문을 잠그게 됐기 때문이다. 혹시라도, 정말 혹시 한 명이라도, 그들이 키보드에서 손을 떼고 진짜 내게 찾아올지도 모른다고 생각했기 때문이다.

이런 상황이라고, 조던과 상담을 했다. 내 상사였다가 이제는 친구가 된 조던 말이다. 그는 내 첫 직장에서 만난 첫 편집장이었다. 그는 내게 숨지 말고 글을 쓰라고 조언하곤 했다. 첫 2년 동안 나와 거의 눈도 마주치지 않았지만 다정하고 우아한 이메일로 내 글을 어떻게 수정하면 좋을지, 어떻게 해야 더 강한 어조로 표현할 수 있을지 알려주었다. 나조차 나를 믿지 못하고, 내 글이 아슬아슬하다고 느낄 때도 그는 매주 내 글을 실었다. "괜찮은데?" 그의 수북한 수염을 뚫고 나온, 살짝 격앙된 어조의 이 말은 내 글이 최고 점수를 받으면서 그의 심사를 통과했다는 걸 암시했다. 좋지 못한 결과를 마주하거나, 심한 대우를 받거나, 성별과 나이를 앞세운 비난을 받거나, 내 글이 조잡한 헛소리라고 트집 잡혀도 그는 잠시 인터넷을 보지 말고 글만 계속해서 쓰라고 충고했다. 그는 내게서 최선을 이끌어냈다. 인터넷이 아닌 현실 세계에서 내 귀에 들려오는 그의 목소리만이 명백한 기준이었다. 몇 년 전 어떤 기자가 내 글이 날조된 정보를 바탕으로 쓰였다고 나불대고 다녔을 때, 절망하고 화가 나서 조던에게 갔다. 그는 이렇게 말했다. "네가 그에 대해 기억해야 하는 건, 그가 아무것도 아니라는 거야. 전혀. 그런 썩을 놈이 하는 말은 그냥 들은 척도 본 척도 하지 마."

조던은 나와는 완전히 딴판인 사람이다. 믿을 수 없을 정도로 침착하고, 이론적이며, 참을성 있고, 입 밖으로 내기 전에 머리로 5분 동안 생각이라는 걸 한다. 그와 일할 때 나는 그의 책상에 앉아 그가 말하기만을 기다리기도 했다. 그는 내가 이야기를 듣고 싶다 느끼는 몇 안 되는 사람이다. 온라인상의 그는 말수가 적고, 매사에 초연하고, 재미있지만 건조한 사람이다. 하지만 그는 내가 꿈꿀 수 있는 것 이상의 모든 것을 온라인에서 가질 수도 있을 것이다. 그는 백인 남자이니까. 내 트위터 페이지에 불이 나서 잿더미가 되고 있다고 조던에게 말했더니 그는 이렇게 말했다. "어마어마하게 정신 건강에 해롭고 승산도 없는 이 상황에서 네가 스스로 발을 빼는 건 비겁한 게 전혀 아니야. 네가 거기서 걔네와 겨뤄야 할 의무가 있다고 생각할 필요 없어." 난 세상이 얼마나 비백인 여성에게 불공평한지, 단지 온라인에 올린 의견 하나, 고작 의견 하나로 이렇게까지 욕을 먹고 나가떨어져야 하는지, 그리고 이 세상이 얼마나 변화를 거부하고 있는지에 대해서 불평을 늘어놓았다.

"알아," 그가 말했다. "하지만 넌 누구에게 어떤 것도 빚지지 않았어. 모두에게 너를 바치지 않아도 돼. 넌 그냥 멈춰도 돼."

나는 그날 밤 내 트위터 계정을 비활성화했다.

내가 만약 우아하고 장난스러운 여주인공이 훌륭한 인생 교훈을 얻으며 끝나는 아름다운 이야기를 쓰는 아름다운 사람이었다면, 우리에게 진정한 행복을 주는 것들에 대해 쓰는 사람이었다면, 여생을 인터넷 따위 신경 쓰지 않고 살 수 있을 것이다. 북적거리는 식당에 핸드폰 없이 밥을 먹는 사람이 될 수 있을 것이다. 휴가를 가서도 방 안에 처박혀 제대로 된 자막도 없이 로컬 리얼리티 쇼를 보는 대신 현지 언어를 배우러 호텔 방을 나서는 사람이 될 수도 있을 것이다. 사람들과 눈을 맞추고 견과류가 들어간 식빵을 구우며 책을 읽는 사랑스러운 바보가 될 수도 있을 것이다.

하지만 태어나기를, 난 완전 반대로 태어났다. 하루가 멀다 하고 작당한듯 엄지손가락을 놀리면서 나를 쌍년으로 정의하는 악플러들의 계속된 행태로 인해 내 세상이 파멸하는 것에 분노했다. 하지만 이 정도는 최악도 아니다. 밑도 끝도 없을 것 같은 깊은 구덩이 안으로 추락하다 결국 그 밑바닥에 닿았을 때, 삐죽삐죽한 바위가 갑자기 사람 목소리를 내면서 "모든 남자가 그런 건 아니잖니"라고 재잘거리는 것 같은 가당치 않은 일이 실제로 벌어지고 있다. 내가 받은 취급은 다른 많은 사람이 당한 것보다는 그나마 괜찮은 편이다. 내 피부는 갈색이다. 하지만 갈색치고 밝은 편이다. 퀴어나 트랜스젠더도 아니다. 눈에 띄는 장애가 있는 것도 아니다. 이민자 부모님을 뒀지만 내 모국어는 영어다. 운도 좋은 편이다. 나만 놓고 볼 때 내가 누리는 것의 절반 이상은 운 덕분이다. 아니야. 애초에 내 생각이 맞았어. 추락하는 것에 바닥 따윈 없다. 계속 밑으로 떨어지고, 떨어질 뿐이다. 그 충격으로 뼈에 붙어 있던 살갗이 찢겨 떨어진다. 끝을 알기도 전에 끝을 맞이하게 되는 거다. 하지만 난 아직 끝을 맞이하지는 않았다.

트위터를 떠난 나에 대한 기사가 인터넷 구석구석에 실렸다. 네 군데의 메인스트림 뉴스 포털에 나왔고, 신나치주의자 블로그에도 실렸다. 나는 둘 중 하나였다. 인터넷 선에 정말 문제가 있지 않고서야 사라질 리 없을 만큼 너무나도 강한, 사이버불링을 당한 희생양이자 챔피언이거나, 혹은 그냥 감당하기 힘들어지니 제 발로 도망가버린 쌍년이었다.

하지만 솔직히 나는 그저 외로웠을 뿐이다. 내 글을 세상에 내보인 뒤 트위터를 체크하지 않는다는 것은, 내가 너무나도 끼고 싶은 대화에 못 낀다는 뜻이었다. 나는 내가 놓친 게 무엇인지, 내가 뭘 말아먹었는지, 다음번에 내가 뭘 더 해야 하는지를 알고 싶었다. 나는 내 글이 당신의 외로움을 덜어줄 만큼 희망적이었는지 알고 싶었다. 일방향적인 글쓰기로 소통하는 걸로는 만족하지 못했다. 그건 아마도 내가 평생 디지털 세상에서 낯선 이들과의 연결 고리 속에 살아왔기 때문인 것 같기도 하다. 하지만 단지 작은 이유 때문에 내 글을 깎아내리는 공격들을 감당하는 것은, 모든 사람이 나를 좋아하지는 않는다는 사실을 아는 것보다 힘들었다. 사이버 세상에서 아무리 선플만 원한다고 해도 결국 선플과 악플 모두 감당해야 한다. 비록 답글들이 종종 분노에 차고 잔인하고 파괴적으로 변한다고 해도 말이다. 나는 그런 불쾌함보다 외로움이 더 싫었다.

아무런 말 없이 계정을 닫고 세상과 차단한 것은 부조화스럽고 외로웠다. 마치 믿었던 친구가 아무런 설명 없이 사라진 것 같았다. 조던 말이 맞았다. 업무나 사적인 즐거움을 위해 트위터를 꼭 해야 하는 것도, 그들과 어울려야 하는 것도 아니었다. 하지만 그럼에도 불구하고, 나는 그러고 싶었다 — 나는 주목받고 나만의 서사를 컨트롤하는 게 좋다. 무엇보다 사람들을 괴롭히는 게 좋다. 내가 환영받지 못할 공간에 가는 것을 즐기는데, 거기 편히 있을 자격이 없는 인종차별주의자, 성차별주의자 혹은 속 좁은 사람들을 귀찮게 할 수 있는 좋은 기회이기 때문이다. 내가 주인의식을 가졌던 이 디지털 세상의 작은 부분이 내게서 닫히는 것은 굉장히 불공평했다. 여긴 내 집인데 내가 왜 떠나야 하지? 나는 오프라인에 있는 것이 싫었다. 나는 순교자도 아니었고 용감하지도 약하지도 않았다. 단지 내가 글쓰기에 도움을 받았던 이 룰, 이 게임이 싫어졌을 뿐이다.

트위터 공백기에 나는 평화가 오기를 기대했다. 사람들이 내게 '괜찮은지' 그만 좀 묻기를 바랐고, 내겐 구조적으로 완전히 가슴 찢어지는 일이었지만 자기들에게는 막장이라 흥미진진한 이 드라마 속에 스스로를 그만들 대입시켜보길 바랐다. 그것은 마치 자기 장례식을 목격하는 것과 비슷했다. 나를 미워하던 사람들은 기다렸다는 듯이 내가 혐오하는 방법으로 나를 위하는 척했지만 나는 죽었잖냐. 아무 말도 할 수 없었다. 친구라고 생각했던 사람들(친구라는 게 북적이는 바에서 한 번 만난 사람까지 대략 포함한다면 말이다)은 내가 보복하지 못할 게 명백해지자마자 내게서 등을 돌렸다. 전 동료는 나를 인간 다이너마이트라고 불렀으며 다른 지인은 나를 바보 같고 유치하다고 언급했다. 한 성공한(백인! 남자!) 국내 언론인은 내가 작가들에게 한 '공식 요청'이 날 선 인권침해라고 했다(인권 문제를 심판하는 헤이그의 국제형사재판소에서는 아직 아무런 연락 없었다). 누군가의 죽음을 슬프게 여길 사람이 놀랍게도 세상에 단 몇 명에 지나지 않는 것처럼 대부분은 그다지 말이 없었다. 예전에 내가 잘 보이고 싶었던 여자애들한테 무시당했을 때, 당시 남자 친구가 이렇게 말했다. "사람들이 얼마나 네 생각을 안 하는지 알면 정말 충격받을걸." 나는 당장 그와 헤어졌다. 그땐 남들이 나를 항상 바라봐야 했단 말이다. 하지만 그렇다고 그게 그가 틀렸다는 증거는 아니었다. 그 누구도 나만큼 나의 성공과 약점에 신경 쓰지 않는다.

이게 나의 가장 큰 실수였다. 모든 것을 '인격'으로 받아들인 것. 누군가가 싫거나 성격이 마음에 들지 않을 때마다, 싫은 부분을 인격 문제로 삼으면서 그들의 인간성을 혐오했다. 나는 '올바른' 사람이 온라인에서 내게 동의해주지 않아 화가 났고, 말해야 하는 인간들이 좀더 크게 말하지 않아줘서 상처받았다. 하지만 그 누구도 인터넷에서는 진짜 인격이 아니다. 그저 인간성의 부분 부분을 섞어 만든 융합물과도 같다. 인간의 신체 부위를 다 가지고 있지만 핵심적인 것, 그러니까 뇌나 림프계통이 없는 로봇 비슷한 것이다. 사람처럼 말하고 가끔은 사람처럼 생기기도 했지만 아니다. 그건 그냥 관념일 뿐이다. 우리는 관념을 향해 사람인 양 화를 낼 수 없다. 관념은 우리 손을 잡아주지도 않는다. 관념은 우리에게 그 어떤 빚도 없다.

사이버불링은 말할 것도 없이 잔인했다 — 물리적·감정적으로 내가 안전한지 매일 체크해야 할 정도로 내가 타깃이 된 사건. 하지만 나의 기대치 역시 변해야 했다. 내가 인터넷의 쓰레기들과 계속해서 싸워야 한다는 것에 의심의 여지는 없다. 나는 인간적인 교감을 원했지만 그들이 준 건 그저 경고음뿐이었다. 기계에게 포옹을 원한 것은 바보 같은 판단이었다.

2주 뒤, 계정을 다시 활성화했다. 누구나 그렇듯이 말이다. 그러면서 언더테이커라는 레슬러의 동영상을 몇 개 같이 올렸다. 언더테이커가 택배 상자를 던지는 장면, 매트 위에 스스로 넘어지는 장면, 커다란 백인 남자를 향해 달려가는 장면. 마지막이 나의 최애인데, 머리는 땀에 절고 얼굴은 피투성이가 된 언더테이커가 링 위에서 자기 팔을 로프에 걸친 채 이렇게 소리 지른다. "여긴 내 땅이다!"

*

소셜 미디어를 다루는 방법은 모 아니면 도다. 무자비한 인터넷의 규칙에 굴복하거나 무서워서, 아니면 관심이 없어서, 아니면 제멋대로인 말싸움에 하루를 다 날리고 싶지 않아서 완전히 기권하거나. 하지만 그 어느 것도 현실적이지 않다. 특히나 인터넷으로 일하거나 노는 여자들에게는 말이다. 플랫폼 자체에서는 자신들의 인프라에 문제가 있다는 것을 인정하지 않는다. 열여섯 살 때 우리는 페이스북 가입을 꺼렸다. 실명제 때문이었다. 인터넷이 선사하는 '인지된 익명성'을 믿고 더 쉽게 못된 사람이 될 수 있었기 때문이다. 지금도 우리는 실명을 써야 하는 상황을 싫어하는데 실명을 쓰면 인터넷 폭력배들이 다른 플랫폼에서도 우리를 뒤쫓기 쉽기 때문이다(이름이 흔치 않거나 묵음이 들어 있거나 스펠링이 신기한 사람은 더욱 찾기가 쉬워진다—나 같은 이름 말이다). 트위터에 사이버불링을 정의하는 합의된 기준이 없으니, 괴롭히는 사람들을 차단하거나 타임라인에서 그들의 피드를 숨기기 위해 뮤트 설정을 하더라도 괴롭힘은 계속된다.° 자기 할 말을 멈추지 않고, 꼬붕들을 보내 타임라인을 더럽히고, 새로운 계정을 만들어서 다시 접근할 수 있기 때문이다.

많은 사람이 구조적인 변화를 위해 싸우고 있지만 좀더 견고한 해결책은 인간의 일반적인 행동 교정에 있다. 스물다섯 살 때 그 누구도 갑자기 못돼지는 법을 배우지 않는다. 30대에 갑자기 격한 인종차별주의자가 되지도 않는다. 이것들은 우리

° 현재는 트위터에도 운영 원칙에 따라 '온라인 사이버 폭력'을 신고할 수 있는 시스템이 마련되어 있다.

가 대대로 물려받은 믿음과 행동 들이다. 우리를 키운 사람들에게 받은 것들 말이다. 인터넷은 이런 믿음을 실제 행동으로 옮기는 또 다른 방편일 뿐이다.

괴로운 부분이 뭐냐면, 온라인상에 나를 '정액받이'라고 부르며 편안함—후련하고 강력한 편안함—을 느끼는 인간들이 있다는 것이다. 무서운 점은 그들이 세상 밖에서도 자기 신념을 비밀스럽게 간직한 채 내 주변에 물리적으로 존재한다는 것이다. 은행에도 있고, 나와 같은 치과를 다니며, 어쩌면 같은 직장에서 일을 할지도 모른다. 그들이 온라인상에서 내게 퍼붓는 말들은 가장 순수하게 정화된 그들의 분노이다—실제 입 밖으로 냈다면 해고당하거나 체포당할지도 모르지만, 온라인상에서는 팬덤이 생기고 시기 섞인 주목을 받는 말들. 아마도 그들은 온라인 인격이 실제 자아와는 별개라고 생각할지 모르지만 우리는 그게 같다는 걸 안다, 매체의 종류와는 상관없이.

우리는 인터넷이 마치 캐도 캐도 나오는 자원인 양 이야기한다. 우리가 걸림돌이라 여기는 건 그저 정부에서 허가했느냐 허가하지 않았느냐, 돈으로 살 수 있느냐 없느냐, 인간의 힘으로 창조할 수 있느냐 없느냐 하는 것들이다. 하지만 인간이 쌓아 올린 모든 건 결국 똑같은 함정에 빠질 것이다. 혐오, 독설, 적대감. 우리가 소통하려고, 서로 연결되려고, 우리와 비슷한 사람을 찾아 외로움을 덜려고, 그리고 우리와 전혀 닮지 않아서 우리가 익숙해져야 하는 사람을 찾으려고 그간 쌓아 올린 모든 것이, 이제 우리를 배반할지도 모른다. 가장 순수해서 가장 악한 인간 본성을 피해봤자 소용없다. 아무런 이유 없이 관심받아야 하는 사람도, 무시당해야 하는 사람도 없다.

"대체 트위터에서 누구랑 말하는 거냐?" 트위터로 되돌아갔다는 이야기를 듣고 아빠가 이렇게 물었다. "누가 그렇게 중요한 거야?" 나는 우리 가족의 전통적인 카슈미르식 이름을 떠올렸다. 얼마나 명백하게 카슈미르적인지, 그 어떤 카슈미르 집안 사람도 전화번호부에서 우리 이름만 보고 어디 출신인지 알 수 있었다. 실제로 비슷한 일이 있었다. 본가에 살던 때, 당시 이민 온 어떤 사람이 우리 집 전화번호를 어디선가 보고 전화를 걸어, 우리 부모님을 만나 조금 상담을 받아도 되겠냐고 물은 적이 있다. 엄마는 그에게 튀긴 방간을, 아빠는 차이를 내왔다. 나는 굉장히 개인주의적이고 과잉보호적인 부모님이, 단지 같은 고향 출신이라는 이유로 생판 남을 집으로 들인 것에 당황했다. 하지만 그들은 연결 고리를 찾고 싶어 했고 서로를 이해할 수 있는 누군가와 말하고 싶었던 거다. 여기서 말하고 싶은 건, 인터넷에서는 방간이 가지라는 걸 아는 사람을 몇 초 만에 찾을 수 있다는 점이다. 우리가 아는 세상은 좀더 작아졌고, 우리는 서로를 더 가깝게 느끼고, 덜 외로워진다.

이런 교감은 궁극적으로 온라인에서 무례한 행위를 막는다. 교감이 있다면, 스킨헤드 녀석들에게 갈색 피부 사람들은 똥 냄새 난다, 너네 같은 사람들을 이 나라에 살게 해준 백인들에게 감사해라 같은 메시지를 받는 일도 없을 것이다. 하지만 우리가 거리를 둔다면, 놀기를 아예 거부한다면, 그 방을 떠나서 혼자 논다면, 굴복과 기권의 양 극단을 오갈 시계추가 멈추게 된다.

내가 트위터로 돌아간 것을 받아들인 뒤에도 아빠는 내 결정에 갑자기 화를 내곤 했다. 나는 트윗을 올렸다. '인도 출신 부모들의 놀라운 점은, 자식에게 화를 내고, 다 해결해놓고선 몇 년 후 똑같은 것으로 더 화낸다는 것이다.' 내 멘션에는 작은 하트가 달린 답글로 가득 찼다. '헐, 맞아.' 3년 전 한 번 만나본 여자애가 답글을 달았다. 또 다른 사람들은 부모가 이번 주에 어떤 새로운 화를 냈는지 썼다. 본 적은 없지만 다들 고개를 끄덕이며 '알아, 정말 최악이지'라고 말했다. 한편 이런 부모가 없는 사람들은 웃으면서 우리 가족의 역사에 대해 조금이나마 이해해갔다. 모르는 사람이 인터넷에서 종종 우리 아빠의 안부를 묻기도 한다. 여전히 빵을 굽고, 매일 아침 달리기를 하는지 말이다. 몇몇은 아빠가 테러리스트인지 궁금해하기도 한다. 사이버 공간이 항상 좋지만은 않지만, 싫어하는 것만 빼면 나는 모든 것을 좋아한다.

"친구들이랑 얘기하는 거지 뭐, 아빠." 나는 나중에 그렇게 말했다. "일할 때도 쓰고, 모르는 사람이랑 얘기할 때도 써."

아빠는 내 답변이 마음에 들지 않은 듯 의자에 몸을 묻었다. "낯선 사람이랑 이야기를 하다니……" 아빠가 말했다. "한 번도 만나본 적 없는 사람이랑 대체 무슨 이야기를 한다는 거냐?"

Papa ⟨papa@gmail.com⟩, August 27, 2015

네가 점심 샀냐?

Scaachi ⟨sk@gmail.com⟩, August 27, 2015

왜 누가 점심을 샀는지에 그렇게 집착하세요?
저 그렇게 궁핍하지 않아요.

Papa ⟨papa@gmail.com⟩, August 27, 2015

네게 밥을 산다는 것은 너를 존경한다는 의미지.
오키. OMG.

6장

좋은 녀석

“내가 말했나?” 새해 첫날, 새로운 몸과 마음의 존재가 하품하는 틈을 향해 소리 질렀다. **“나 술 끊는다고!”**

햄 군과 태국, 베트남으로 여행을 떠나면 자제심이라곤 없는 이 몸뚱이는 그곳에서 한없이 늘어질 게 분명했다. 맥주 한 병에 고작 몇 달러밖에 하지 않고 실내 흡연이 가능한 나라가 아니던가. 떠나기 한 달 전, 나는 간에게 1월 한 달간 무알코올 서비스를 제공하기로 했다. 이번 1월은 금주의 달로! 새해 선물로 지난겨울 휴일 동안 혹사당한 육신에게 갱생의 시간을 선사하고, 좀더 나은 인간으로 변모하게 해줄 알코올 없는 1월. 이번 달엔 결단코 위산이 역류하지도 않을 것이고, 스스로를 돌보며, 꼬박꼬박 치실 하는 사람이 될 것이다. 딱 31일, 4주 동안만 맨 정신으로 살아보자. 술을 입에 대고부터 그렇게 오랜 기간 와인 한 잔도 안 마시고 지낸 적은 없지만 말이다. 대신 이번 여행은 방종 그 자체가 될 것이다. '환희의 양동이' 안에 얼음, 레드불, 스프라이트, 럼 혹은 위스키의 콤비네이션! 누군가 날 죽일 작정으로 사주해 보낸 것 같은, 살얼음 낀 들통 안에 든 걸 몽땅 마셔버릴 작정이었다.

하지만 그곳에 가기 전까지는, 내 몸에서 독을 다 빼고 제대로 먹고 운동도 하며 엄청난 양의 물을 마실 예정이었다. 아, 요가 이야기도 빠뜨리면 안 되겠지(요가를 '**하러**' 간다고 하지 않고 요가 '이야기'라고 하는 이유가 있다. 백인 여자 요가 강사에게서 배운 바에 의하면 섹스에 대해 끊임없이 썰을 푸는 것이 바로 요가에서 최고의 경지에 이르는 길이기 때문이다).

솔직히 술을 그렇게 많이 마시는 편은 아니다. 주중에는 거의 입에 대지도 않는다. 주말에 마시는 것도, 원래는 햄 군한테 보내야 했던 상당히 공격적이고 사적인 페이스북 메시지를 실수로 상사에게 세 번이나 보낸 걸 잊게 해줄 만큼 와인을 마시는 딱 그 정도? 그래, 인정. 나는 알코올을 좋아한다. 알코올은 내가 조절할 수 있는 인사불성만 일으키기 때문이다. 치즈 범벅인 감자튀김 접시를 물 잔과 함께 들 수 있을 정도로 짜르르한 순한 맛에서, 붉은빛으로 날 유혹하는 버번위스키의 격렬한 매운맛까지. 술은 내가 의도한 것보다 인생에 더 많은 영향을 끼친 것 같다(그나저나 어느 정도가 평범한 유년기 트라우마를 가진 사람에게 '무난한' 음주일까? 톰 콜린스 칵테일 잔 테두리에 으깬 어린이용 타이레놀 가루를 발라놓는 것은 좀 너무한 거지? **작작 좀 하자!**). 생일 저녁, 테이블에서 주야장천 마셔댄 피노와인 덕분에 심하게 흐린 기억 속의 생일 파티를 하곤 한다. 저가의 듣보잡 샴페인(내가 깨진 병으로 햄 군의 머리를 썰려고 하자 그는 "**샹파뉴** 지방에서 생산된 게 아니라면 샴페인이라고 부를 수 없다!"며 울부짖었다)은 좋은 일을 축하하는 자리에 빠질 수 없다. 그리고 모든 중요한 관계의 시작엔 맥주가 있었다. 나는 햄 군의 친구가 자기 집 뒷마당에서 연 어두침침한 맥주 파티에서 햄 군을 처음 만났다. 햄 군은 내게 케그스탠드° 시키는 걸 실패했지만, 막상 본인은 두 번이나 했다. 그동안 계속 그의 술잔을 들어줬다. 새벽 2시에 그를 택시에 태워 보내려는데 그가 "너 진짜 좋은 녀석이구나"라고 중얼거렸다. 술은 우리의 주파수를 맞춰준다. 우리를 용감하고 아름답게 만든다. 그리고 우리를 사랑에 빠지게 한다.

나는 알코올 소비량이 높지 않은 환경에서 자라났다. 엄마는 시큼한 화이트와인 한두 잔이면 뻗고, 아빠는 스카치를 아주 조금 마시곤 하는데 검지와 새끼손가락을 뻗어 보이며 "김미 투 핑거스!"라고 흥얼거리는 걸 좋아하기 때문인 듯싶다(그러고 나서 아빠는 웃는데, 그게 나보고도 웃으라는 큐사인이다). 스카치를 마셨다 하면 굉장히 사교적으로 변하는 아빠는 한 시간 반 뒤면 뻗기 일쑤다. 나는 고등학교에 들어가고 나서도 그렇게 술을 마시지 않았다. 다른 애들이 120밀리짜리 라즈

° 맥주 통을 잡고 물구나무서기를 한 후, 통에 연결된 관으로 맥주를 최대한 많이 마시는 술 게임.

베리 맛 사워퍼스○를 애지중지 끼고, 술이 미적지근해질 때까지 이리저리 다니면서 자신이 얼마나 섹시한지 자랑하는 동안에도 나는 전혀 무지하게 그 시기를 보냈다. 열일곱 살, 고등학교 졸업하고 한 달 뒤에 간 하우스 파티에서 스미르노프 아이스 보드카를 두 잔 마시다 문득 이 친구들의 부모들은 다 어디 있나 걱정하기나 했다.

토론토로 이사 와서 대학에 입학했을 때도 나는 여전히 합법적으로 술을 마시려면 두 살은 더 먹어야 하는 미성년자였다. 난 당시 집을 얻지 않고 베스트웨스턴 호텔에 머물렀다. 그 호텔의 다섯 개 층은 학생 기숙사로 사용되고 있었다. 호텔 침대를 치운 자리에 작은 플라스틱 간이침대 두 대가 놓여 있었다. 두 침대 사이에는 겉보기엔 그럴싸해 보이지만 실제로는 얄팍한 플라스틱 칸막이가, 내 머리맡에서 1미터 떨어진 곳에 누워 있는 생판 남으로부터 사생활을 지켜주겠답시고 쳐져 있었다. 내 룸메이트는 중국인 교환학생이었는데 내게 반복적으로 자기 이름이 '앨리스'라고 주입시켰다. 그러나 앨리스의 책과 서류에는 '미아'라는 이름이 갈겨져 있었다(첫 학기가 지나자 앨리스 혹은 미아는 망가진 플립플롭 한 켤레를 남긴 채 사라졌다). 건물의 다른 층은 여전히 호텔로 사용되고 있었다. 무너질 것 같은 이 지저분한 호텔은, 도시에서 가장 오래된 게이 목욕탕과 학생들이 아멕스 카드를 들고 다니는 사립 중학교 사

○ 과일 향 단맛과 특유의 신맛이 나는 칵테일 술. 병으로 판매한다.

이에 있었다. 목이 좋아서 관광객뿐만 아니라 열일곱 살에서 스무 살 정도의 아이들로 항상 북새통을 이루었다. 우리는 출입 금지였던 수영장에 잠입하려 했고, 11층 창문을 몰래 들어 올려서 행인들을 향해 동전을 던지기도 했다.

바로 이 베스트웨스턴 호텔에서 술을 배웠다. 고등학생 때는 부모님이 갑자기 나타나서 내 목구멍에 손가락을 집어넣어 간신히 삼킨 맥주를 토하게 할지도 모른다는 강박이 있었다. 하지만 여기서는 보복의 위협 없이 재미를 볼 수 있었다. 누군가가 내게 말을 걸게 하려면 내가 재미있어야 한다는 것도 배웠다.

여자들은 다 알 거다. 남자들은 술 마실 줄 아는 여자를 좋아한다. 마신다고 말만 하는 여자애들 말고, 남자애들처럼 마시면서 적당한 음주 레벨을 쭉 유지하는, 살짝 취해 있는 여자들 말이다. 그들은 비어퐁 게임°을 하고, 샷을 입에 털어 넣으며, 같이 섹스를 할 수 있고 재미있을 정도로만 취해 있어야 한다. 내가 처음으로 좋아한 한 성인(나보다 다섯 살 연상이었는데, 피부가 너무 하얘서 크레용으로 그 위에 그림을 그리고 싶을 정도였다)은 내게 이런 말을 했다. "너 여자치고 술 마실 줄 아네." 난 마치 훈장을 단 것 같았다. 그 후 그가 덧붙였다. "너같이 술 잘 마시는 인도 여자애는 처음이야." 그는 감동받았다. 내가 인상적으로 보였던 거다. 나는 재미있었다. 내가 용감한

° 맥주나 물을 채운 컵을 테이블 양쪽에 놓은 다음 탁구공을 던지는 술 게임.

여자라고 생각했다. 원래 술이 그렇다. 술을 마시면 내 발아래 세상을 뭉개버릴 수 있다고 착각하게 된다.

하지만 실은 여자애들의 음주와 남자애들의 음주는 같지 않다. 남자들이 취하면 여자에게 하는 짓이 있다. 내가 10대 때, 술에 취한 여자가 강간이나 추행을 당하면 세상은 그게 당한 여자 책임이라고 말했다. 그 모든 것이 온전히 여자 탓이기에 술은 그만 즐기고 책임감 있게 행동해야 한다고 말이다. 부모님은 항상 내게 술 마시는 것은 위험한 일이라고 말했다. 술은 남자들의 뇌 한구석에 잠들어 있던 어떤 부분을 열어젖혀서 그들을 자기 영역이나 따지는 원초적 동물로 만든다고 했다. 물론 "그건 나쁜 거지"라면서도, 여자의 안전을 지키는 건 항상 여자 자신의 몫이라고 했다. 호텔에 살기 시작하고 몇 주 동안 여러 기숙사에서 열리는 파티에 초대받을 때마다, 선배들이 내게 술을 사겠다고 할 때마다, 나는 빗질도 안 한 머리에 펑퍼짐한 옷을 입고 마지못해 참석한다는 식으로 자리에 갔다. 그 누구도 내 술을 못 건드리게 했고, 내 맥주를 딸 수도 없었으며, 내게 컵을 주지 말라고도 했다. 빈 컵이어도 말이다. 나는 내 전용 컵을 따로 가지고 다녔다. 재미를 배워가고 있었지만 위협은 항상 주변에 깔려 있었다. 여기 있는 남자 중 하나가 언제 내게 위협을 가할지 모르며, 그건 온전히 내 책임인 것이다.

대학 오리엔테이션에 참석하지 못했기 때문에 학기가 시작할 무렵 친구가 하나도 없었다(아, 기숙사 같은 층에 살던 비건 여자애를 알긴 했지만 그 후로도 결코 친구가 되지는 못했다. 나와 몇몇 기숙사 남사친들이 같은 기숙사 친구의 곰 가죽 러그를 뒤집어쓰고 그 여자애 방에 가서 놀라게 하곤 했기 때문이다).

그러다 입학하고 몇 주 후 제프를 알게 되었다. 나보다 한 살 많은 그는 난폭해 보이는 외모와 너무도 잘 어울리는 구겨진 빈티지 티셔츠를 입고 머리 위로 트럭을 들 수 있을 것 같은 남자애였다. 그를 보자마자 한눈에 그가 딱 싫었다. 시끄러웠고 자신만만했으며 대낮에도 웃겼다(아마 맨 정신으로도 말이다). 모든 게 다 불공평해 보였다. 나와 같은 캐나다 시골 출신으로 심지어 같은 고등학교를 나왔지만 내게 깍듯하게 굴었고 그 이면에는 냉담함도 느껴졌다. 제프는 맷 브라가라는 남자애와 종종 어울렸다. 맷 브라가는 얼굴은 좁고 다리는 뻬다귀 같은 열일곱 살짜리 녀석이었다. 나는 제프보다 이놈을 더 싫어했다. 얼굴은 족제비같이 생겨서, 말하다 실수라도 하면 동그란 눈알이 튀어나올 것만 같았다. 뭔가를 물으면 의자에 몸을 기대고 팔짱을 낀 채 "흐—음" 하고, 말하기 전에 뜸부터 들였다. 내 눈엔 그의 생김새가 아기 같았기 때문에 나는 그를 베이비 브라가라고 불렀다. 별로 좋아하는 것 같지는 않았지만 나 역시 그를 좋아하지 않았기에 신경 쓰지 않았다.

이 둘은 악질이었다. 하지만 제프는 종종 최고의 파티를 열었고 거기에는 항상 베이비 브라가가 있었다. 제프는 캠퍼스 내의 기숙사에 살았는데 그곳은 통제가 없는, 쾌락주의가 만연한 곳이었다. 이를테면 레드불이 파티를 후원하고 미성년자들이 술을 마음껏 마실 수 있는 곳이었다. 수업 끝나고 제프와 처음으로 어울린 날, 제프는 나를 자신의 파티에 초대했다. 이렇게 키만 크고 짐승 같고, 오로지 재미로 술을 너무 쉽게 많이 마시는 이 남자를 나는 믿지 않았다. "베이비 브라가도 올 거야." 그가 내게 알려줬다. "그리고 네가 부르고 싶은 사람 다 데려와도 돼. 꼭 오라고." 나는 파티에 참석했고 새벽에 그의 집에서 기절했다. 그 뒤 그가 나를 침대에 눕힐 때 잠깐 깼다. 그는 다른 방에 가서 잤다. 아침에 그가 오렌지 주스를 가져다주었다.

"내 말 맞지?" 그가 말했다. "네가 재미있게 놀 줄 알았다니까."

나는 끄덕이며 눈을 비볐다. "이제 친구가 되어야겠네."

그는 모자를 고쳐 쓰며 귀에 꽂아둔 담배를 꼬나물었다. "다 그런 거야."

제프는 종종 내게 센 술을 주었지만 단 한 번도 돈을 내라고 하지 않았다. 제프는 숨만 쉬고 있어도 모두가 선망하는 대학생의 정석처럼 보였다. 그는 건방진 데다 파티에 가는 것, 여자를 사귀는 것 그리고 쿨한 걸 하는 쿨한 엘리트 사교 클럽을 만드는 것 말고는 관심이 없었다. 우리는 굳이 애쓰지 않아도 똑똑해서 수업을 들을 필요 없다는 듯 그저 교실 맨 뒤에 앉아서 다른 사람들을 비웃곤 했다. 혹은 맨 앞에 앉아서 모든 걸 다 아는 척하기도 했다. 파티가 열리는 곳에 항상 우리가 있었는데 그게 딱히 내가 파티를 쫓아다니거나 파티가 열릴 만한 곳을 찾아다녀서는 아니었다. 우리가 파티 그 자체였다. 베이비 브라가 역시 마음껏 넘쳐나는 젊음과 이기심의 특혜를 누리며 변화한 삶에 몰두했다. 사람들은 **우리**에게 어디냐고, 그 파티에 가도 되냐고 문자를 보냈다. 브라가는 박식한 편에다 굳이 위험을 감수하지 않는 스타일로, 약간 부끄럼도 타고 걱정은 사서 하는 성격이 나랑 비슷했다. 하지만 제프와 함께 있을 때면 우리는 원하는 것을 다 할 수 있었다. 나는 내 술잔에 더 이상 신경 쓰지 않았고, 다른 남자 걱정도 하지 않았다. 제프가 대신 그 모든 걸 해줬기 때문이다. 우리는 '댄스 케이브'라는, 토사물로 가득한 플라스틱 컵이 바닥에 즐비한 악몽 같은 바에서 베이비 브라가의 안경이 떨어져 토 사이에서 이리저리 유영하는 걸 보기도 하고, 베이비 브라가에게 '핫도그 꼬치에 오럴섹스' 하는 것처럼 보이지 않게 담배 피우는 법을 몇 주 동안 가르치기도 했다(절대 성공은 못 했지만). 우리는 평행 우주 속에서 재미있는 버전의 우리여야 했다.

브라가와 내가 친해지는 데는, 우리 둘이 각자 제프와 사랑에 빠진 것보다 더 많은 시간이 필요했다. 그 누가 제프를 거부할 수 있었을까. 그는 누구도 위협하지 않았고, 편하고 책임감이라곤 하나도 없었으며, 세상에서 가장 중요한 일은 바로 이 파티에 오는 거라고 생각하게 하는 친구였다. 마치 그 파티가 끝나면 그다음엔 아무것도 없다는 듯! 베이비 브라가와 나는 오히려 몇 달 뒤 캐나다 유학생 모임에서 맥주를 마시면서 천천히 친해졌다. 한번은 제프가 연 또 다른 파티에서 어쩌다 우리 단둘이 한 침실에 있게 되었다. 둘이서 지금은 기억도 나지 않는 어떤 일로 웃다가 침대에 쓰러졌다. 조명은 어두웠고 우리는 눈을 마주 본 채 가만히 있었다. 바로 이 타이밍에 키스를 하고 모든 것을 망쳐야만 할 것 같았다. 하지만 그 대신 우리는 더욱 미친 듯이 웃었고, 눈물이 솟구쳤으며, 너무 소리를 질러댄 나머지 브라가는 목소리가 쉬었다. "야, 이 바보야." 나는 그의 팔을 끌고 부엌에 가서 괜히 술 게임을 하기 위해 플라스틱 컵을 찾았다(도대체 왜 술 마시는 데 게임이 필요한 것일까?).

제프와 베이비 브라가와 노는 걸 좋아한 건, 그 전까지는 남자애들과 노는 게 금기시되어온 탓도 있다. 인도 여자애가 남사친을 집으로 데려오면 아버지들은 딸을 집 밖으로 내쫓는다. 아니면 딸에게 벌주기 위해 언제 끝날지 모르는 묵언 수행을 하거나, 공공장소에서 딸을 마녀사냥 할지도 모른다. 그동안 어머니들은 다락방에서 슬피 울겠지(다락방이 아니어도 상관없다). 우리 셋은 캠퍼스를 같이 거닐고, 바에 같이 갔으며, 해장 브런치를 같이 먹었다. 서로가 가장 중요하고, 함께 있을 때 가장 좋은 시간을 보낼 수 있는, 완벽한 시너지가 생기는 팀이었다. 우리는 팔짱을 끼고서 세상 속으로 행진했으며 서로를 사랑했다.

우리는 무적이었다. 젊음과 외로움, 술로 결합된 유해한 조합이었다. 우리는 우리에게 리셋 버튼을 선사한 술을 너무 사랑했다. 술을 마시면 진지한 삶을 시작하기 전의 정신적인 휴양을 느낄 수 있었다. 우리는 함께 모든 걸 흐릿하게 만들고 바닥을 치기도 했지만, 다음 날 전부 다시 새롭게 시작할 수 있었다. 우리의 삶이 어디로 향하든, 이 삼총사가 영원할 거라 생각했다. 우리는 술잔을 부대끼며 결속을 다졌고 "우리 빼고 다 별로야!"라고 외치며 다른 이들을 거부했다.

이런 숱한 밤들이 지난 뒤, 베이비 브라가와 나는 종종 통화하며 지난밤을 복기했다. 제프는 그때 보통 잠들어 있었다.

"제나한테 무슨 일이 있었던 거야?" 이런 식으로 난 브라가에게 묻곤 했다.

"부엌 스토브에 머리를 부딪혔는데 피가 엄청 많이 났어." 그는 말했다. "아마 병원에 갔겠지?"

제나가 멀쩡했으니 우리는 웃을 수 있었고 계속 즐거웠다. 오후 2시가 돼서야 제프에게 '브런치 먹을까?'라는 문자가 와서 웃겼고, '이 멍충아 지금 오후 2시야, 너 수업 다 땡땡이쳤어?'라면서 또 웃었다. 그날 밤 우리가 다시 제프를 만나러 가면 그는 이미 두 잔 마신 상태에서 나를 붙잡고 빙빙 돌렸다. 제프와 베이비 브라가는 노래방 기계 없이도 노래를 부르곤 했다. 그는 다른 네 사람과 쉐어하는 집 열쇠를 내게 줬다. 모두 제프를 좋아했기에 나는 언제라도 그 집에 갈 수 있었다. 하루는 아침에 그 집 부엌에서 지난밤 흔적들을 치우고 있는데, 제프가 수제 와인을 몇 짝이나 들여왔다. 변기 물 같았던 그 와인은 일주일도 넘기지 못한 채 다 사라졌다.

어느 밤에는 제프가 그 아파트 옥상에 올라가 건물 사이를 뛰어넘기도 했다. 새벽 1시에 우리는 소리 질렀다. "야, 그러다 체포당한다!" 하지만 이 바보 같은 친구가 절대 위험에 빠질 리 없다는 걸 알았기에 우리는 그저 웃기만 했다. 제프는 맥주 열 병을 마시고도 이렇게 마라톤을 뛸 수 있었다. 컴컴한 밤, 잠 못 이루는 밤, 동쪽 번화가 건물 옥상에서 말이다. 그가 돌아오면서 나를 쫓아오는 척하면 나는 무서운 척했다.

이게 2년 동안 우리가 지내온 일상이었다. 하지만 조금씩 뭔가 변해갔다. 제프는 한 잔, 두 잔, 세 잔 정도에서 멈추지 않았고, 항상 열 잔, 열다섯 잔, 혹은 스무 잔을 원했다. 그렇게 진탕 마시고 나면 그는 노래도 하지 않고 그저 방에 앉아, 오래된 옷가지에 푹 파묻힌 채 울곤 했다. 베이비 브라가는 그를 윙머신 레스토랑으로 끌고 가 뭐라도 먹여서 정신 차리게 하려 했지만, 매번 실패했다. 그러면 그다음 날 제프에게 똑같은 걸 반복했다. 이게 중요한 포인트다. 다음 날 언제라도 새롭게 시작할 수 있는 바로 그 지점.

이제 우리는 3학년이 되었다. 제프는 건망증이 생겼고 움츠러들기 시작했다. 그의 어깨는 더 축 늘어져 보였다. 체중이 너무 줄어서 벨트에 새로운 구멍을 뚫어야 했고 그의 티셔츠는 뒤집어쓴 낙하산 천 같았다. 점점 더 빨리, 더 많이 술을 마셨고, 예전처럼 더 이상 나를 집에 데려다줄 수도 없었다. 한번은 새벽녘 집으로 가는 길에 마주친 한 남자가 나를 붙잡아 바닥에 내동댕이치려 했다. 다른 행인이 그를 쫓아내고서 나를 집까지 데려다줬는데, 집에 도착해 울면서 제프에게 전화를 걸었지만 그는 받지 않았다. 다음 날 그는 과하게 사과하면서 전

날 여자 친구가 왔고, 둘이 싸웠으며, 그 후엔 핸드폰을 어디에 뒀는지 몰라서 전화를 못 받았다고 했다. "그건 잘 모르겠네." 베이비 브라가가 내게 말했다. "그니까, 내가 거기 있을 때 갠 이미 기절했거든. 엄청 마셨어." 나는 그에게 짐이 되고 싶지 않았다. 그가 책임져야 할 대상이 되고 싶지도 않았다. 재미있는 여자애들은 그리 궁하지 않기 때문이다. 우리는 이런 짓을 몇 년 동안이나 해왔고 결말이 어떻게 나든, 내가 이 남자애들이랑 얼마나 술을 마시고 다니든 내가 여자라는 사실엔 변함이 없었다. 이제 베이비 브라가가 종종 나를 집에 데려다주거나 집에 제대로 들어갔는지 문자를 보냈다. 우리는 그때까지만 해도 괜찮았다.

하지만 가끔 제프가 옥상에 올라가서 자살하겠다고 했다. 진심이었을까? 나도 베이비 브라가도 알 수 없었다. 나는 손을 뻗어 그의 흔들리는 팔을 잡았다. "일로 와." 내가 말했다. "안으로 들어와. 마티니 만들자. 와인도 마시고. 술 게임 할까? 부엌으로 가자." 그는 고개를 끄덕이며 미소를 지었다. 하지만 지붕 위에 앉은 채 다리만 흔들어댈 뿐 그는 우리 곁으로 돌아오는 법이 없었다. 그는 유령처럼 그의 파티를 유영했다. 놀기엔 너무 취하고, 그만두기엔 너무 슬펐던 유령.

베이비 브라가와 나로선 뭐가 뭔지도 모를 미스터리한 일들이 제프에게 연달아 일어났다. 어느 날 저녁, 제프의 이가 부러졌다. 그는 담배 찌든 내를 풍기며 강의실에 나타났고 손가락은 점점 회색으로 변해갔다. 그는 쉬는 시간에 담배를 피우러 나가서 아무 말 없이 도로를 쳐다보곤 했다. 눈을 문지르거나 턱을 만지는 그를 창문가에서 바라보며 우리는 기분이 언짢기도 하고 단절감이 들기도 했다. 추수감사절에 라자냐와 거터와인을 먹자며 자기가 연 파티에서 친구들과 주먹다짐을 하기도 했다. 파티에 재미를 잃어갈 무렵 열린 그 파티에서 난 일찍 자리를 떴다. 그 후 제프가 셔츠를 찢고 옥상에서 떨어졌다는 문자를 베이비 브라가가 내게 보냈다. 하지만 괜찮다고 했다. 제프는 여전히 우리의 친구이고 그저 재미있게 살고 싶을 뿐인 놈이니까! 그에겐 우리가 있으니까 괜찮았다. 중2병도 결국 낫듯이, 자기 조절 능력을 잃은 젊은 알코올중독자에게도 뭔가 방법이 있겠지. 문제없을 거야!

다른 사람들도 눈치챘을까? 어떻게 모르겠어? 우리는 느꼈다. 나와 베이비 브라가 사이에 하는 얘기는 오로지 제프에 관한 것뿐이었다. 힙한 파티의 프리패스이던 내 친구 제프가 어느새 해결 안 되는 빚더미처럼 느껴졌다. 다른 친구들이 슬슬 밤샘 파티나 뒷골목 흡연, 혹은 침실이나 화장실을 마리화나로 너구리 굴 만들던 습성에서 손을 뗄 때도 제프는 여전했다. “일로 넘어오라니까.” 화요일 밤에 그는 문자를 보내곤 했다. “몇 잔 때리자.” 나는 안 된다고, 다음 날 수업이 있다거나 집에 있고 싶다고 대답했다. 제프는 문자를 씹고선, 2~3일 후에 여전히 화가 풀리지 않았다는 듯 “네가 오지 않았다니!”라고 했다. “사치 너, 진짜 재미있는 걸 놓쳤다고!”

그즈음 우리 대부분은 술을 마실 수 있는 합법적인 나이가 되었다. 그래서 오히려 저녁과 주말(그리고 종종 낮에도)을 술독에 빠뜨린 채 센 척하는 짓은 점점 매력이 떨어져갔다. 베이비 브라가는 내게 (열아홉 살이라면 응급 상황이 아닌 이상 절대 안 하는) 전화를 걸어 뭐 하나 물어왔다. "저녁 먹을래?"는 "어느 바 갈래?"를 대신하기 시작했다. 우리는 높다란 샌드위치와 이상한 버거 혹은 뭉근하게 끓인 싸구려 태국 음식을 먹었고 소리 지르는 대신 대화를 나눴으며 커피를 마셨다. "제프 괜찮은 거지?" 내가 물으면 그는 어깨를 으쓱하며 대답했다. "우리가 어떻게 알겠어?"

베이비 브라가와 나는 제프에게 술을 줄이라고, 아니 아예 딱 끊으라고 사정했다. 할 수 있다고 말했다. 우리가 도와줄게. 브라가는 남자 대 남자(그게 뭔지는 잘 모르겠지만)로 얘기한다고 했고, 파티가 끝나도 우리가 곁에 있어주겠다고 말했다. 나는 우리의 삶이 다시 시작될 수 있다고, 셋이서 아파트를 구해서 같이 살자고, 이상하겠지만 즐거울 거라고 말했다. 이런 대화를 할 때 제프는 항상 취한 상태에서 고개를 떨군 채 끄덕였다. 그의 속눈썹에 맺혀 있던 눈물이 양말 위로 떨어졌다. 우리는 여전히 제프와 함께 지냈고, 파티에 따라갔으며, 우리의 미미한 삶이 연소되지 않게 노력했다. 조금 달라진 점은, 우리 둘은 파티에서 일찍 나오고 브라가가 나를 집에 데려다준다는 것이었다.

3년 가까이 함께 지내며 초반의 흥겨웠던 카오스가 나중엔 침묵으로 변해갈 무렵, 짧은 휴가를 다녀온 제프를 한 동아리 사교 파티에서 만났다. 그를 본 나는 두 팔 벌려 그에게 달려가 포옹했다. 이번에는 베이비 브라가 없이 우리 둘뿐이었다. 그러니까, 제프를 살아 있게 하고 밝게 만들 수 있는 사람은 나밖에 없었다. 그는 이미 취했지만 음침하거나 어둡지 않았고, 사교적이며 친절해 보였다. 그는 나를 들어 올리려 했지만 힘이 예전 같지 못했다. "보고 싶었다, 꼬맹아." 그는 우리 셋 중에 가장 작은 나를 항상 그렇게 불렀다.

그 파티에 아는 사람이 없었기에 둘이서 마셨다. 항상 그랬듯이 그의 기분이 점점 변해갔다. 그러다 구석에 놓인 가죽 소파에 몸을 던지더니 그때부터 입을 다물었다. 나는 맥주를 너무 많이 마셔서 이성을 잃었다(술을 많이 마신 여자애들이 하면 안 되는 짓 말이다). 나는 그에게 음악 소리보다 더 크게 소리를 질러댔다. "도대체 뭐가 문제야?" 나는 물었다. "그냥 술을 끊어. 아무도 너보고 마시라고 강요하지 않아. 누구도 너한테 이딴 거 먹으라고 나오라 한 적 없잖아!" 파티 주최자들이 조명을 죄다 빨간색으로 바꿔놨다. 모든 것이 핏빛이었고 공포스러웠다. "넌 문제가 있어!" 나는 울부짖었다. 조용한 방으로 내가 끌고 갈 때까지 제프는 한마디도 하지 않았다.

우리의 싸움은 계속됐다. 소리 지르는 건 나였고 제프는 얇은 매트리스 위에 앉아서 그저 듣기만 했다. 그러다 그가 마침내 일어났다. 그가 나보다 머리 하나는 더 큰 것이 새삼 느껴졌다. 그는 항상 그랬듯이 손으로 날 잡았다. 병을 돌려 따거나, 날 귀찮게 하던 남자들을 밀어내거나, 인파 속에서 길 잃은 내 몸을 잡아주던 그 손. 하지만 이번에는 달랐다. 그는 나를 잡더니 마구 흔들어댔다. 처음 있는 일이었다. 그의 얼굴이 알 수 없는 분노로 일그러지는 것을 잠자코 보았다. 나는 그의 발밑으로 쓰러졌다. 그의 눈이 휘둥그레지더니 눈물이 쏟아졌다. 조명 때문에 빨개 보이던 얼굴은 더욱 빨개졌고 나는 발가벗겨진 기분이 들었다. 온몸이 파르르 떨렸다. 내게 기댄 그의 몸은 그간 어렴풋이 느껴지던 위협으로 다가왔다. 나는 무서웠다. 그것은 친밀함의 선을 넘는 명백한 폭력이었다. 우리가 함께한 것들 중에서 즐거움과는 가장 거리가 먼 일이었다.

여자들은 항상 즐거울 수만은 없으며, 뒷일을 생각하지 않고 술을 마실 수도 없다. 솔직히 남자고 여자고 뒷감당을 생각하지 않고 술을 즐기는 사람은 거의 없다. 하지만 남자들은 누구에게 딱히 해를 끼칠 의도가 없었던 행동의 결과에 대해 여자만큼 자기 탓을 하지 않는다. 사람들은 수없이 내게 말한다. 여자로 사는 게 얼마나 힘든지, 특히나 남자와 술을 마실 때는 얼마나 위험한지, 얼마나 여자로서 조심해야 하는지, 무슨 일이 일어나면 어째서 모든 걸 여자의 책임으로 몰아가는지 말이다. 아빠는 내가 술 마신 이야기를 싫어한다. 내 불안전한 생활에 그가 손쓸 방도가 없어서인 듯하다. 아마도 아빠 생각이 맞을지도 몰라. 하지만 나는 아빠에게 도움을 요청할 만큼 그렇게 막살지는 않았다. 제프와의 사건이 있던 그날 밤, 집으로 돌아와 옷장 속에 들어간 다음 옷장 문을 닫았다(어렸을 때부터 뭔가 문제가 생겼다 싶으면 하던 버릇이었다). 그러자 독립한지 몇 년이 지났는데도 집이 그리워졌다. 나는 엄마가 옆방에 있기를 바라며 울었다. 언제라도 내 머리카락을 만져주며 나를 진정시켜줄 수 있게.

일주일 뒤, 나는 예전에 제프가 준 아파트 열쇠를 챙겨 그의 집으로 갔다. 그리고 그 집에 있던 술병을 모조리 끄집어냈다. 그중 몇 병은 그의 것이 아니었지만 상관없었다. 나는 모든 술병을 그의 집 앞 쓰레기통에 처넣었다. 그러고는 제프 얼굴에 열쇠를 집어 던지며 울었다. 그는 제발 진정하라고, 나아지겠다고 했다. "딱 일주일만 시간을 줘. 다음부터 바뀔게." 다음 주에는 그의 생일 파티가 있었다.

그가 스무 살이 되던 날 밤, 인생에서 그를 끊어냈다.

남들보다 내가 잘났다고 스스로 설득하는 건 멋진 일이다. 금주 첫 주, 내 기분은 최고였다. 나는 취하지 않았고, 취하지 않았다는 것은 새벽 3시에 산 치즈 범벅 나초를 바닥에 흘려도 고양이에게 뺏기기 전에 잽싸게 쟁취할 필요가 없다는 뜻이었다. 나는 잔뜩 부풀어 오른 우월감으로부터 모든 주요 영양소를 쪽쪽 흡수하는 중이었다. "와인 한 잔 줘?" 금주 첫 주 토요일 밤에 햄 군이 물었다. "고맙지만 됐어, 자기야." 나는 조신한 척 미소 지으며 주말에만 입는 럭셔리한 스웨터에 몸을 집어넣었다. "내 몸에게 친절을 베푸는 중이거든." 내가 다이어트 콜라 1리터를 마시는 동안 와인 반병을 들이켜는 그를 보며 생각했다. 그래, 이 기회에 아예 비건이 될까? 나 정말 잘하고 있는 거 같아!

하지만 우리가 도덕적으로 우월하다고 느끼는 순간, 우리보다 못한 인간들을 떠올리게 된다. 나와 달리 참을성이 없었던 인간, 나만큼 노력하지도 않은 인간, 아니면 노력할 수 없었던 인간, 모든 걸 아주 환상적으로 망쳐버렸기에 생각하면 여전히 화가 나는 인간. 나는 금주 첫 주를 내가 제프보다 얼마나 나은 인간인가에 대해 생각하며 그에게 헌정했다. **나는 하고 있잖아, 왜 너는 못 했던 거야?** 마치 금주가 그저 정신력 문제인 양, 중독과는 아무 상관도 없으며 쉽게 해결할 수 있는 양, 혹은 내게 결코 보이고 싶지 않던 상처를 가리려던 게 아닌 양 말이다. 머리로는 그와 나의 상황이 같지 않다는 것을 안다. 4주간의 자기만족적인 금욕 생활을 하고 있는 나와, 알코올중독에 고군분투했던 그의 상황은 다르겠지. 하지만 싱싱한 오가닉 채소를 의기양양하게 사놓고 냉장고에서 썩히면서 체리 맛 펀딥°을 손가락으로 찍어 먹는 나를 보시라. 내 금주도 결코 쉬운 길이 아니라고!

인생의 가장 큰 쓰라림은 보통 친구 사이에서 일어난다. 연인 관계와는 달리, 우정은 대개 영원함을 동반하니까. 우리는 대학 이후에 많은 친구를 잃는다. 특히나 어떠한 모임에 들기를 가열하게 거부해왔다면 더욱 그렇다. 더 나쁜 것은 우리가 새로운 곳에서 새로운 정체성으로 살아보려고 한동안 노력

° 설탕 가루를 흰 사탕 막대에 찍어 먹는 사탕.

하고, 좀더 거기에 어울릴 만한 것들을 하며, 그곳 사람들의 마음에 들려고 아무리 애써도 다 부질없다는 사실이다. 처음 세상 밖으로 나가 만든 커뮤니티에서 사람들이 떠나버리고 나면, 우리는 인생 최고의 외로움을 느끼게 된다. 인생 공식 따위 전혀 먹히지 않는다. 열여덟 살의 우리가 그렇게 함께 술을 마셔대며 영원히 사랑할 거라 믿었던 친구들은 막상 필요할 때면 곁에 없다. 대학 친구란 학교라는, 갈 곳을 잃고 어딘가에 소속되려 애쓰던 그때 그곳의 울타리 안에서만, 그 생태계 안에서만 존재한다. 우리의 정체성이 가닥가닥 흩어져 있었기에 그저 사랑만 받아도 행복했던 그 시간. 술 마시는 것은 재미있는 일인 동시에 우리와 우리의 가장 보잘것없는 관계를 끈끈하게 해주는 풀 같은 존재이기도 하다.

제프는 분명 나보다 재미있는 사람이었다. 그와 관계를 끊자 많은 사람이 내게 말조차 걸지 않았다. 베이비 브라가와 나는 친구들이 내 생일은 잊어버리지만 제프의 파티에는 꼭 가거나, 내 문자를 보긴 하지만 제프 집에서 열리는 늦은 오후 브런치에 참석하거나, 새해 첫날과 핼러윈, 성 패트릭 데이(이 셋이 20대 초반 애들의 홀리데이 스타터 세트다)에도 더 이상 우리를 초대하지 않는다는 걸 알게 되었다. 내가 제프를 마지막으로 만났던 그 파티에서의 일에 대해서도, 친구들은 걔가 진짜 그랬냐고, 혹시 사치 네가 술을 너무 많이 마신 게 아니냐고, 아마도 제프에게 너무 심한 말을 했던 거 아니냐고 물어왔다. 그래, 내가 전형적으로 히스테릭한 애인 거지. 별것도 아닌 걸

별걸로 만드는 재주가 있다는 거지? 그러는 동안 베이비 브라가 역시 이 이혼에 동참하면서 많은 모임에서 왕따가 되어갔다. 우리는 파티를 열지도 않았고, 재미와도 거리가 멀어졌다. 나는 그들에게 너희의 그 재미있는 친구도 결국엔 서른 살(흥, 늙었다는 뜻이지!)이 될 것이고, 그가 술 마시는 모습은 영화 속 명장면이라기보다 돌이킬 수 없는 재앙이 될 거라고 했다. 그들의 세상이 얼마나 보잘것없고 슬픈지 일렀지만, 그 생태계의 압승이었다.

파티도, 제프의 전화도 거부한 지 1년 뒤, 베이비 브라가가 자신의 새 집에 나를 초대했다. 맥 앤 치즈랑 그가 좋아하는 맥주를 마시자고 말이다. 쓰고 홉이 많이 들어간, 마시기 힘든 수준의, 걷잡을 수 없는 분노를 자아내는 그런 맥주 말이다("이건 완전 나뭇가지 맛이잖아!" 내가 그렇게 말하면, "난 좋아!"라고 그가 말했다. "대체 왜?"라고 물으면 "그러게, **진—토—닉**이 아니라서 미안하네!"라며 온갖 발음을 최대한으로 늘여 비꼬듯이 대답했고 나는 그의 목을 조르러 달려갔다).

"근데 있잖아," 내가 말했다. "이제 더 이상 아무도 연락을 안 해."

"알아." 그가 대답했다. "그냥 사라졌어. 무슨 일일까?"

"내가 떠난 거지."

"나도 그런 거 같네."

베이비 브라가가 크리미한 치즈를 듬뿍 얹은 파스타를 내 앞 접시에 덜어주는 동안 나는 소파에 앉아서 울었다. 거의 주

말마다 내가 하는 짓이었다. 외로웠다.

"너무 나쁘게 받아들이지 마." 그는 내 무릎 위에 따끈한 접시를 올려다 주며 냅킨을 건넸다. 내 눈물 아니면 내가 먹다가 소파에 흘릴지 모를 파스타 때문에 주는 것 같았다. "그니까, 아직 내가 있잖아."

금주 선언 2주 차 주말. 빡센 한 주를 보내고 집에 와서야 편집장에게 "넌 진짜 나쁜 새끼야"라는 공격적인 이메일을 보낸 걸 깨달았다. 하. 햄 군에게 갔어야 할, 괜한 싸움을 거는 메일이었다. 나는 제프가 떠올랐다. 우리의 완벽했던 삼위일체를 파괴한 그 바보 녀석! 내게는 선택권이 있었다. 술이 한 방울도 안 들어간 말짱한 머리를 벽에 박아가며 제프의 술버릇에 대해 생각하거나, 아니면 베이비 브라가를 근처 술집에서 만나거나. 한 달 금주가 목표였지만, 차도가 없는 미미한 두통처럼 제프가(가장 파괴적이던 순간의 제프마저도) 그리워졌다. 나는 여전히 가는 곳마다 브라가를 데려간다. 인생의 중요한 변화나 혼란스러운 감정에 놓일 때 항상 그가 있다. 하지만 제프까지 우리는 삼총사였다. 이 관계를 재정비하는 데는 몇 년이 걸렸다. 그를 영영 떠난 것이, 우리가 그에게 내린 벌이라고 생각했다. 그는 외로워질 것이고, 그것은 날 잡아 흔들던 그날 밤의 업보가 될 것이다. 우리와 함께할 자격이 없다는 걸 그도 이해할 것이다. 어쩌면 그걸 참을 수 없어 어느 날 갑자기 모든 것을 정리하고 내게 전화를 걸어 다시 뭉치자고 할지도 모른다. 나는 너무나도 화가 난다. 몇 년이 지나도 여전히, 그가 나를 흔들던 그날처럼 화가 난다. 그날은 그 어디도 정말 안전한 곳은 없다는 증거였다.

내 안에 차오른 분노를 토해내며 그 속으로 독주를 콸콸 쏟아부었다. 16일 동안 지켜온 금주 결심이 깨졌다. 브라가가 돼지고기 샌드위치를 그의 작은 토끼 입에 넣으려고 낑낑대는 걸 보면서 40분 동안 맥주 세 병을 마셨다. 그리고 그간 내가 우리의 후회를 떠내려 보내기 위해 알코올을 얼마나 이용해왔는지 아마도 처음 깨달았던 것 같다.

금주에 실패한 다음 날 아침. 머리가 아팠고 입안은 사막처럼 느껴졌다. 금주에 실패한 벌로 숙취가 몰려왔다. 나는 제프에게 심하게 굴어서 미안하다, 내가 널 잘못 봤다, 네가 괜찮았으면 좋겠다, 그게 무슨 뜻인지 간에 그렇게 메일을 보낼까도 생각했다. 동시에 그에게 소리 지르고 싶었다. 나를 아프게 하고 거품 같았던, 영원히 유지하기는 어려웠을 우리의 관계를 망친 것에 대해 책임을 묻고 싶었다. 그의 공격적인 성향은 비단 술 때문이 아니라, 그가 한때 사랑한 여자 때문에 발현된 것, 그의 뇌 속의 좀더 원초적인 것 때문이라는 걸 알았다. 문득 죄책감이 몰려왔다. 왜 난 더 노력하지 않았을까? 어쩌면 내가 그를 버린 것일 수도 있다. 어쩌면 **우리**가. 그토록 오랫동안 그에 대해 미안함을 잊은 채 살아온 나 스스로에게 화가 났다.

그때 베이비 브라가에게서 전화가 왔다. 그는 아이스 스케이팅에 대해, 또 채소 가게에서 있었던 일에 대해 재잘댔고 나는 그저 들어주었다. 그는 내게 오늘이, 항상 그렇듯이, 어제가 아니라는 걸 일깨워주었다. 나는 제프에 대해 말하지 않았다. 더 이상 상관없었기 때문이다. 그 세계는 죽은 지 오래됐고, 뒤늦은 후회 속에서만 나는 그리움을 느꼈다. 기분 좋지 않은 날, 머릿속에 이런저런 잡다한 생각이 드는 그런 날처럼 말이다. 베이비 브라가와 나는 우리의 오래된 소우주에서 빠져나왔다. 내가 이겼다. 그걸로 나는 충분했다. "오늘 무슨 요일이더라?" 그가 물었다. 전화기 너머로 그가 비닐봉지 뒤적이는 소리를 들었다. 나는 이불을 걷고 찬물을 마시며 지난밤을 떨쳐내는 과정을 다시 시작했다. "하, 이 베이글 너무 심하네. 일주일 만에 상해버리다니! 그래도 나 베이글 너무 사랑하는 거 알지? 내게 허락된 유일한 마약. 다음 주에 또 사야겠다. 오, **스리라차 소스**도 사야지. 사치 너 이번 주에 언제 시간 돼? 얼굴이나 보자. 샌드위치랑 차 마시면서 밀린 수다나 떨자구."

Scaachi 〈sk@gmail.com〉, April 27, 2013

제 상사가 저보고 능력자래요.

Papa 〈papa@gmail.com〉, April 27, 2013

그 말을 들으니 내 마음이 따뜻해지는구나.

그런데 그가 말하면서

입꼬리 한쪽을 올리진 않았냐?

나는 아무도 안 믿는다.

7장

그 시선 거두어라

얼마 전 일이다. 여느 주말처럼 친구들과 처음에는 한 잔으로 시작해서 결국 1인당 열 잔은 마시게 되는 술자리가 있었다. 그날 초저녁 우리 모두 무슨 시상식에 참석했다가, 당연히 상을 못 받은 나를 위로하기 위해 근처 술집으로 자리를 옮겨 잔을 부딪혔다. 베이비 브라가는 내게 어깨동무를 한 채 단골 멘트를 읊었다. "이봐아, 친구우…… 너무 취해서 아무 말도 못 하겠어……" 그 자리엔 조던도 있었다. 발가락은 꽉 끼지만 왠지 더 어른 기분을 내게 해주는 하이힐에 올라서 있던 나는 그의 큰 골격에 비스듬히 기댔다. 새벽 2시 30분쯤, 우리 모두 거나하게 취했다. 내 농담에 내가 웃어댔고 눈꺼풀은 축 처졌다. 시상식 시작 전에 꼬불꼬불하게 말아놓은 머리카락 컬도 풀려갔다.

친구들과 바 옆에 서서 이야기하는데, 근처에 앉아 있던 두 남자가 나를 이따금 슬금슬금 쳐다보며 웃는 게 보였다. 그들은 내가 얼마나 취했는지, 얼마나 정신 줄을 놓았는지에 대해 그들 생각보다 더 큰 목소리로 이야기하고 있었다. 그자들은 둘 중 한 명이 나를 데려가 같이 섹스 할 수 있을 만큼 내가 더 쉬워지려면 내가 술을 몇 잔 더 들이켜야 할지 토론하고 있었다. 내가 꽐라가 되려면 술이 몇 잔 더 필요할지에 대한 안건을 상정한 것이다.

조던과 브라가를 붙들고 지금 벌어지고 있는 일을 이야기했다. 하지만 둘은 이 상황을 전혀 알아채지 못했다. 조던은 그냥 나를 보더니 얼굴을 찌푸렸고, 브라가는 숨을 들이마시면서 "친구우……" 하고 신음을 뱉어낼 뿐이었다. 상황 설명을 포기한 나는 그저 날 혼자 두지도 말고, 혼자 화장실에 보내지도 말고, 나 혼자 두고 담배 피우러 나가지도 말라고 사정했다. 우리는 그날 밤 내내 함께 있었다. 그리고 내 친구 대니는, 치킨 너깃 스무 조각 세트를 겨드랑이에 끼고 새콤달콤 소스 열다섯 개를 브라에 숨겨 넣은 나를 집 문 앞까지 데려다주었다.

그 일이 있기 몇 주 전, 다른 친구와 저녁 식사를 하러 간 적이 있다. 우리는 항상 그랬듯 와인을 두 병째 주문했다(한번은 그 친구가 로제와인을 '문학적인 술'이라며 마셔보라고 했다. 안 마셔본 술을 마셔보기 위한 최고의 핑곗거리가 아닌가!). 주문한 와인이 나와서 기쁨의 웃음을 짓고 있는데, 가까운 자리에 앉아 있던 두 남자가 우리 쪽으로 몸을 숙이며 "오늘 밤 콜?"이라고 물었다. 우리는 얼굴을 찡그렸고 두번째 와인 병을 비워나갔다. 그 후 세번째 병까지도.

그보다도 몇 년 전, 술집에서 술을 시킬 수 있는 나이가 막 되었을 때 한 남자가 내게 술 한잔 사주겠다고 한 적이 있다. 나는 싫다고, 됐다고, 방금 한잔 마셨다고 말했다. 그가 내게 수작을 걸고 있는 게 분명했다. 하지만 나는 그것을 눈치채지 못했다. 이내 그의 안면 근육이 굳더니 상처받은 남자 코스프레를 하며 화를 냈다. "뭐 하러 여기 왔어?" 그는 위스키 잔을 들고 떠났고 이내 집으로 가버렸다.

사람들은 이따금 강간을 술 취한 두 몸이 충돌한, 재수 없어서 생기는 사고 정도로 묘사한다. 상대방의 동의가 없었다는 사실을 애써 무시했거나, 거절할 수 없게 된 사람의 몸과 마음을 적극적으로 노린 결과로서 강간을 보기보다는, 그저 의사소통 오류나 실수 정도로 여긴다는 것이다. 하지만 강간 문화는 누군가의 실수로 퍼진 게 아니다. 강간 문화는 이미 대중의 의식 속에 너무나 깊이 뿌리박혀버린 체계적인 작동 기제라 강간이 발생해도 사람들은 알아채지 못하며, 실제로 강간을 목격할 때조차 목소리를 내는 경우가 드물다.

남자들은 여자들을 쳐다본다. 그것은 아주 오랫동안 정상적인 것으로 여겨졌다. 여자에게 접근하려고 여자가 술집에 들어오는 걸 바라보고, 여자가 무슨 술을 마시고 뭘 하는지 바라보는 게 남자들에게는 정상이다. 여자에게 술 한잔 사주겠다는 것도, 여자가 싫다고 하면 '정말로? 나랑 딱 한 잔만 마시자니까'식으로 여자를 압박하는 것도 정상이다(그럴 때 술 대신 안주를 사달라고 해봐라. 그다음 상황이 어떻게 전개될지 지켜봐라). 헬스클럽에서, 직장에서, 지하철에서, 그 밖에 여자와 남자가 함께 있는 모든 공간에서 남자는 여자를 바라본다.

그때 술집에서 우리 옆 테이블에 앉은 그 남자들은 내게 어떻게 말을 걸지 궁리조차 하지 않았다. 대화의 물꼬를 잘 트기 위한 회심의 한마디나, 둘 중 한 명과 기꺼이 밤을 보내러 가게끔 나를 어떻게 꼬실지 의논한 게 아니었다. 심지어 내게 술 한 잔이나, 내가 당시 진심으로 원했던 부리토를 사줄지 말지를 논하지도 않았다. 그들은 그저 음모를 꾸미고 있었다.

'파티 문화'라는 말을 들어본 적이 있는가? 그 말은 강간범이 자기가 저지른 범죄의 외부 요인이라며 들이미는 주된 거짓말 중 하나이다. 마치 의식을 잃거나 취한 여성을 가해하게끔 파티 문화가 강간범에게 영향을 미치는 것마냥 말이다. 2016년 성폭행으로 유죄를 선고받은 스탠퍼드 대학교 수영선수 브록 터너는, 취해서 의식이 없는 한 여성에게 그가 한 짓이 술과 파티 문화 탓이라고 주장했다. 이런 주장은 어떤 식으로든 인간이 지닌 일말의 도덕성이나 윤리의 껍데기를 까발려버린다. 자기만의 잘못이 아니란다. 둘 다 취해 있었으니까.

자신의 고의적이고 체계적인 계산보다 알코올이 실제 성폭행의 더 큰 요인이었다며 술을 탓한 사람이 터너가 처음일 리 없었다. 2012년, 캐나다 노바스코샤주 다트머스에 살던 17세 여성 레타에 파슨스는 약물을 주입당한 후 집단 성폭행을 당했고 당시 동영상이 인터넷에 떠돌자 자살했다. 같은 해, 미국 오하이오주 스튜번빌의 한 고등학교 여학생이 술에 취해 있는 동안 같은 반 남학생들에게 강간과 사진 촬영을 당했다. 2013년 미국 밴더빌트 대학교 축구 선수들은 의식을 잃은 21세 학생을 기숙사에서 강간해 기소당했다.

강간범들이 그리도 빈번히, 취한 여성을 물색하는 것처럼 보이는 것은 무슨 우연일까?

술에 취했다고 해서 마땅히 성폭행을 당해도 싸다는 의미가 아니라는 것을 우리 모두 안다. 누군가를 강간하지 않은 채로 술만 마실 수 있는 남자들이 세상에 넘쳐난다는 것도 우리 모두 안다. 강간이라. 사람들은 이런 것을 연상한다. 등 뒤에 강력 접착 테이프와 마취제를 숨긴 채 번호판도 없는 승합차를 몰며 얼쩡거리는 남자. 여자의 일상을 스토킹 하다가, 여자가 가장 무력한 순간에 그녀를 잡아먹는 남자. 그렇다. 강간이라 하면 우리는 남자가 여자를 해치려고, 강간하려고 복잡한 계획을 꾸며내는 방법론이나, 가장 오싹하게는 물리적인 힘으로 여자를 꼼짝 못 하게 만드는 흉악범을 떠올린다. 그런데 이유는 알 수 없지만, 공공장소에서 혼자 술 마신 여자가 충분히 취했는지, 혹은 술을 더 먹여서 취하게 만들어야 할지를 간 보려고 한두 시간쯤 지켜보는 남자와 강간을 연결시키지는 않는다. 이런 유의 강간, 이를테면 섹스에 동의할 수 없을 정도로 여성이 취하거나 의식이 없을 때, 혹은 애초에 동의 따위를 굳이 구하려 하지 않을 때 벌어지는 강간은, 그저 사고로 치부한다. 그저 잘못된 시간에 잘못된 장소에 있었네. 치기 어린 경솔한 행동이었지. 파티 문화가 문제야. 다 술 때문이야. 우리는 한 여자가 휘청거리며 서 있었고 한 남자에게 쉽게 여겨졌다는 이유로 그가 그녀에게 접근한 데 분명한 속셈이 있었음을 잊곤 한다.

픽업아티스트 문화는 여자를 감시하고, 미행하고, 여자의 경계를 낮추는 사소한 스킬로 너무 뻔히 남자에게 이득을 주기 위해 만들어졌다. 강간의 합법화를 주장해 널리 알려진 픽업아티스트 루시 브이는 술집에서 어떤 여자를 꼬셔야 하는지에 대한 팁을 자기 웹사이트에 올렸다. "술 마시고 있는 여자를 물색해요…… 술 취하지 않은 여자랑 하룻밤 자는 것도 가능하긴 하지만 술 몇 잔 먹이면 훨씬 쉬워진답니다."

강간 문화는 대중문화 콘텐츠에 만연한 채 대중이 알아채기 힘들 정도로 슬금슬금 퍼지고 있다. 미국 드라마 「오피스」에서 초반부 에피소드 몇 편은 마이클 스콧이라는 캐릭터가 그의 상사 잰이 싫다는데도 그녀 주변을 기웃거리면서 성추행하는 이야기에 할애된다. 두 캐릭터가 같이 술 마신 그날 밤 그들은 함께 자게 되지만, 다음 날 잰은 스콧을 밀어낸다. 그는 직장에서 잰을 계속 추행하고, 그녀가 "싫어"라고 말한 것이 진심이 아니라는 증거를 찾기 위해 잰을 감시한다. 「내가 그녀를 만났을 때」의 바니 스틴슨은 현실에서 써먹으면 체포될 수도 있는, 여자 꼬시는 방법을 시전한다. 「매드맨」의 여러 에피소드는 어떻게 하면 여자를 취하게 만들어서 집으로 데려올 수 있는지에 대한 이야기다.

시선 강간은 음주 이상으로 강간 문화에 크게 작용한다. 여자가 처음 만난 남자와 대화할 만큼 친절하고 긴장의 끈을 놓은 듯 보이는 상황에서, 남자가 여자를 계속 주목하면서 관찰하고 있다고 해보자. 이 경우 남자는 수컷으로서 여자를 지켜볼 권리가 자기에게 있으며, 이 권리를 행사해 이득을 볼 수 있다고 믿는다. 그가 강간범은 아니다. 아니고말고. 그는 여자에게 맥주 한잔 사주겠다고 할 뿐이다. 그러다 위스키 한 잔, 그러다 맥주 한 잔, 그다음에 맥주 한 잔 더. 그러면서 그는 그저 여자와 진정 훈훈한 시간을 보내고 싶어 한다. 그는 여자가 동의를 못 할 정도로 정신을 놓길 바란다. 물론 그도 취했지만, 남자가 여자를 바라보는 시선과 여자가 남자를 바라보는 시선은 엄연히 다르다.

막 열여덟 살이 되었을 때 난 처음으로 약물을 이용한 강간을 당할 뻔했다. 술집에서 술을 마시고 집으로 걸어가는 길에 한 남자가 물 한 잔과 편안한 자리를 보장한다며 다른 술집으로 나를 끌고 갔다. 그가 말했다. "물 한 잔 마시면 집으로 갈 수 있을 거예요. 알았죠?" 나는 "아니, 택시 잡아주세요"란 말을 어떻게 할지 몰라서 그냥 알겠다고 했다. 그는 내게 친절했고 귀여운 프랑스 억양으로 말했으며 생김새도 귀여웠다(고 기억한다. 내 손을 잡고 테이블로 데려간 갈색 머리의 남자 형체만 흐릿하게 떠오를 뿐이지만).

그는 내 앞에 잔을 놓았고, 나는 뇌 속이 점점 뿌예지고 팔다리가 후들거릴 만큼 탐욕스럽게 술을 마셨다. 그는 그날 밤 대부분을 내 옆에 앉아 내가 술잔을 기울이는 것을 지켜보며 내 말이 점점 어눌해질 때까지 기다렸다. 그가 잠시 뒤돌았을 때 나는 화장실로 몰래 사라졌다. 내 몸속에 뭔가 이상한 일이 벌어지고 있었다. 뇌가 다리에게 그만 좀 휘청거리라고 명령할 수 없었고, 심장박동이 점점 느려지는 게 느껴졌다. 그건 일종의 조난 신호였다. 술잔 조심하고, 잔 덮어놓고, 가능하면 병째로 마시고, 거품이 바르르 올라오는 술은 웬만하면 피하라고 여자 친구들이 내게 항상 말해주던 일이었다. 처음 겪었지만 알 수 있었다. 화장실 거울에 비친 내 모습을 언뜻 보았다. 머리카락은 엉겨 붙었고, 이마에는 땀이 송골송골 맺혔으며, 입술은 건조한 나머지 갈라졌다. 다리를 움직일 수 없었고 이내 쓰러져버렸다.

내가 쓰러지는 소리를 듣고 문 밖에서 한 여자가 화장실로 들어와 나를 일으켜 세웠다. 그녀는 내 이름이 뭔지, 어디에 사는지 물었지만 그녀에게 뭐라고 했는지 아무것도 기억나지 않는다. 그녀는 술집에서 눈 쌓인 거리까지 나를 끌고 나와 택시에 태웠다. 그녀가 택시 문을 닫으려던 참에, 나와 함께 술 마신 그 남자가 달려왔다. 나를 찾으려고 술집 주변을 헤맨 모양이었다. "잠깐만요." 그가 말했다. "저분 일행이에요. 제가 집으로 데려갈게요."

여자는 그가 나를 볼 수 없게 내 앞을 막아선 후 말했다. "알았어요. 그런데, 저 여자분 이름 아세요?"

내 이름은 술이 안 오른 사람이나 몇 년 동안 알고 지낸 사람에게도 어려운데, 술집에서 처음 만나 이름이 뭔지 물어봤을 것 같지도 않은 사람에게는 말할 것도 없었다. 남자는 뒤로 물러섰다. 여자는 택시 운전사에게 돈을 건네주면서 안전벨트를 채운 후 "곧장 이 여자 집으로 가서 반드시 집에 잘 들어가는 것까지 봐주세요"라고 말했다. "아저씨가 그렇게 안 해주시면 무슨 일이 있었는지 알아볼 겁니다. 저 변호사거든요." 다음 날 나는 펭귄 잠옷 바지를 입은 채로 부엌 바닥에서 아침을 맞이했다.

두번째로, 바텐더가 나와 내 남사친 술에 약을 탄 적이 있었다. 우리는 당시 상황에 가장 잘 들어맞는 것으로 '남자 동행인이 맛 가면 바텐더가 내게 접근하기 더 쉬워짐' 이론을 생각했다. 우리는 각자 두 잔씩 마신 후 어지러움을 느끼고 감정을 통제할 수 없었으며 어쩔 줄 몰랐다. 나는 자정에 지하철역까지 걸어서 그를 데려다주었다. 그러고 나서 친구가 핸드폰을 잃어버리고, 우리 둘 다 며칠 고생한 것 말고는 아무것도 기억나지 않는다. 나는 웃어넘기며 그에게 말했다. "난 예전에도 이런 일 있었어." 하지만 그는 너무 겁먹은 나머지 그 후 몇 달 동안 나를 보지 않았다.

그 두 번 모두 누군가가 나를 지켜보고 있다는 걸 알았다. 첫번째 경우, 길거리에서 비틀거리는 걸 감시당하다가 원하지도 않은 술집으로 끌려들어가게 되었다. 내가 술 마실 때도, 가까스로 말대답하는 와중에도 그는 지켜보고 있었다. 취기가 오를수록 저항력이 떨어지기에 내 취기 레벨도 감시당했다. '싫어요'가 그 상황에 마침표를 찍을 수 있는 말이었겠지만 내가 전혀 말할 수도 없다면, 입을 뗀다 하더라도 주르륵 말이 헛나가서 잠꼬대에 가깝다면, 그 말은 '집에 날 데려가도 괜찮아'로 들릴지도 모른다.

두번째 경우, 오랜 시간 내 술잔 주변을 서성이다가 내 시야에서 벗어난 바 뒤편에서 술잔을 채운 그 바텐더가 나를 지켜보고 있었다. 누가 알았을까? 내 술잔에 독 말고 술을 채워주는 게 본업인 사람을 경계해야 한다는 걸 말이다. 바텐더를 믿지 못한다면 그 누구도 신뢰하지 못할 것이다.

여전히 성추행이나 성폭행 의도를 품은 사람에게 시선 강간을 당하는 것이 현실적으로 평범하게 여겨지고, 실로 빈번히 일어난다. 시선 강간은 여자들의 경험에 깊이 자리 잡아서 별일로 받아들여지지도 않는다. 시선 강간의 위험성은 그것이 일상적이라는 데 있다. 여자조차도 본인이 감시당하는 낌새를 너무 일상적으로, 너무 아무렇지도 않게 여겨서 본인이 난처한 상황에 처했다는 것을 알지 못한다. '전형적인 가부장제'와 '도망쳐' 사이의 보이지 않는 선을 넘을 때까지 말이다.

그래서 이제 나는 술을 마실 때 훨씬 더 경계한다. 내 시야 밖의 맥주 탭에서 뽑아 온 생맥주를 주문하는 걸 좋아하지 않는다. 맥주병에 담긴 맥주를 잔에 따라주는 것도 좋아하지 않는다. 잘 모르는 사람과 있을 땐 내 잔을 두고 자리를 떠나지 않는다. 모르는 사람들이 내가 안 볼 때 내 술을 주문하게 하지 않는다. 졸린 내 육신을 맡길 수 있을 만큼 신뢰하는 사람과의 술자리가 아니면 술을 과하게 마시지 않는다. 칵테일을 마실 때는 절대 술을 등지지 않는다. 술이 너무 좋아서라기보다는 내가 안 볼 때 무슨 일이 벌어질지 모르기 때문이다. 강간 문화와 감시 문화가 교차하는 지점에서, 술 마실 때 경계수위를 높이는 것은 그저 내 책임 정도가 아니라 완전한 내 단독 책임이다. 판단 과실은 그저 나 자신을 분명한 위험에 빠뜨리는 것뿐만 아니라 "그러게 알아서 잘 처신했어야지"라는 합창곡 속 주인공으로 나를 세워놓는다.

우리의 실수는 강간이 미리 짜놓은 계획 없이 어쩌다 사고로 저질러진다고 생각하는 데 있다. 그러니까 이런 식이다. 술을 잔뜩 마신 남자가, 역시 취해서 의자에 앉아 졸고 있는 여자와 우연히 마주쳤다. 남자는 여자 쪽으로 쭈뼛쭈뼛 다가갔다. 이후 상황은 걷잡을 수 없게 되었고 남자는 자기도 모르는 새, 자기가 절대 하지도 않은 일로 고발당한다. 하지만 실제로 강간을 하는 남자들은 저 정도면 강간해도 되겠단 낌새가 여자에게 나타나길 가만히 기다린다. 강간 문화는 그냥 생겨난 것이 아니다. 강간 문화는 여자들의 안전을 빼앗기 위해 꽂은 시선 덕에 그 꽃을 피운다. 강간범에도 레벨이 있다. 여러 부류가 있지만 아마도 이 시선 강간 버전이 가장 위험하다. 여자들은 감시당하는 것에 너무 익숙해져 있어서 세상에서 가장 추악한 이유로 누군가가 자신들을 노리고 있다는 걸 눈치채지 못하기 때문이다. 그들에게는 여자들이 술집에서 첫 잔을 주문하기 오래전부터 세운 계획이 있다.

Papa ⟨papa@gmail.com⟩, March 3, 2016

나는 서지 나이트°의 광팬이다.

매일 반복되는 따분한 일상을 휘저어놓지.

° 여러 번의 전과 이력이 있는,
과거 갱스터랩으로 대중 상업주의를 비판했던
은퇴한 뮤지션, 현재는 레코딩 회사 CEO.

Scaachi ⟨sk@gmail.com⟩, March 3, 2016

살인자일지도 모르는 사람이에요.

Papa ⟨papa@gmail.com⟩, March 3, 2016

사회 정의를 위해 살인이 필요할 때도 있지.

8장

털털하지 못한 나

오럴섹스를 배우며 알게 되는 가장 무서운 것. 언젠가 나 역시 그 누군가의 얼굴이 내 버자이너 가까이 오기를 바랄 때가 온다는 것이다. 그것도 그의 입, **입**으로 말이다.

열한 살인가 열두 살인가, 처음으로 오럴섹스에 대해 알게 되었다. 그 전에는 내 버자이너를 제대로 본 적이 없었다. 그 뒤 1년쯤 더 지나서는 엄마의 오래된 콤팩트 거울을 열어 그 아래 세상의 주름을 펼친 후 대체 거기에서 무슨 일이 일어나고 있는지 살펴보았다. 헐, 남자 입에 이걸 넣게 놔둬야 한다고? 이 구멍에 대고 바람을 넣는 거야? 내가 그 사람 입에다가 오줌이라도 싸면 어떡해? **헉, 혹시 걔가 여기다가 오줌을 싸는 거야?** 여자가 된다는 건 이런 웃긴 지옥도 같은 거야?

이 무시무시한 생각은 그 뒤 내 인생에서 느끼게 될 길고 끔찍한 깨달음들의 시초일 뿐이었다. 곧 나는 내가 선망하던 여자애들과 내 몸이 다르다는 것을 발견하게 되었다. 피부색도 더 어둡고, 몸 선도 백인 여자애들과 달랐다 — 굵은 팔, 거무튀튀한 주먹, 잿빛 무릎. 입술은 통통했고(그때만 해도 통통한 입술은 아직 유행이 아니었다), 콧대는 넓고 휘어져 있었다. 함께 있을 때 그들은 메리 제인이었지만 나는 스파이더맨이었다. 인간이 되기에는 충분히 정상적이지 않고 슈퍼히어로가 되기에는 충분히 멋지지 않은, 그 스파이더맨 말이다.

사춘기는 빨리, 징그럽게 왔다. 거의 매일 밤 내 몸이 팽창하는 걸 느꼈으며, 뾰족하고 굵고 새까만 털들이 몸 여기저기를 뒤덮기 시작했다. 6학년 때 그 털들은 내 몸 대부분을 점령했는데, 당시 내 눈썹은 일자로 연결됐으며 팔은 이미 북실북실, 다리는 마치 성기게 짜인 울 레깅스를 입은 것 같았다. 열두 살 때 엄마가 나를 처음으로 페이셜 왁싱숍에 데리고 갔다. 하지만 바로 시술에 들어가지 않았다. 나는 엄마에게 여름방학이 되면 왁싱을 해야겠다고 했다. 그러면 친구들에게 한여름의 뜨거운 열기 때문에 털이 타버렸다고 핑계 댈 수 있었기 때문이다.

백인 여자애들은 허벅지 뒤쪽에 솜털 한 올 없는데, 왜 내 코 밑은 콧수염으로 거뭇거뭇한 것인지. 그 사실을 받아들여야 하는 것 자체가 수치스러웠다. 사람들이 생각하는 완벽한 미의식에 도달하기 위해 발광하던 당시 내 모습을 누군가가 지적했다면 참으로 쪽팔렸을 것이다. 학교 선생님은 백인 친구의 얼굴 솜털을 '복숭아털' 같다고 했다. 뺨에서 입술 위까지 난 그

솜털은 햇살 아래서 더욱 반짝거렸다. 복숭아털은 귀여운 거다. 분홍빛의 부드러운 것, 느낌이 너무 좋은 나머지 내 뺨에다 문질러보고 싶은 것. 혹시나 10대 초반에 주로 나는 거뭇거뭇한 여성 수염(하위 범주어로는 흑담비 털)에 관해 긍정적으로 묘사한 단어나 어휘가 있는지 검색해보았다. 전 — 혀 없었다.

남자 얼굴이 내 클리토리스 가까이 올 수 있다는 사실을 알기 전에, 내 털에 관한 인식은 포르노 속 부드럽고 분홍빛을 띤 여성들의 매끈하게 제모된 성기를 보고 더욱 악화되었다. 현실 속 여자 같지 않던 그들의 몸에는 털은커녕 살도 겨우 붙어 있었다. 마치 여자라면 응당 되어야 하는 육체의 표본이랄까. 그들의 몸 구석구석은 마치 입안에서 부드럽게 굴릴 수 있는 사탕처럼 매끄러워 보였다. 어떻게 하면 저렇게 털 없는 완벽한 여자가 될 수 있는 걸까!

털들은 점점 굵어져갔고 온전히 자기들 의지대로 내 온몸을 덮었다. 열네 살. 엄마는 내 털들을 물리치기 위해 셀 수 없이 많은 방법을 동원했다. 털을 태우는 크림은 성공적으로 말끔하게 제모해줬지만 내게 화상 자국을 남겼고, 사촌 언니가 알려준 레이저 용법은 아프지는 않았지만 털을 한 가닥 한 가닥 뽑느라 시간이 너무 오래 걸렸다. 내가 써본 수많은 면도기는 각자 장점이 있었다. 로션이 함께 나오는 것, 무릎 부위를 오갈 때 살을 베지 않게 해주는 것, 진동 기능이 있어 모근까지 자극하는 것 등등. 내 소셜 미디어 계정을 은밀하게 설정해준 사촌 언니 니타는 하루 날을 잡아 우리 집 화장실에서 자기처럼 항상 몸을 매끈하게 해주는 트위저(일명 '족집게') 제모법을 알려주기도 했다(니타 언니는 얼음 컵 하나를 시술 부위에 먼저 문질러 마취하라고 조언했다. 난 까무잡잡하게 태닝되고 왁싱된 스물일곱 살 니타 언니의 팔을 만지는 걸 사랑했다). 하지만 하루에는 하루 치의 시간이라는 게 있다. 나는 내 인생의 모든 시간을 얼굴, 팔, 허벅지, 종아리에 난 털들과 씨름하며 보낼 수만은 없었다.

열다섯 살. 젖꼭지에 굵고 까만 털 한 가닥이 자란 걸 발견했다. 유리 비늘처럼 내 속을 푹 찌르고 있는 그것은 내가 그간 전혀 인지하지 못했던 완전히 새로운 종족이었다. 오후 내내 그 털을 바라보면서 이게 진짜 내 털인지, 아니면 헤어브러시의 인조털이 내 몸속에 박혀 자리 잡은 것인지(타인의 털이 내 몸에서 다시 자라는 게 **실제로 가능하다**고 성교육 선생님이 말해줬단 말이다!) 알고 싶었다. 나의 그 어떤 여자 친구들도 사춘기 시절 돋기 시작한 젖꼭지 털에 대해서 투덜거린 적이 없었다. 그들의 불평불만은 생리혈 색깔이 빨간색보다 갈색에 가깝고 생리통 때문에 허리가 끊어질 거 같다는 정도였다. 엄마 역시 젖꼭지에 털이 돋아날 수 있다고는 단 한 번도 일러준 적 없었다. 하긴 엄마 피부는 항상 부드럽고 모공 하나 없었으니까. 모든 게 거짓말처럼 느껴졌다. 며칠이 지나고 나서야 그 털을 뽑을 용기가 생겼다. 그게 마치 애증 관계의 가족처럼 가깝게 느껴졌기 때문에 어쩌면 미움이 사랑으로 변한 것도 같았고, 내 몸 혹은 나 자신에게서 고 작은 부분을 떼어낸다는 것에 어딘가 켕기는 구석이 있었다.

드디어 그 털을 뽑았을 때, 밑에 딸려 나온 뿌리는 보이던 부분보다 두 배나 더 길었다. 나는 빙산의 일각이었던 피부 위의 털과 본연의 모습을 드러낸 뿌리를 번갈아 보며 말했다. "너, 진짜 여성스러움이랑은 완전 반대구나. 안팎으로 다 말이야."

남들과 아무리 하찮은 차이라도 10대 소녀에게는 큰 고민거리가 된다. 나서는 안 될 곳에 털이 난다는 것은 과체중이거나, 남친이 없거나, 차였거나, 친구가 충분히 없다거나, 파티에 초대받지 못하거나, 섹시하지 않거나, 지나치게 섹시하거나, 처녀거나, 처녀가 아니거나, 천재거나, 똑똑하지 않다거나 하는 모든 차이점과 함께 10대 여자애들에게는 심각한 고민거리이다. 그 나이 대에는 내 어딘가가 잘못되었다고 판단 내리는 사람은 대부분 우리 자신이 아니다. 지루하고 잔인하며 불안전한 타인들이 우리에게 그런 판단을 내린다. 나 같은 경우 그 존재는 제임스였다. 8학년 영어 수업 때 내 옆자리에 앉던, 우리 학교에서 제일 재수 없던 놈. 그와 우연히 팔뚝이 부딪혔는데, 그는 내 티셔츠 소매 끝자락에 아주 조금 삐져나온 털을 보더니 매끈한 자기 팔을 갖다 대며 말했다. "완전 털북숭이네?" 그는 마치 늑대가 교실에 갑자기 등장해 자기 책가방을 뒤지기라도 했다는 듯한 표정으로 얼굴을 잔뜩 구기며 나를 쳐다보았다. 성인 버전의 나라면, "유전자가 하도 약해서 가슴 털을 한 올도 못 기르는 약골 주제에?"라고 오히려 그놈을 놀릴 수도 있었을 것이다. 그러나 열세 살 버전의 나는 그저 아무 말도 못 한 채 한참 뒤 조용히 소매를 내렸다.

같이 학교를 다니던 백인 여자 친구들은 구레나룻조차 없어서, 걔네에게 코털 얘기는 꺼내지도 않았다('블랙헤드'는 종종 뽑는다는 이야기를 들었지만 나는 한동안 그게 백인 여자애들 사이에서 얼굴 털을 부르는 비밀 암호인 줄 알았다). 내게 여자가 된다는 건 이 원시적인 보호막을 없애는 것이었다. 어째서 내게는 진화가 더디 와서, 땋을 수 있을 만큼 길고 긴 항문 털이 자라는 것인가?

내게 털이라는 건 항상 수치스러움을 의미했다. 그러니 최근 이 세상의 소녀들과 젊은 여성들이 갑자기 겨드랑이 털(얼굴에 나는 털 다음으로 그냥 두면 최악의 상황이 벌어지는 바로 그 털!)을 기르기 시작했을 때 내가 얼마나 놀랐을지 상상해보시라. 그녀들은 가부장제에 저항하는 페미니스트로서 아름다움을 천명하기 위해 겨털을 길렀다. 리나 더넘도, 마일리 사이러스°도 길렀고(핑크색으로 염색도 했다) 곧 수천 건의 기사가 온라인을 장악할 만큼 커다란 무브먼트로 변모했다. 자신의 몸에 대한 주도권을 가진 젊은 여성들이 커다란 면도칼을 집어

° 리나 더넘Lena Dunham(1986~)은 미국의 연출가, 각본가, 배우, 프로듀서다. HBO 드라마 「걸스」로 골든글로브를 받았다. 마일리 사이러스Miley Cyrus(1992~)는 미국의 가수다. 한때 미국의 '국민 여동생'으로 불렸다. 대표곡으로 「We Can't Stop」「Wrecking Ball」 등이 있다.

던지는 퍼포먼스를 하며, 남자들에게만 수세기 동안 허용된 털 기르기를 스스로 행하는 건 어쨌든 간에 일단은 격려할 일이었다.

하지만 내게는 이런 행위가 1년에 한 번 먹을락 말락 한 걸쭉한 녹즙을 마시면서 옴 타투를 새기는 것 같은 일회성 이벤트처럼 느껴졌다. 그것은 마치 "그동안 내가 전통적인 미인이라고 생각했지? 하지만 나 원래 이런 사람이야! 우리 페미니스트 광신도들의 쇼를 보라고! **내가 세상에 있는 모든 브라를 다 먹어 치울 테다ㅡ!**"라고 외치며 노브라에 탱크톱 차림으로 진정한 자신을 발현시키듯, 현재 가장 핫한 페미니스트의 발언을 따르는 것과 별반 다르지 않아 보였다. 하지만 나는 그들을, 그 발언을 따르지 않았다. 나는 머리카락을 자주 자르지는 않지만 그 밖의 부위에 난 털들은 미친 듯이 다 밀어버리는 사람이다. 그래, 일반적인 여성들의 일반적인 털은 큰 이슈가 될 수 있다. 하지만 내 털은, 내 털은 더 시끄럽고 더 새까맣고 항상 그 존재감을 더 뽐내려 한단 말이다. 내 털은, 그런 사소한 트렌드 따위에 영향을 받기에는 이미 나에 대해 너무나도 할 말이 많은 존재다.

얼마나 자유로울까. 내 털이 정치에 휘둘리지 않고, 털을 그저 내 마음대로 놔둘 수 있다는 것은 얼마나 행복한 일일까. 면도하든, 잘라버리든, 염색하든, 그냥 내버려 두든, 아무런 걱정 따위 없을 것이다.

그렇게 애초부터 어떤 것에도 휘둘리지 않는 여성이라면

털에 대한 규범에 반항하기가 좀더 쉬울 것이다. 하지만 내 털, 내 갈색 털은 여러 면에서 정치적으로 이용된다. 그것은 사람들이 사서 가방 속에 넣고 다니고 싶어 할 만큼 너무나도 완벽한 천상계의 영광스러운 무엇이기도 하고, 가장 공격적이면서 불경스러운 여성성을 잔혹하게 전시하는 무엇, 즉 솔직히 여성스럽다고 여겨지는 것과는 완전히 다른 무엇이기도 하다. 리나 더넘이 겨드랑이 털을 길렀을 때 그건 리나의 입장을 표명하는 행위인 것은 맞지만 그 행위 자체에 그다지 무게감이 느껴지지는 않았다. 리나의 주장이 진짜 진지하게 받아들여지길 원한다면, 그러니까 리나의 반항이 제대로 먹히기를 바란다면 그녀는 애초에 털북숭이로 태어났어야 했다. 털, 몸에서 자연스레 자라는 바로 그것은 남들이 나를 역겹게 본다는 사실을 끊임없이 내게 상기시킨다. 털, 그것은 내가 인종차별적 발언을 들어도 싸다고, 내 성적 매력이 변태 아니면 비위 좋은 자들이 사는 꽉 막힌 진공 상태의 세상에서나 통한다고 나를 계속 쫓아다니면서 잔소리한다. 흑인 여성과 인도인 여성 들은 이것을 알고 있다. 그 두 집단이 각기 느끼는 정도나 방식에는 차이가 있지만 말이다. 하지만 다른 인종들은 거의 알지 못한다. 리나가 털을 기르는 것은 반항이다. 그렇지만 갈색 피부 여자가 털을 기르는 것? 그것은 폭동이다.

근데 있지, 내 머리털은 끝내준다. 나는 내 몸 거의 모든 부위에 대해 불안을 느끼지만(내 **이상한 정맥**까지 이야기하게 만들지는 말아달라) 그것들과는 완전히 다르게, 내 머리털은 완벽하다. 길고 굵고 진한 초콜릿색과 신비한 붉은빛이 완벽하게 섞인 그런 머리카락. 머리를 감으면 더욱 부드럽고 매끈해진다. 모양도 쉽게 무너지지 않는다. 자연 건조하면 완벽한 직모로, 앞부분에는 부드럽고 자연스러운 볼륨이 생긴다. 말하자면 나는 순수 인도인 모발을 타고났다. 다른 인종의 여자들이 가짜 머리를 붙이고 탈색하고 염색해서 만들려는 그런 머리카락 말이다. 여자들(주로 백인)은 종종 내게 어떻게 그리 완벽하게 머리카락을 관리하냐고 묻는다. **특별한 오일을 쓰니? 드라이 샴푸가 비결이야? 누가 네 머리를 해주니? 아마도 코코넛 워터를 많이 마셔서 그런가?** 등등. 한번은 버스에서 잠이 들었다가, 아이가 옆에서 내 머리를 쓰다듬는 것을 느끼고 깬 적이 있다. 아이는 "꼭 바비 인형 머리 같아요"라고 했는데, 약간 모욕적일 수도 있었지만 아이의 손이 너무 깨끗했기 때문에 계속 만지게 내버려 뒀다.

당연한 말이지만 인도인의 머리카락의 비밀은 그저 인도인이라는 데 있다. 몇 세기 동안 만들어진 인종의 구조적인 특징, 이방인에 대한 두려움, 아름다움에 대한 집착, 머리카락에 대한 페티시 그리고 인도인의 뿌리에 축적되어 엮인 혐오가 모두 모여 생긴 것이다. 물론 암라(구스베리) 오일을 쓰긴 하지만, 그것 역시 엄마의 엄마의 엄마가 전통적으로 쓰던 인도인의 화장 기술이다. 그것은 머리카락을 갈색으로 계속 유지시켜준다.

그럼에도 불구하고 내 머리카락은, 엄밀하고 솔직하게는 식민주의적인 기준에서만 완벽한 것이다. 굵고 건강한 털이 좋다고 지금은 다들 말하지만 그건 머리에 난 털에만 국한된 것이고, 심지어 그 색이 더 옅다면 사람들은 훨씬 더 좋아한다. 사람들은 직모를 좋아한다. 주로 비백인 여성들의 몸에 나는 뽀글머리나 곱슬머리는 사람들을 겁준다. 사람들에게 아마도 가장 무서운 털은 흑인의 털일 것이다. 공공장소에서 만지고 싶은 털과는 완전히 동떨어진 털. 우리는 자연모를 기르는 흑인을 혼내고, 그들이 머리를 땋거나 돌려 묶는 스타일로 직장에 나타나면 '프로답지 못하다'고 말한다. 묶은 걸 풀어놓으면 또 뭐라고 한다. 어차피 이건 '올바른' 종류의 머리카락을 타고나지 않았다면 이길 수 없는 게임이다. 내 머리카락이 완벽한 것은 단지 백인 여자애들과 바보 같은 남자애들이 그렇다고 말해줬기 때문이라고 생각한다. 이게 내 육체적인 가치지. 내 매력은 오직 머리에 나는 털에만 한정되어 있고, 아름답지 않다거나 나쁘다고 정해진 머리카락과 비교될 때만 의미 있는 것이다. 머리카락으로 찬사를 받는 대신 내가 감수해야 하는 것은? 머리털 외에 내 몸에서 나는 '원치 않는' 털들에 대한 비난이다.

나는 거의 머리카락을 자르지 않는다. 아마도 6개월이나 8개월에 한 번씩 손보는 정도? 최근에 나는 15센티미터 정도를 잘라냈는데, 여전히 젖꼭지까지 온다. 그럼에도 불구하고 그날 헤어살롱 바닥에 떨어진 내 머리카락을 보니 삼손이 된 듯한 기분이 들었다. 내 것 중에 유일하게 힘이 있다고 여긴 무언가를 상실한 기분. 내가 물려받은 인도의 전통 중에서 가장 쉽게 받아들인 아름다움이 사라진 것이다. 길게 기르면 기를수록, 모발이 굵으면 굵을수록 백인들은 내 몸의 다른 부위, 그러니까 완전히 다른 세상에 살고 있는 털들을 눈치채지 못할 테니까 말이다. 내 갈기가 완벽하다는 것(항상 다른 이의 기준에서)은 반대로 내 몸이 어두운색의 꼬부랑 털로 뒤덮여 완벽하지 않다는 의미이기도 하다. 백인 여자애들은 내 머리카락이 얼마나 부드러운지 빗지 않고도 땋을 정도라며 칭찬하지만, 결코 내 헤어라인과 눈썹이 이어지거나 내 좁은 이마가 울버린처럼 털북숭이인 것을 부러워하지는 않는다. 갈라지지 않는 머리카락에 대한 비결은 궁금해하지만("글쎄, 아보카도?"가 유일하게 그들을 만족시킨 답변이다), 내가 일주일에 몇 번씩 얼굴을 면도한다는 사실을 알게 된다면 아마 더 이상 나를 파티에 초대하지 않을 것이다.

8학년 생물학 시간이 떠오른다. 선생님은 열성·우성인자에 대한 체크리스트를 나눠주며 우리 아기가 어떤 모습으로 태어날지 생각해보자고 했다(민족주의적 성향이 유독 강했던 이 선생은 몇 년 뒤 다른 수업에서, 결국 인간은 과거보다 피부가 더 어둡고 그러므로 더 '모호한' 외모로 변해갈 것이라고 말했다. 그 말을 하며 딱히 슬픈 표정을 짓지는 않았지만 자신들의 푸른 눈과 자연 금발을 결국엔 잃을 거라는 생각에 선생은 약간 초조해 보였다). 우리는 서로 다른 성별끼리 짝이 되어 우리의 유전자가 합쳐지면 잠재적으로 어떤 아이가 생길지 조사했다. 자, 다시 한번 생각해보자. 캐나다 캘거리 외곽의 공립학교 선생이 자신이 가르치는 10대 학생들에게, 섹스를 해서 생물학적인 아기를 낳았다 치자고 말하는 거다. 나는 그 반에서 유일하게 피부색이 다른 아이였다. 그리고 그 당시 내 유전자는 이미 남들과는 달리 폭주하고 있었다.

내 짝꿍 에릭은 홀리스터° 티셔츠만 입고 다니는 백인 남자애였다. 우리는 체크리스트를 보다가 '손가락이나 주먹의 털' 부분에 멈췄다. 나는 마치 처음 보는 것처럼 내 손을 바라보았다. 순간 충격에 휩싸였다. 그 고깃덩어리에 난 부드럽고 까만 털을 발견한 것이다. 어째서 그동안 이 그로테스크한 존재에 대해 눈치를 못 챘지? 내 팔다리가 북실북실하고, 코 밑에는 파리도 잡을 수 있을 만큼 털이 수북하다는 것은 이미 알고 있었지만 이 새로운 야만족은 간과했던 것이다! "흠, 난 없네." 자신의 손을 보던 에릭은 내게로 시선을 옮겼다. 순간 나는 책상 아래로 손을 숨겼다. "나도…… 없네." 우리는 눈동자 색깔 항목으로 옮겨갔다. 투명한 초록색인 에릭의 눈동자는 내 당밀 소스 색 눈동자에 짓밟히겠지. 손가락과는 달리 눈동자는 숨길 수가 없으니까. 그날 오후 집에 와서 처음으로 손가락을 면도했다.

지겹다는 점만 빼면 성인으로서 나만의 털 관리 루틴에 만

° Hollister. 미국에 본사를 둔 글로벌 의류 브랜드. 2012년 한국 론칭 기념 프로모션을 진행하던 중, 모델이 눈을 양옆으로 찢는 아시아인 비하 제스처를 취해 인종차별 논란을 일으킨 바 있다.

족한다. 내 겨드랑이 털은 서로 엉켜 전쟁을 일으키기 때문에 하루에 한 번 면도해줘야 한다. 혹 더욱 부드럽고 붉은 기 없는 살결을 원한다면 한 번 이상 할 때도 있다. 가끔 햄 군은 내가 팔을 들 때 티셔츠 소매 안쪽에서 작은 콩나물 줄기를 발견하고는 "오늘 면도했어?"라고 묻기도 한다(관심과 사랑에서 비롯된 말이리라 생각하자). 보통 사람이라면 그냥 평범하게 답하겠지만, 그날 아침 이미 면도한 나로서는 어쩔 수 없는 내 몸에 화날 때가 있다. 나는 그에게 화내고 나약한 놈이라 욕하며 그의 엉성한 수염을 비웃다 화장실로 달려가 그날의 두번째 면도를 한다. 그사이에 햄 군은 요리하거나 청소, 독서 혹은 내 몸에 관한 한 최악의 본성을 까발린 그 질문을 순진무구하게 던지기 전에 하던 일을 계속할 것이다. "그냥 물어본 거야." 내가 눈물을 흘리며 돌아오면 그는 말한다. "나는 네가 예쁘다고 생각해. 너는 왜 그렇게 생각하지 않는지 모르겠어."

나는 부지런해야 한다. 옆구리, 턱, 코 밑 털들이 꼬부랑게 변하기 전에 면도해야 하니까. 내 다리털은 이틀에 한 번 관리받아야 하고 내 무릎 털은 족집게로 특별 관리를 해줘야 한다. 몸 어딘가 돌아다니는 털이 없는지, 내가 미처 놓친 놈들은 없는지 꼼꼼하게 체크한다. 마치 다른 여자들이 점이나 혹, 키스마크를 찾듯이 말이다. 그리고 몇 년째 5주마다 브라질리언 왁싱을 시술받는 중이다. 나는 파란색 왁싱 크림이 발린 나무 막대를 든 금발 여자를 바라보며 마음속으로 말을 건넨다. **자, 여기 돈을 줄 테니 내 버자이너 가까이 얼굴을 들이밀어주세요.**

완전히 다른 이유와 목적으로 내 버자이너에 얼굴을 들이밀 누군가가 마음 편할 수 있게요.

내 브라질리언 왁싱 역사의 시작은 20대 초반으로 거슬러 올라간다. 대체 어느 부위쯤에서 브라질리언 왁싱을 멈춰야 하는지 궁금했다. 어차피 모든 부위가 다 털로 덮여 있으니 말이다. 금발 여자애들이 하듯 왁싱하면 되는 건가? 그럼 꼭 그 부분만 불에 탄 것처럼 경계가 생길 텐데? 아니면 그냥 왁싱 크림을 통째로 붓고 빡빡 밀어서 내 몸을 콘돔처럼 매끈하게 만들어달라고 할까? 눈썹만 빼고?

나의 첫 왁서는 메이였다. 수다쟁이 메이는 내가 사는 아파트 근처 부리토 맛집 옆에 작은 살롱을 운영하고 있었다. 나는 메이의 수다 덕분에 왁싱 중 찍 하는 소리나 예기치 않게 나오는 방귀 소리를 신경 쓰지 않아도 되었기에 그녀를 좋아했다. "이번 주에 팜스프링스에 갈 거야!" 메이는 내 버자이너를 벌리며 소리 질렀다. "여자 친구들이랑만!" 그 순간 메이는 햄스터 인형을 만들 수 있을 만한 양의 털을 쫙 하고 뜯어낸다. 풍선에서 바람 빠지는 듯한 소리가 났지만 그녀는 예약한 호텔 이야기를 바로 늘어놓는다. "호텔은 비치 바로 앞에 있고 난 마르―가―리―타를 마실 거야!" 다행히 적어도 우리 둘 중 한 사람은 즐거워 보였다.

어떤 여자들은 왁싱이 그렇게 나쁘지만은 않다고, 혹은 섹시한 존재가 되는 필수 조건이라고 말하지만 솔직히 둘 다 아니다. 그것은 제대로 하는 사람이 최대한 빨리 끝내도 괴로운 과정이다. 그리고 반드시 해야 하는 것도 아니다. 인터넷, TV, 영화 혹은 우리 인생에 최악의 영향을 주는 존재들은 우리가 성적 대상으로서 생존하려면 '진정한' 여성성과 융합해야 한다고 한다. 이 매체들은 우리의 여성성이 다양하다고 말하지만, 동시에 그 여성성을 발현하기 위해서는 선천적으로 타고난 것만으로는 부족하다고 한다. 반면 남자들은 — 비록 내가 이성애자 남성은 아니지만 — 여자들의 성기에 이빨이 돋아나 있지 않기만 해도 행복해한다. 남자란 그런 존재다.

많은 여성이 틀에 박힌 뷰티 루틴에 매여 있다 해도 그건 우리, 단지 우리 스스로를 위한 것이다. 내 경우, 손톱이 날카롭게 다듬어져 있고 밝은색으로 칠해져 있는데 그건 그 누구도 아닌 나를 위한 것이다. 그토록 괴로운 신발을 신는 것은 내가 힘 있게 쾅쾅거리며 기우뚱하는 기린처럼 다니는 걸 좋아하기 때문이다. 하지만 그 외 수많은 뷰티 루틴들은, 남들 눈에 아름답게 비치기를 원해서 하는 것들이다. 그랬기에 비록 잠깐 동안의 이벤트이긴 했지만 그들이 겨드랑이 털을 기르는 모습을 보며 격려를 보냈다. 적어도 그들은 단지 자신들이 하고 싶지 않은 것들에 반발했다. 적어도 그들은 재미있어하며 이렇게 스스로에게 질문을 던졌다. "내가 이걸 해야 하는 타당한 이유가 있나? 내 몸과 관련 없는 그 누군가를 위해 하는 짓인가? 아니! 이건 오직 나 자신을 위해 하는 거지." 그런 점이 나는 좋았다. 비록 나는 할 수 없었지만.

중학교 때 제임스가 내 털북숭이 팔을 지적한 다음 날, 이미 길 대로 길어진 내 털 관리 루틴에 팔뚝 털 제모도 추가할지 말지 고민했다. 사촌들 대부분은 이미 하고 있었고, 다들 나보다 열 살은 더 많고 팔이 객관적으로 아름답고 유연하며 만져보고 싶다는 느낌을 주었다(한번은 사촌 언니에게 대체 팔뚝은 어디까지 제모해야 하는 건지 물어본 적이 있다. "글쎄, **등**까지 털이 난 건 아니니까 그쯤 어디선가?" 나는 그 말을 들으며 내 팔뚝 털과 이어진 **등 털**을 떠올렸다).

그 주 주말. 팔에 면도기를 대고 한번 죽 그어보았다. 순간 까무잡잡하고 매끈한 팔뚝 살이 모습을 드러냈다. 어머, 너희가 그 털 뭉텅이 밑에 있는 애들이었구나? 왜 아무도 너희의 존재를 내게 말해주지 않았을까? 얼마나 여성스럽고 민감해 보이던지! 아름답고 즐겁고 그만큼 가치 있는 존재가 될 수 있다는 희망이 내게도 생겼다.

하지만 그 정도만 하고 면도기에서 손을 뗐다. 자기가 지껄인 말 때문에 내가 상처받아서 그날 바로 팔뚝 제모를 했다고 제임스가 생각하는 게 싫었다. 그래서 여름이 되기를 기다렸다. 콧수염과 눈썹처럼, 여름이 지나면 타서 없어진다고 사람들이 알고 있는 내 다른 털들처럼 팔뚝 털도 그때 처리하기로 마음먹은 것이다. 하지만 다음 날 제임스는 수업 시간에 내 팔에 생긴 텅 빈 부분을 발견하고는 비웃었다. "야, 내가 너 털 북숭이라고 놀려서 바로 민 거냐?"

제임스는 지금 보스턴 금융권에서 일하는 중이다. 흥, 인과응보라지!

나는 손가락 마디 털은 여전히 제모한다. 면도칼을 대고 단 한 번에 완벽히 제모하는 방법도 마스터했다. 두 번 밀면 발진이 빨갛게 올라오거든. 이제 예전처럼 자주 칼에 베이지도 않는다. 매년 나는 더욱 조심스러워지고 나아져간다. 그러나 털은 반드시 돌아오고 절대 속도를 늦추지도, 내 말을 듣지도 않는다. 내가 털과 벌인 사투는, 한마디로 결코 다다를 수 없는 목표점을 향한 끊임없는 달리기와 같다. 우리는 어느샌가 우리 몸의 가장 기본적인 사실을 추한 존재로 바꿔버렸다.

샤워할 때, 몸에 그다지 털이 없는데도 습관적으로 면도칼을 드는 나를 종종 발견한다. 도대체 무엇을 누구에게 증명하려고 이런 짓을 하는 걸까? 나는 여자이고, 진짜 여자이고, 살아 있는 여자이고, 아로마 스파의 왁싱 정기권을 갖고 있는 진정한 여자라는 걸 증명하고 싶어서? 나를 향해 비웃고 있는, 여전히 얼굴에 털 한 올 없이 매끈한 제임스에게, 내가 아닌 다른 사람인 척하려는 게 얼마나 바보스러운지 증명하려는 건가? 그 놈은 나를 못생기고, 햇빛 아래 당당히 서면 안 되며, 사랑받을 가치도 없고, 자기 같은 백인 남자와는 절대 같이 다닐 수 없는 여자라고 생각할 거야. 얼굴 옆으로 돋아나는 구레나룻을 방치한다면 그 누구도 나를 좋아하지 않을 거라 생각할 거라고……

아. 순간 나는 손가락 뼈마디 바로 위를 살짝 베였다. 욕조 아래쪽으로 핏빛 물이 흘러내려갔다.

그런 내가 왁싱을 잠깐 쉰 적이 있다.

내 단골 왁서 메이는 항상 그랬듯이 나를 반겨줬다. “스카치!” 그날도 역시나 내 이름을 잘못 발음하며(누누이 얘기하지만 내 이름은 ‘사치’다. Scaachi에서 c가 묵음이다) 나를 빈방으로 데려갔다. 나는 옷을 벗고 내 몸에서 냄새가 나는지, 아니면 로션 향이 나는지 확인했다. 메이는 내게 누우라고 한 뒤 작업대 가까이 다가왔다. 무성하게 자랐을 그 정원을 그녀는 섬세한 삼각형이나 하트 모양, 섹시한 히틀러 콧수염 등으로 손볼 예정이었다.

“나 몇 주 뒤에 내 패밀리들이랑 라스베이거스 갈 거야!” 메이는 내 털들을 뜯어내며 말했다. 그녀가 한 장, 한 장 왁스 스트립을 뜯을 때마다 나는 금색 왁스에 붙어 뜯겨 나오는 시꺼먼 털들을 흘끔거렸다. 마치 호박 보석 안에 얼어붙어 박제된 곤충 같아 보였다.

내가 세상이 받아줄 수 있는 여자로 반 정도 변모해갈 무렵. 메이는 자신들이 묵을 스위트룸에 대해 한창 말하는 중이었다. 그런데 갑자기 말이 끊기며 정적이 흘렀다. 순간 메이가 내 클리토리스를 통째로 잡아 뜯었나 생각했다. 너무 순식간에 일어난 일이라 고통을 느낄 새도 없었던 건가? “메이, 괜찮아?” 나는 뒤돌아 그녀를 보았다. 나는 허리 밑으로는 벌거벗었고 거시기에는 왁스 스트립 한 장이 여전히 붙어 있었다. 메이는 왼손을 내 버자이너에 갖다 대고 오른손으로 자기 가슴을 부여잡으며 간신히 균형을 잡고 있었다. “나 숨을 못 쉬겠어.” 메이가 말했다. “몇 초만 기다려봐. 어디 가지 말고.” **아 물**

론이지, 메이, 이러고 어딜 가겠어요. 당신은 심장이 아파오고 나는 허리 밑으로 실오라기 하나 걸치지 못한걸요.

메이가 나간 뒤 다른 직원이 와서 뒷정리를 해주었다. 나는 풀이 죽은 채로 50달러를 내며 생각했다. 내 털이 결국 누군가의 생명을 위협하기에 이르렀구나……

조카 건포도를 안고 있으면(아직까진 품에 안을 수 있을 만큼 작다) 그녀가 손가락으로 내 머리카락을 쓸어내린다. 더 어렸을 때는 내 무릎 위에 앉아 내 긴 머리카락으로 자기 얼굴을 가리며 "꼬머, 까꿍!" 하고 소리 지르곤 했다. 더더욱 어렸을 때는 내가 아기 이불 속에 누운 건포도 위로 머리카락을 드리워 간지럽히곤 했다. 지금은 건포도가 이렇게 말한다. "꼬머, 머리카락 너무 길다. 날 다 덮겠어." 건포도의 머리카락은 곱슬곱슬하고 야성적이며 관리가 안 되어 있다. 우리 가문의 누구와도 닮지 않았다. 눈썹은 두꺼운 편인데 아마 나처럼 더욱 두꺼워질 것이고, 그녀 등 뒤에 난 연갈색 털은 갈수록 더 짙어지고 있다. 하지만 건포도는 전혀 의식하고 있지 않을 것이다.

건포도는 아직 자신의 아름다움을 깨닫지 못하는 완벽한 유년기를 거치고 있다. 스스로 머리 빗는 것도, 누가 빗겨주는 것도 싫어하고 그냥 대충 묶어 처진 포니테일에 야구 모자 쓰는 것을 좋아한다. 나중에 그녀가 손가락 마디 털을, 콧수염을, 발가락과 목에 난 털들을 깎게 될까? 내 것처럼 굵고 길고 까맣고 이상적인 머리카락을 원할까? 나와는 달리 팔이나 이마, 볼에는 털이 나지 않은 것에 나는 감사함을 느낀다. 아니면, 나중에 날 수도 있겠지. 어쩌면 건포도는 그 털들에 감사함을 느낄지도 모른다.

나의 메이를 거의 죽일 뻔한 뒤(그건 정말, 내 풍성한 정원 때문에 일어난 발작임이 분명했다) 몇 달 동안 왁싱숍을 가지 않았다. 내 몸에 휴가를 주기로 했다. 털이 야성적으로 자라 꼬불거리게 내버려 두었고 유전자가 시키는 대로 털 고치를 만들어도 그냥 두었다. 몇 주 뒤 내 성기 털은 V 모양으로 무성해졌는데 마치 인자한 노인의 수염처럼 인생의 모든 것을 깨친 듯, 달관한 듯 보였다. 괜찮았다, 한 번쯤은. 내가 택한 길이었기에 더 좋았다. 털은 내 몸에 관한 냉혹한 진실도 아니었고, 수치스러운 실수도 아니었고, 민족과 인종과 가족력 덕분에 생긴 조용한 굴욕도 아니었다. 그건 그냥 털이었다. 내가 그냥 자라게 내버려 둔 털, 내가 무관심하게 느낄 수도 있는 털이었다. 나는 그것들을 내 팬티 안에 수납한 채 일할 때도, 저녁 약속에도, 술 마실 때도, 영화 보러 갈 때도 함께했다. 나쁜 일은 전혀 일어나지 않았고 몇 달 뒤 그걸 다 밀어버렸을 때도, 역시 아무 일도 일어나지 않았다.

하지만 솔직히, 자기애가 얼마나 크든 말든, 털이 몇 올 되지 않는다고 해도 개인적으로는 왁싱을 포기하기란 쉬운 일이 아니다. 누군가가 헝클어진 내 성기 위를 이리저리 맴돌면서 가쁜 숨을 몰아쉬다 시야가 흐려지고, 가슴이 조여오는 대가를 치르더라도 말이다.

Papa ⟨papa@gmail.com⟩, April 11, 2012

내일이면 네가 오는구나.

어떤 일이든 긍정적인 면이 있다고 생각하자,

너도 나도.

9장

집으로 가는 길

부모님은 여전히 내가 나고 자란 집에 산다. 크게 특색 없는 방 네 개에 두 개 반짜리 화장실, 쿠키 틀로 찍어낸 듯한 이 동네 집들과 다른 점은 외관 벽면이 복숭아색이라는 것 정도였다. 딱히 부모님이 회색이나 파란색 대신 분홍색을 택한 특별한 이유는 없어 보이지만, 그 동네치고 조금 과하게 만화 같던 우리 집은 어딘가 완벽한 느낌이 있었다.

항상 깔끔하게 청소했지만 제대로 써본 적은 없는 앞마당과 발코니, 매년 가을 새콤한 과실이 잔뜩 떨어졌지만 결국엔 썩어 베어낼 수밖에 없었던 사과나무가 있던 뒷마당. 우리 동네는 도시의 변두리 중에서도 변두리에 있었고, 거대한 공원 건너편에 있는 외래 진료 센터가 유일하게 눈에 띄는 건물이었다. 환자들은 대부분 조용했지만 종종 병원에서 도망치는

10대와 그를 쫓는 어른들을 볼 수도 있었다. 한번은 집 앞 인도에서 담배꽁초를 발견하고는 매우 흥분하기도 했다.

거실에서 나는 생일 파티를 했고, 침실에서 생떼를 부렸으며, 미완성의 콘크리트 지하실에서 친구들과 롤러스케이트를 탔다. 오빠가 결혼할 때는 웨딩 세리머니 네 번 중에 세 번을 패밀리 룸과 뒷마당에서 열기도 했다. 엄마는 아침을 거른 어느 날 TV 옆에서 쓰러졌고, 5년 뒤 똑같은 자리에서 내가 엄마 아빠에게 외국으로 대학을 가겠다고 선언했다. 2년 뒤 내 조카 건포도가 태어났고, 건포도가 세 살이 되던 해에는 엄마 옷장에서 가장 무거운 귀금속들을 갖고 같이 놀다가 건포도가 크고 파란 눈으로 날 보며 문득 이렇게 말했다. "꼬머, 나 꼬머를 사랑해!" 당시 건포도가 '사랑'이라는 말을 이해했는지는 알 수 없으나, 그 뒤 난 영원히 그녀의 것이 되어버렸다.

혹시라도 부모님이 돌아가시고 내가 절망에 빠져 똑바로 서 있기도 어려운 최악의 상황을 떠올릴 때면 나는 오빠와 이 집을 어떻게 해야 할지 고민하는 시나리오를 떠올린다. 팔아야 할까? 다른 가족이 우리 가족의 침실을 점령하고, 엄마가 식물과 장식용 비누로만 채우던 자쿠지를 드디어 쓸지도 모르지. 카펫을 다 걷어버리고, 내가 아이라이너 브러시를 벽에 던져서 생긴 시꺼먼 때를 없애겠지. 미완성인 지하실을 드디어 완성할지도 모르고.

이미 안다. 내가 이 집을 처분하고 싶지 않다는 걸. 사실 부모님에게는 이 정도 크기의 집이 더 이상 필요하지 않고 나중에는 계단도, 스탠드형 샤워기도, 소리가 울려대는 현관도 쓰지 않을 것이다. 하지만 부모님이 그 집에서 영원히 살았으면 좋겠다. 그렇게 싫어하고 떠나고 싶었을 때도 그곳은 언제나 나의 집이었다. 그러나 아빠에게는 이곳이 '집'이나 '고향'과는 거리가 있다는 것을 자꾸 까먹는다.

내가 어린 시절 살던 그 집은 부모님 성취의 증거였다. 인도에서 온 이민자의 꿈을 이뤄낸 걸 자랑하고 싶었던 부모님은 고향 집의 추억을 그대로 옮겨 그 집에 채웠다. 현관문 바로 옆에는 가네샤°를 바느질로 새긴 벽걸이 그림이 걸려 있었는데, 가네샤의 팔과 배꼽에는 거울 조각들이 붙어 있었다. 거실 커피테이블에는 책과 함께 잠무 카슈미르 사진이 놓여 있었다. 아빠는 부엌에 할머니 할아버지의 흑백사진을 붙여놓았다. 사진 속에서 두 사람은 적막한 방 안에 무표정하게 서 있었는데, 할아버지는 다른 사진들에서처럼 두껍고 시꺼먼 뿔테 안경을 꼈고, 할머니는 하얀 사리를 둘렀다.

아빠는 이 집에서 개발한 하루 일과를 몇십 년째 유지 중이다. 7시에 일어나서 5~7킬로미터를 뛴다(나는 **킬-러미터**라고 발음하고 아빠는 **킬-오-메트르**라고 발음하며 서로를 놀린다. 아빠 영어에는 인도 혹은 영국식 억양이 남아 있고, 나는 캐나다의 앨버타 쪽 사투리를 쓰는데 우물쭈물하는 느낌이 있다). 아침으로는 자몽 아니면 멜론과 함께 물에 불린 아몬드를 한 주먹

° 힌두교의 주요 신 가운데 하나로 지혜와 재산, 행운 등을 주관한다. 인간의 몸에 코끼리의 머리를 단 형상을 하고 있다.

먹는다("이래야 섬유질 소화가 더 잘된다"며 막무가내로 내 접시에 아몬드를 열 개 던진다). 그런 뒤에는 패밀리 룸 구석에 놓인 꽃 모양의 접이식 테이블(이것도 인도에서 가져온 것이다) 옆 전용 가죽 리클라이너 소파에 자리를 잡고 앉는다. 테이블 위에는 전화기와 온갖 리모컨이 놓여 있다. 10시 반쯤 아빠는 소파 등받이를 뒤로 젖혀 기대 눕는다. 여기서 아빠는 몇 시간 동안 TV도 보고, 뒷마당으로 난 창문에서 들어오는 햇살을 받으며 졸기도 한다. 그 뒤 아빠는 침실에서 요가를 하며 자신의 몸을 이리저리 구긴다. 연골이 얼마나 예전 같지 않은지에 대해 투덜거리며 말이다. 이 일과는 오직 건포도가 놀러 와서 자고 가는 날 틀어진다. 건포도는 자기 할머니와 한 침대에서 같이 자고 싶어서 우리 아빠가 침대에 오르기도 전에 발로 차버린다. 그럴 때면 아빠는 베헨지 할머니가 생전에 지냈던 게스트 룸에서 잠을 잔다.

베헨지 할머니는 인도에서 건너와 몇 년 동안 우리와 함께 살았다. 할머니가 「우리 생애 나날들」°이라는 드라마를 볼 때면(할머니는 영어를 전혀 못했는데, 희한하게 그 주 말리나에게 무슨 일이 일어났는지 정확히 이야기할 수 있었다) 집에서 나프탈렌 냄새가 나곤 했다. 할머니는 이 집을 싫어했다. 할머니에게 너무 춥고 외딴곳이었다. 할머니는 인도로 돌아가서 차차와 살기를 원했다. 차차는 나머지 가족들이 사는 그 동네에 아직

○ 미국 NBC에서 방영하는 연속극으로, 1965년부터 현재까지 방영 중이다.

살고 있었다.

아빠가 한때 여기와는 완전 다른 곳, 상상만 해도 너무 먼 곳에 살았다는 것을 쉽게 잊곤 한다. 집이 지어질 당시에는 한적한 시골 마을이었지만 지금은 도심에서 마구잡이로 확장된 외곽 지역이 되어 집 건너편에 과일 가게, 향신료 가게, 영어 대화 문구가 적힌 귀여운 공책과 펜을 파는 가게 들이 생긴 그곳 말이다. 열 살 때 우리 가족이 인도를 방문하면서 그 오래된 집에 머물렀는데 거기에는 차차와 숙모, 사촌 동생 두 명과 할머니가 살고 있었다. 나중에 오빠까지 합류하자 그 집에는 모두 열 명이 살게 되었다. 사촌은 할머니와 방을 썼고, 나와 오빠는 부모님과 안방 침실을 썼으며, 숙모와 차차는 거실에서 잠을 잤다.

앞마당을 낀 그 집은 아이가 닫기엔 너무 무거운 대문과 그 양옆의 까만 울타리로 둘러싸여 있었다. 한번은 실수로 소가 들어와서 차차가 유일하게 기르던 꽃을 먹기 시작했는데, 그 모습을 보고 키득대자 차차가 나를 소먹이로 주겠다며 협박했다. 매일 아침 지팡이를 든 남자가 그 지역 사투리가 섞인 힌디어를 하며 문을 두드리면, 숙모는 내게 거실에 있는 통 안에서 동전을 꺼내 아저씨의 구걸함에 넣으라고 했다. 동전이 댕강하고 통에 들어가면 긴 수염의 그 남자는 입을 다물고 고개를 끄덕인 뒤 사라졌다.

인도에 머무를 때의 일을 많이 기억하지는 못하지만, 내 머릿속에 꽤 또렷하게 남아 있다. 인도에서 만난 또래 친구들과 말이 통하지 않아서 그들을 웃기려고 개 흉내를 낸 일이나,

내가 소똥을 밟았을 때 사촌 버디가 너무 심하게 웃다가 도랑에 빠질 뻔한 일. 혹은 우리가 인도를 떠나기 전, 매기 라면°을 먹고 있던 내게 베헨지 할머니가 100루피짜리 지폐를 몇 장 꼬깃꼬깃 접어서 내 손에 쥐여주던 일. 내가 예의 바르게 거절하자 할머니는 내 손을 꽉 잡고는 당신이 아는 몇 안 되는 영어로 말했다. "착하지, 착하지."

지금 그 집은 비어 있다. 사촌들은 다 커서 주변 도시에서 학교를 다니며 살고 있고, 차차와 숙모도 거기서 40분 거리에 있는 다른 집으로 이사 갔다. 지금 그 집은 우리 가족이 더 이상 채울 수 없는 빈방 모음에 지나지 않는다.

할아버지에 대해 들은 이야기는 딱 세 가지다. 첫번째는 할아버지가 1964년 잠무의 탈랍틸로에 2층짜리 벽돌색 집을 지었다는 것. 손수 지은 집이었기에 나중에 팔고 다른 곳으로 가기가 쉽지 않았다. 아빠는 세 남매 중 첫째였고, 1970년대 후반에 엄마와 결혼한 뒤에 그 집을 물려받았다. 새 신부가 시가 식구와 함께 사는 것은 인도의 관습이었지만, 당시 차차는 다른 도시에서 학교를 다니고 있었고 막내 고모는 한 달 뒤 바로 결혼했기에, 그 집에는 엄마 아빠와 할머니 할아버지뿐이었다. 몇 년이 흘러 아빠가 캐나다로 떠나자(엄마와 오빠는 이듬해 캐

° 인도의 대표적인 인스턴트 라면 상품명이다. 라볶이처럼 국물을 자작하게 끓인다. 인도 특유의 향신료 향이 물씬 나며, 완두콩, 옥수수, 당근 등의 채소를 곁들여 먹기도 한다.

나다로 합류했다) 차차가 가장으로서 그 집을 물려받았다.

할아버지에 관한 두번째 이야기는 할아버지가 세상을 떠난 밤에 관한 것이다. 할머니는 그때 오빠의 기저귀를 갈고 있었고 할아버지는 바로 그 집 옥상에서 세상을 떠났다.

할아버지를 한 번도 본 적이 없는 나는 당연히 할아버지를 불러본 적도 없다. 그분을 어떻게 부르는 게 맞는지조차 잘 모르겠다. 할아버지가 세상을 떠나고 12년 후에 태어난 나는 가족들이 생각한 뿌리와는 완전 반대의 새로운 뿌리가 되었다. 소고기와 농사와 백인주의에 푹 빠진, 캐나다 문화에 깊이 박힌 뿌리 말이다.

최근에 우리 가족은 그 집을 방문했다. 마지막으로 잠무에 여행 온 지 십수 년이 지나고서였다. 그동안 마지막까지 살아 있던 할머니 할아버지 모두 세상을 떠났고, 사촌들은 결혼했으며 오빠 역시 결혼해서 건포도를 낳았다. 이 집을 들여다보고 싶은 사람이 나 말고 또 누가 있는지 모르겠다. 하지만 내 기억에서 그곳은 나와 인도가 연결되어 있다고 느끼게 해주는 유일한 곳이다. 그 집 말고는, 인도에 관한 다른 것과는 단절된 느낌이 든다. 인도에서 태어나지도 않았고, 살아본 적도 없고, 그곳 사람들이 쓰는 말을 이해할 수도 없다. 하지만 그 집은 다르다. 게다가 차차가 그 집을 팔려던 참이라, 마지막으로 그 집을 방문하는 것이 왠지 중요하게 느껴졌다.

내가 기억하기로는, 검은 대문을 지나 현관을 향해 1.5킬로미터 정도 들어가야 캘거리 집보다 높은 채도의 화사한 분홍빛 건물이 보였다. 내 머릿속 그 집은, 내 키만 한 창문이 항상 활짝 열려 있고 천장은 높았으며 뒷마당에 드넓은 녹지가 있었다.

어둑어둑 땅거미가 질 무렵 불이 꺼진 그 집 골목으로 들어섰을 때, 내 눈에 익숙해 보이는 건 하나도 없었다. 엄마는 앞을 살피지 않고 옆에 선 내 얼굴을 쳐다보며 걸었다(소똥 밟는 것을 혐오스러워한다면, 인도에서 앞을 보지 않는 것은 꽤나 위험한 짓이다). 엄마는 기다리고 있었다. 내가 울타리나 천막, 창문을 알아보며 반가워할 순간을 말이다. 하지만 그 어떤 것도 나와 이어져 있다는 느낌이 들지 않았다. 길 반대편에 있던 기억이 나는 까만색 울타리에 가까이 가자 엄마는 발걸음을 늦췄다. **입구가 골목 오른쪽에 있었던 거 아니야? 입구는 차가 들어갈 만큼 컸던 것 같은데? 지금처럼 통통한 아기가 들어갈 만한 사이즈가 아니고?**

"이게 다야?" 나는 엄마에게 말했다.

"그렇지, 뭐가 더 있겠니?"

그 집은 더 이상 담홍색이 아니었다. 회색에 가까운, 잿빛 빨간색이었다. 어렸을 때 알던 곳을 다시 찾아가보면 다 그렇듯, 그 집은 생각보다 작았다. 담쟁이넝쿨이 온 벽을 덮으며 자라고 있었고, 세입자들은 컴퓨터 수업 홍보물을 앞에다 붙여놓았다. 차차가 그 집을 팔 때까지 무료로 장소를 쓰게 해주었다고 한다. 잔디밭조차 잿빛으로 보였다. 물론 추운 겨울이긴 했다. 현관문은 자물쇠로 잠겨 있었다. 나와 사촌들이 지붕까지 올라가며 잡기 놀이를 하던 옆문도 잠겨 있었다. 그 사이로 어떻게 몸이 들어갔을까 싶을 만큼 좁은 문이었다.

아빠와 사촌지간인 엉클이 옆문으로 가더니, 열쇠를 찾게 내게 핸드폰으로 불을 비춰달라고 했다. 안 열리는 문을 억지로 렌치를 써서 겨우 연 뒤 엉클은 내가 먼저 들어가게 기다려주었다. 안으로 들어가려면 몸을 옆으로 구부려야 했다.

부엌 식탁은 내 기억보다 더 많은 공간을 차지하고 있었다. 안방 침실과 거실은 작은 책상과 오래된 컴퓨터로 가득했다. 창문은 판자로 못질되어 막힌 상태였다. 예전에 인도 사람들이 밤에 전기를 아끼려 그런 것처럼 침침하게 켜놓은 전구불은 어둑한 노란빛이었다. 어떤 것도 만지지 말라는 우리의 말을 싹 다 무시한 건포도는 방과 방 사이를 뛰어다니며 모든 것을 만져댔다. 몇 초 뒤 바로 그 손을 입에 넣을 걸 아는 우리는 그녀를 따라다니며 말렸다.

다 함께 집 한가운데에 모여 선 우리는 꽤 많은 공간을 차지했다. "생각보다 더 작네." 아빠한테 이렇게 말하자 아빠가 웃었다. "천장에 선풍기 보이지?" 아빠가 위를 가리키며 말했다. "오랫동안 이 집에는 이 선풍기 하나면 됐어. 한여름에도 말이지." 천장 칠은 벗겨지고 있었고 선풍기는 부서져 있었다. 모든 침실 문은 잠겨 있었다. 엉클은 모든 방문을 열쇠로 열어보았지만 딱 하나, 베헨지 할머니의 오래된 침실 열쇠는 없었다. 사촌들이 그 방을 할머니와 나눠 썼기에 방문에는 만화 캐릭터 스티커가 덕지덕지 붙어 있었고, 힌두교 신이 나오는 만화 캐릭터를 직접 그린 그림이나 어린이 잡지에서 오려낸 사진들도 붙어 있었다. 또 다른 문에는 가네샤 그림이 있었다. 그림 아래쪽에 우리 이름이 적혀 있는 걸로 보아 사촌과 내가 그린 그림인 건 명확한데, 기억이 잘 나질 않는다. 그나저나 차차가 10년 넘게 그 그림을 계속 붙여놓은 이유는 뭐였을까.

우리가 서 있는 동안 아빠는 냉장고(땅딸막하고 작은 냉장고, 그건 내 기억 속 그대로였다) 옆에 있던 스툴 의자를 빼 와서 앉았다. 부엌문을 한참 보더니 아빠는 한쪽 무릎을 올려 손으로 감싸 안으며 몸을 뒤로 기댔다. "여름에는 말이다, 물병 몇 개랑 빈 제리 캔(플라스틱 연료통)을 들고 운하에 나갔단다." 아빠가 말했다. "봤는지 모르겠네, 하수도 같은 데. 원래는 아름다운 운하였다. 거기서 수영을 배웠지."

"물이 용솟음치는 곳이었어." 엄마가 덧붙였다.

"멋진 물이었지, 얼음장처럼 차가웠어. 제리 캔을 그 안에 빠뜨렸단다. 간식을 먹은 뒤에 찬물을 들이켰지. 완전 목가 생활이었어." 아빠는 망고 철에 대해, 할아버지가 어떻게 집을 지었는지에 대해 이야기했다. 나는 혼자 집 안을 걸어 다녔다. 엄마는 앤에게, 오빠가 어렸을 때 뜨거운 기름이 끓던 냄비를 잡아끌어 내리는 바람에 화상을 입은 일, 살이 짓물렀지만 어른이 되고 나서는 다리에 겨우 티끌만 한 상처만 남긴 일에 대해 이야기했다("하, 내가 애 잘 안 보고 있었다고 차차가 날 죽일 듯이 대했다니까!" 엄마는 차차에게서 욕먹은 상처가 오빠의 화상 상처보다 쓰라린 듯 보였다).

지붕으로 향하는 계단을 오르려니, 이렇게 좁고 울퉁불퉁하고 휜 계단을 손잡이도, 도와주는 어른도 없이 어떻게 애들끼리 올랐나 싶다. 2층 방은 마지막에 본 그대로 텅 비어 있었다. 거기서 보이는 마을 풍경은 예전과 달라 보였다. 셀 수 없을 정도로 많은 건물이 새로 들어섰고 사이사이에는 빨랫줄이 즐비했다. 아이들의 소리는 더 아득하게 들리는 듯했고 소도 덜 보였다.

건포도가 계단 아래에서 날 불렀다. "꼬머, 어디 있어?" 건포도가 이 죽음의 계단을 오르게 하고 싶지는 않아서 금방 내려갔다.

밑에서는 아빠가 이 집을 팔지 않고 개조하는 것이 어떠냐는 이야기를 하고 있었다. "매년 겨울에 올 수 있을 거야. 사실 이 집은 페인트칠만 좀 하면 돼. 아니면 글쎄, 아예 집을 새로 지어도 되고." 엄마와 나는 몰래 눈빛을 주고받았다. 이건 아빠가 몇 달마다 꼭 하는 소리이기 때문이다. 매번 고향 생각이 날 때면 아빠는 **우리 인도로 돌아가서 살까?**라고 한다. 아빠를 비롯해 베이비붐 시대에 태어난 남자 친척들은 하나같이 똑같은 말을 한다. 예순 살이 되면 30, 40년 전에 떠난 곳으로 돌아가야 한다고 말이다. 물론 아무도 생각을 행동으로 옮기지는 않는다. 그들이 그리워하는 것은 그 장소 자체가 아니라, 그 집 창문 앞 야자나무에 태양이 어떻게 내리쬐었는지, 날이 뜨거워서 공기가 얼마나 빨갰는지, 심지어 밤에도 얼마나 빨개 보였는지 하는 것들이다. 그들이 그리워하는 건 오래전에 세상을 떠난 사람들이다. 그들이 그리워하는 건 열 살 때 제리 캔을 차가운 운하에 집어넣던 시절의 인생이다. 그들이 그리워하는 건 형제자매끼리 한 지붕 아래 살며, 힌디어나 카슈미르어를 못해서 "네 머리 키탑(힌디어로 '책')으로 때려버린다"고 위협해도 무슨 말인지 이해 못 하는 망할 자식들이 없는 삶이다. 하나의 세계, 그렇다. 너무나도 오래돼서 이제는 불가능한 시절의 세계. 아마 인도에 사는 다른 친척들도 그리워하는 세계일 거라 믿어 의심치 않는다.

아빠는 인도를 싫어했고 항상 떠나고 싶어 했다. 인도를 방문할 때마다 타월의 청결도를 따지는가 하면, 구석에 죽은 바퀴벌레를 발견하고는 작은 발작을 일으켰다. "아빠 여기서 대체 어떻게 살았던 거야?" 언젠가 호텔 수건이 접혀 있는 모양새에 대해 원기 왕성하게 구시렁대는 아빠를 보며 엄마에게 물었다.

"너네 아빠가 왜 인도를 떠났겠니."

어느 모로 보나 캐나다로 이주한 아빠의 집이나, 차차가 새로 이사 간 집이 지금 이곳보다 '더 낫다.' 아빠 집은 더 크고 보일러도 잘 돌아가고, 천재지변으로 정전이 딱 두 번 일어났을 뿐이다. 열두 살에 첫 컴퓨터가 생겼을 때도 인터넷은 번개처럼 빨랐다. 인도에서 북미로 이민 온 사람들은 서구화된 자기 자식들이 싸가지 없는 짓을 할 때마다 '내가 너한테 훨씬 나은 인생을 줬다'며 끊임없이 쪼아댄다.

하지만 정말 더 나은 삶을 살려면, 더 나은 것을 가지려면,

원래 가진 것의 일부분은 잃을 수밖에 없다. 손으로 강물을 모아 다른 강물로 옮겨갈 수 없는 것처럼, 모든 것을 움켜쥐고 살아갈 순 없다. 그 손아귀 사이에는 너무나도 틈이 많기 때문에, 새로운 강물로 가고 싶으면 그저 새 물에 익숙해지는 수밖에 없다.

할아버지에 대한 세번째 이야기는 우리가 어릴 때 양치하고 손을 씻던 싱크대 옆에서 듣게 되었다. 아빠는 무겁게 한숨을 쉬며 싱크대 위에 걸린 거울을 가리켰다. “내 눈에는 저 거울을 보면서 면도하던 아부지가 보인다.” 아빠 목소리가 갈라지더니 이내 손으로 눈두덩을 문질렀다. “어무니는 반대편 부엌에 서서 요리하곤 했지. 아부지는 작은 침대 겸용 소파 위에 앉아서 면도하고 나는 그걸 보곤 했다.”

아빠는 기침을 하고 두 손가락으로 턱을 받치며 무언가를 응시했다. “저 거울은 가져가야겠다.”

캘거리 우리 집(아빠의 두번째 고향)으로 돌아온 뒤 아빠는 고향 집을 유지해야겠다는 생각에서 한 발짝 물러섰다. “그 집에 가봤자 아무도 없잖냐.” 아빠는 말했다. “안락한 누에고치 안에 머무는 목적은 결국 그걸 없애는 데 있다. 인생의 어느 단계에 이르면 좀더 익숙하고 가족이 있는 곳으로 가고 싶어진다. 설명하기는 어렵다만…… 그냥 그렇게 된단다.”

지난 10년간 부모님은 캘거리 집을 상당히 많이 개조했다. 바닥을 하드우드로 바꾸고, 부엌을 바꾸고, 새 페인트칠을 했다. 왜 그랬는지 모르겠지만 한때 우리 집 변기는 모두 사각형이었는데, 너무 괴상해 보여서 비뚤어진 자부심이 생길 정도였다. 이후에 바꾼 타원형 변기는 우울할 정도로 디자인이 지루했고 키 작은 사람들만 모여 사는 집 변기치고는 너무 높게 느껴지기도 했다. 우리 모두의 공간이었던 부엌을 엄마가 몽땅 개조해버려서, 미국에서 공부하던 나는 집에 올 때마다 부엌 이곳저곳을 헤매야만 했다. "포크 어디 있어, **대체 포크 자리를 왜 옮긴 거야!**" 그러면 마치 포크 자리를 옮긴 건 내 인생을 망치기 위함이었다는 듯이 엄마가 침착한 얼굴로 완전 엉뚱한 서랍에서 포크를 꺼내 주곤 했다. 엄마가 대접을 옮긴 장소에 대해 말하기만 해도 내 혈압이 치솟아 오르는 만큼, 이건 나에 대한 인신공격이나 다름없었다.

하지만 적어도 부모님은 그 집에 계속 살고, 덕분에 우리의 일상도 유지되고 있다. 엄마가 내 방(이유는 모르겠으나 현재는 엄청 큰 미켈란젤로의 「천지창조」 짝퉁 그림이 붙어 있다)에 들어와서 더럽다고 잔소리하면 내가 나가라고 소리를 지르는 일상. 밤에 소파에 누워 엄마 무릎에 머리를 대면 엄마가 내 머리를 몇 시간이고 어루만져주는 일상. 어린 시절의 그것과 똑같다. 아니 오히려 더 나아졌다. 떠나왔지만 잊을 수 없는 것들은 시간이 지날수록 따뜻해지고, 빛이 바래며, 다다를 수 없는 형태로 우리의 기억 속에 남는다.

부모님과 나의 어린 시절은 달라도 너무 달랐다. 독재자였던 엄마와 항상 배가 고팠던 아빠는 어마어마하게 펼쳐진 땅

위에서 나뭇가지를 쥔 채 뛰어다니고 돌멩이를 던지며 놀았다. 그게 전부이던 그들의 유년 시절은 내게는 그저 생경할 뿐이다. 난 어릴 때 엄마 아빠의 각별한 감시 없이는 앞마당에서 혼자 놀 수조차 없었다. 나는 부모님의 과거 집에 관한 모든 것을 이국적인 시선으로 바라보았는데, 아마 부모님도 그랬던 것 같다. 너무 오래되고 너무 멀어져서, 할 수 있는 건 완벽하게 기억하는 일뿐이다. 엄마는 30여 년 동안 한 번도 고향인 스리나가르에 가지 않았지만 어린 시절을 추억할 땐 그 상실감이 내게도 느껴질 정도로 항상 구슬퍼한다. 이제는 나도 엄마 요리(나는 엄마가 만들어주는 인도 음식만 먹었다)에 대해 이야기하거나, 새벽 2시에 옥상에 올라가겠다고 창문 여는 법을 알아낸 걸 생각하면 이유 없이 우울하다. 종종 잠을 못 이룰 때는, 옆방에서 부모님이 조그마한 TV로 「데이비드 레터맨 쇼」를 보느라 새어 나오는 소리나, 아침에 부모님이 맨발로 하얀 카펫 위를 걷는 소리를 들으면 걱정이 사라지던 그 시절을 생각한다.

건포도가 우리 집을 장악한 이후 우리 집의 리듬이 바뀌었다. 건포도는 모든 침대에서 뛰어보고, 냉동실에서 휘핑크림을 꺼내 바로 입으로 넣고, 집 안에서 야구 방망이를 휘두르고 싶은 아이다. 건포도는 오빠에게 물려받은 내 예전 방이나 아직도 소유권이 내게도 있는 것 같은 우리 부모님 방에서 잠을 자고 가기도 한다. 아빠의 암체어는 더 이상 아빠 것이 아니다. 그곳에 팔다리를 대자로 벌리고 앉아 비켜주려고도 않는 건포도. 심지어 부엌의 아빠 자리도 건포도 것이다. 아, 아빠의 알루미

늄 물통도. 아빠의 사무실도 건포도가 좋아하는 플라스틱 야구 방망이와 디즈니 캐릭터가 그려진 장난감 찻잔 세트, 보드게임으로 점령당한 지 오래다. "어…… 이 중에 내 것이 있나?" 아빠가 중얼거리자 건포도가 대답했다. "**아니요, 다 제 건데요.**"

이제 본가에는 내 공간이랄 게 없어졌다. 예전과는 많이 달라진 그 집에 갈 때, 여기가 바로 내 집이라는 것을 일깨우기 위해 집의 소리를 들으려 한다. 엄마가 샤워할 때 유리문을 닫는 소리, 그건 아침이라는 뜻이다. 아빠가 라디오 주파수를 돌리는 소리, 그러면 이른 오후다. 늦은 오후가 되면 암체어가 삐걱거리다 아빠가 턱 하고 다리를 올리는 소리가 들린다. 압력밥솥이 삐익 비명 지르는 소리는 저녁 시간을 알리는 신호이고 거실 커튼이 쳐지면서 나는, 부드러운 천이 살짝 찢기는 듯한 소리는 이제 잠자리에 들 시간이라는 뜻이다.

뉴욕의 내 아파트에서는 다른 소리가 난다. 고양이가 밥그릇 긁는 소리, 앞문 잠기는 소리, 이불 정리하는 소리. 이런 소리들은 느낌이 다르다. 내게 위안을 주지 않는다. 내 것이고, 내 책임하에 있기 때문이다. 반대로 부모님 집에서 들리는 소리는 부모님의 것이다. 그 집에 있으면 모든 것이 괜찮고, 영원할 것이며, 안전할 거라고 약속하는 듯한 바로 그 소리 말이다.

*

차차의 새집은 어린 시절 아빠와 살던 곳에서 멀리 떨어진, 내가 한 번도 가본 적 없는 교외에 있었다. 꽤 호화로운 집이었다. 마당에는 대리석과 밝은색 꽃으로 잔뜩 장식되어 있었고 그네가 있었다. 그네를 보자마자 뛰어가는 건포도와 나를 보며 차차가 말했다. "너네 할머니도 그네를 좋아했단다." 차차네 데스크톱 컴퓨터는 엄청 빠르지는 않았지만 못 하는 일이 없었다. 모든 침실에는 커다란 창문이 나 있었고 빛이 한가득 들었다.

그 집은 도시로 뻗은 진흙 길에 면해 있었고, 반대쪽으로 몇 킬로미터를 더 가면 파키스탄이었다. 인터넷이 자꾸 멈추길래 IT 강국인 이 나라에서 왜 이런 일이 일어나냐고 차차한테 물었다. 차차는 잡동사니가 든 서랍을 하나 열더니 조그마한 납덩이 하나를 꺼냈다.

"이게 뭔 거 같냐?"

나는 그걸 손 위에 올려보았다. "총알이에요?"

"파키스탄 국경에서 우리 집으로 날아와 지붕 위에 안착했단다. 요놈이 인터넷이 느린 이유다."

이 지역은 항상 불안정하다. 공항은 군용 공항인 데다 카슈미르와 맞닿은 잠무에서는 녹색 베레모를 쓴 남자들이 얄팍한 담배를 피우며 권총을 들고 돌아다닌다. 하지만 저녁 무렵 차차네 집에서 시간을 보내고 나면 그런 정세는 금방 까먹고 만다. 뒷마당에는 핑크 빛 구아바가 자라고 있는데 너무 달아서, 엄마가 캐나다 구아바 먹을 때 알려준 대로 소금물로 씻어낼 필요가 없었다. 이곳의 모든 것은 핑크 빛이고 안락하다. 나와 오빠는 이곳을 떠나고 싶지 않다. 여행하고 싶지도 않고, 유명지를 찾아다니고 싶지도 않다. 그저 그 집에 있는 게 좋았다.

이 집은 내가 차차 집이라고 기억하던 곳과는 다른 곳이지만, 어쩌면 차차와 아빠가 기억하는 예전 집에 더 가까울지도 모르겠다. 골짜기나 운하는 없었지만 염소 한 마리가 목동과 지나가는 것이 창문 너머로 보였다. 이게 목가 생활이 아니라면 무엇이겠는가?

오빠, 앤, 건포도와 나는 부모님보다 2주 일찍 인도를 떠났다. 차차는 우리를 공항까지 데려다줄 채비를 하며 짐을 트렁크에 실었다. 엄마 아빠와 작별 포옹을 나눴다. 몇 주 동안 충분히 함께 시간을 보냈기에 아무도 울지 않았다. 숙모 빼고는. 너무 많이 우는 숙모를 보고 있으니 자꾸 그 집으로 돌아가고 싶어졌다. "다시 올 거지? 그렇지?" 숙모는 내게 물었다. 나는 당연하다고 말했지만 숙모는 계속 울며 나를 다시 껴안았다.

차에 올라탄 뒤 이 새로운 집을 마지막으로 돌아보았다. 까맣게 칠해진 대문 옆에 집 주소가 적힌 간판이 울타리에 붙어 있고, 집 번지수 위에는 할아버지 이름이 적혀 있었다. '프리트비.' 더 이상 이 집이나 이곳 사람들과 만날 수는 없지만, 모두와 연결되어 있는 그 이름. 우리는 공항으로 향했고 나는 그의 이름이 점점 작아지는 걸 오랫동안 바라보았다.

Papa <papa@gmail.com>, August 3, 2011

너는 이 어둡고 흉한 세상에

빛과 같은 존재다.

10장

어떻게든 되겠지

내가 사귄 첫 남자 친구는 우리 집과 자기 집 사이 공원에서 나를 만나곤 했다. 서로의 집이 그토록 가깝다는 게 운명처럼 느껴졌다. 같은 음악을 좋아했다는 점도, 당시 주변 사람들을 거의 다 싫어했다는 점도 그랬다. 그러나 그중에서도 가장 비슷한 점이 실은 우리의 가장 큰 차이점이라는 것을 알고 나서는 혼란스러웠다. 나는 인도의 힌두교 집안에서 자랐고 그는 파키스탄의 무슬림 집안 출신이었다. 서로의 성장 배경에 대한 디테일(우리가 먹는 음식이 대부분 비슷했고, 부모들이 우리에게 기대하는 바도 비슷했다)도, 고등학생의 데이트는 절대 금지라는 사실도 알았지만 그가 분쟁 관계인 지역과 종교 출신인 걸 신경 쓰지 않고 만났다. 우리는 동네 외곽의 빽빽한 숲속으로 몰래 들어가 태양 아래 같이 누워 있곤 했다.

공원에 가려면 작은 숲으로 난 진흙탕 길을 거쳐야 했다. 하늘을 가리는 키 큰 나무들과 무성한 풀숲은 길 반대편에서 누가 나타나지 않는 한 끝없어 보였다. 우리는 어린 여자애들이 정글짐을 기어 다니고 그네로 한 바퀴 돌려는 공원 옆 풀숲 뒤편에 숨어 있곤 했다.

그는 우리 관계를 공원 안에서만 용인되는 것으로, 말하자면 비밀에 부치고 싶어 했고 나 역시 그 이상은 바라지 않았다. 그 이상은 우리 사이에 불가능했다. 만약 부모들이 우리 관계를 알게 된다면? 우리는 끝난 목숨이었다. 한번은 그의 부모들이 여행을 가서 빈집에 놀러 간 적이 있다. 집 구경을 시켜준 그가 물었다. "좋아?" 좋을 수밖에 없었다. 다시는 서로의 집을 방문할 일이 없을 걸 알았기 때문이다. 그는 부엌으로 날 데려갔고 나는 이렇게 생각했다. '**언젠가 끝날 관계야**.' 나와 피부색이 같은 그를 만나기 전에는 같은 고등학교에 다니던 백인 남자애가 내게 여자 친구가 되어달라는 말을 MSN메신저로 보낸 적도 있다. 거절하는 건 예의에 어긋나는 거지. 더구나 그는 풋볼 팀 소속인 데다 반짝이는 치아와 푸른 눈 그리고 양쪽 볼에 보조개까지 있는 사람이었다. 그런 흥미로운 구석이 많은 백인 남자애를 거절할 이유가 어디 있겠는가. 그는 (지금은 까먹었지만) 이름부터 백인스러워서, 이름을 떠올리기만 해도 머릿속에 따스하고 폭신한 빵이나 소금이 뿌려진 크래커가 떠올랐다. 그 백인 남자애는 내게 데이트 신청을 하며 쇼핑몰이나 극장처럼 사람들, 특히 나 같은 사람들이 많은 장소에 데려갔다. 나는 이렇게 말했다. "네가 먼저 극장에 들어가고 5분 뒤에 내가 들어갈게. 모직 복면을 쓸 테니까 알아볼 수 있을 거야. 올봄 유행템이거든." 그는 절대로 내 제안을 이해하지 못했다. 그 뒤에 만난 이 파키스탄 출신의 진짜 남자 친구에게는 굳이 그런 말을 할 필요가 없었다. 그래서 편했다. 우리는 단 한 번도 극장에서 데이트할 계획 따위 세우지 않았다.

우리가 만난다는 걸 아주 소수에게만 말했지만 소문은 금방 퍼졌다. 누군가가 사촌에게, 사촌이 삼촌에게, 삼촌이 결국 우리 엄마에게 고자질하는 것은 시간문제. 아니나 다를까. 며칠 안 지나서, 운전하다가 공원 주변에서 우리를 본 고모가 엄마한테 보고했다. 엄마는 내게 당장 헤어지라고 했고, 그러지 않으면 내가 불명예스러운 일을 당할 거라 했다. 이건 진짜 협박이었다. 엄마가 알게 된 것도 불행한 일이었지만 혹시 아빠가 알게 된다면…… 아마도 사형 집행이나 다름없을 것이다. 나는 엄마에게 그 남자애와 헤어지겠다고 했지만 실제로는 그러지 않았다. 우리는 점점 대담하고 조용한 거짓말쟁이로 변해갔고, 우리의 감정을 쪼그라뜨려서 우리 말고는 아무도 모르게 만들었다. 얼마나 오래갈지는 모를 일이었지만 거짓말할 가치가 있다고 생각했다. 가족이냐, 자유냐? 그것이 문제로다! 둘 다 포기하기 어려웠지만 곧 그 문제는 사라졌다. 내가 대학에 들어가기 위해 고향을 떠나야 했기 때문이다. 우리는 즉시 헤어졌다. 이별을 고하러 마지막으로 그를 공원에서 만났을 때 그는 말했다. "어차피 안 될 일이었어." 나는 끄덕이며 울었고,

우리는 어린아이들이 정글짐에 올라타는 동안 소나무 뒤에서 마지막 포옹을 나눴다.

우리 관계는 제약투성이였다. 고등학생 신분인 우리를 구속하는 것들에 얽매여 있었다. 우리는 문제를 일으키고 싶지 않았다. 각자 가족들이 가진 문화적 규범상으로 도덕성을 의심받는 일도 만들고 싶지 않았다. 싸움을 원하지도 않았다. 갈색 피부 엄마들의 보호막을 잃고 싶지 않았고 둘 다 그걸 너무나도 잘 알고 있었다. 조금 위험하다 싶으면 그는 만나자고도 하지 않았다. 부모가 조금이라도 의심하면 절대 나오지 말라고 했다.

햄 군의 경우는 달랐다. 데이트를 시작하면서 나는 친구나 사촌 들에게 그의 존재를 알리지 않았다. 우리는 그저 내 머릿속에만 있는 관계였다. 어쩌면 나중에는 친구들과의 농담거리로 남을 잠깐의 만남이라고 생각하기도 했다("3주 전에 만난 레고 머리 남자 기억나니?"). 하지만 데이트를 하면 할수록 따뜻한 모래 지옥 안으로 빨려 들어가는 느낌이 들었다. 햄 군은 침실 두 개짜리 자기 집으로 나를 초대해 바닷가재를 요리해줬다. 그는 내게 어떻게 집게발을 열어서 속살을 빨아 먹는지, 등을 쪼개 발라낸 살을 녹인 버터와 버건디 색 램킨°과 같이 먹으면 얼마나 맛있는지 알려주었다. 우리는 페리 항구에서 만나 해변 쪽으로 요트를 몰곤 했다. 바다에서는 내가 유일하게

° 치즈와 빵 부스러기, 달걀 등을 섞어 구운 음식.

좋아하는 영법인 '그의 어깨에 대롱대롱 매달리기형'으로 헤엄쳤다. 우리는 배 안에서 손을 잡았다(좀더 자세히는, 이유는 알 수 없으나 그가 검지와 약지로 내 새끼손가락을 잡았다). 한번은 그의 화장실에 있던 오래된 선반의 하얀 페인트가 벗겨져서 내 손에 조금 묻은 걸 갖고 지나가듯 말했더니, 다음 주에 다시 갔을 때는 깔끔하게 사포질이 된 선반에 새하얀 페인트가 덧칠되어 있었다. 나는 손바닥으로 선반을 쓸며, 의심할 여지 없이 우리 관계가 진지하다는 걸 느꼈다.

우리가 데이트를 시작한 지 2주가 지났을 때 햄 군은 내게 사랑한다고 말했다. 아침 11시, 나는 캐나다 토론토에서 빨래를 개고 그는 미국 버펄로에 있는 풋볼 경기장에 들어서고 있었다. 그는 몇 잔 마셔서 취한 상태로 내게 전화해 말했다. "사랑해!" 그가 횡설수설하더니 곧 전화가 끊겼다. 그 사건 이후에도 계속 그와 데이트를 한 건 내 자존감이 낮아서였는지 싶다. 하지만 좀더 현실적으로는 그가 집처럼 편안했기 때문이다. '사랑에 빠졌어'란 말은 지극히 수동적인 사람이 쓰는 표현으로 들릴 수 있지만, 실제로 사람들은 진짜 의도와는 상관없이 사랑에 빠져버린다. 폭신한 금가루로 된 모래사장에 실수로 빠졌다 헤어나지 못하는 것처럼 말이다.

연애 아주 초창기에 햄 군은 어째서 우리 부모님이 자신에 대해 모르는지 궁금해했다. 그는 망설임 없이 나를 자기 본가로 데려가 그의 부모님과 친척들에게 소개했다. 모두 그만큼이나 참을성 없는 상대를 만난 것에 안도했다. 하지만 몇 년 동안 우리 부모님도, 사촌들도 그의 존재를 몰랐다. 그를 우리 집에 데려가지 않았다. 그러나 그는 실재하길, 알려지길 원했다. 나의 첫 남친과 나는 은밀함의 필요성을 이해했지만 햄 군은 애석해할 뿐이었다.

나는 변화를 일으키는 중대한 결정을 내리는 게 좋지 않다. 나의 현 상황이 만족스럽지 못해도 딱히 바꾸고 싶지 않다. 내가 인도인들에겐 면역이 되었을 법한 진부한 발리우드 스타일로 친구와 가족에게 전화를 걸어 "**어—마어—마한** 일이 벌어졌어, **싸랑**에 빠졌거든. 바로 이 사람이 내가 바라던 **바—로** 그 사람이야!"라면서, 그가 내 짝임을 증명하기 위해 말도 안 되는 이유를 붙여가며 떠벌린다고 상상해보라. 아빠는 이런 말을 하겠지. "네가 기다리던 **바로 그 사람**이라고? 무슨 소리 하는 거냐? 5년 전에 너 올랜도 블룸이 오드아이 여자랑 결혼한대서 찔찔 짰잖아, 근데 이제 이 사람이 바로 네가 기다리던 **그 사람**이라고?" 엄마의 모습도 떠오른다. 끝없이 훌쩍거리며 소파 위로 쓰러져 죽을 거라고 협박하겠지. 아니면 반항하는 딸 때문에 그냥 바로 소파에서 떨어져 죽어버린다고 하거나.

햄 군과 나는 열세 살 차이가 난다. 나는 햄 군에게 아마 눈에 띄는 나이 차가 우리의 가장 큰 이슈가 될 거라고 설명했다. 나보다 열두 살 많은 오빠에게 햄 군에 대해 이야기하자, 처음에 그는 햄 군 편을 들어줬다. "부모님도 이해하시겠지." 오빠는 말했다. "너는 성인이고 부모님도 평화롭게 받아들이셔야 해. 알잖아, 우리 부모님 의외로 뒤끝 없는 거."

"나보다 열세 살이 많아." 나는 말했다.

오빠는 아주 깊은 한숨을 쉬며 "아……" 하고 탄식을 내뱉었다. 잠깐 혼자 중얼거리기도 했다. "그러……ㅎ구나……" 그는 이윽고 말했다. "잘 안 될 거 같네."

나처럼 오빠도 바로 알아챘다. 그건 아주 혹독한 시련이 될 것이고 나나 우리 부모님 중 한쪽이 죽지 않는 한 평생 교착 상태로 지내야 한다는 뜻이었다(난 여전히 부모님이 나보다 더 오래 살 거라고 생각한다. 방사능에 피폭된 사랑스러운 한 쌍의 바퀴벌레나 혹은 평생을 가도 절대 청산되지 않을 빚처럼 말이다). 햄 군이 백인이라는 점은 딱히 큰 문제는 아니었지만 그렇다고 바람직하지도 않았다. 그는 강산도 변한다는 세월 이상으로 나보다 더 나이가 많았다. 그렇다면 나란 존재는 늙은 남자에게 악용당한 순수 영혼이었다. 하지만 궁극적으로 우리 사이를 방해하는 것은 햄 군 자신과는 아무 상관이 없었다. 가장 큰 장애물은 내 유전자였다. 내가 여자라는 점. 인도 여자들은 어쩔 수 없이 자기 형제나 남자 조카들과는 다른 취급을 받는다. 오빠는 아무런 문제 없이 백인과 결혼했고 결혼 전에는 동거도 했다. 하지만 나는 우리 집 막둥이이자, 방정한 품행에 대한 의지가 가장 없는 사람이며, 심지어 **여자애**였다. 오빠에겐 적용되지 않던 룰이 내게는 적용됐고, 그중 나에게 유리한 것은 단 하나도 없었다. 공평하지 못했지만 예측 가능한 일이었다.

열두세 살쯤 내가 남자애들을 신경 쓰고 남자애들도 나를 신경 쓰기 시작할 무렵(해변에서 펠리컨에게 도시락을 빼앗길까 신경 쓰는 것보다는 좀더 쓰는 정도), 어떻게 하면 아빠한테 데이트 허락을 받을 수 있을까 곰곰이 생각한 적이 있다. 내 머릿속 데이트 상대는 나와 사랑에 빠질 백인 남자애였다. 물론 인도계 남자애가 주위에 거의 없기도 했지만, 백인 남자애에게 사랑받고 있다는 사실을 인정받아야 궁극적인 목표를 달성하는 느낌이었다(남자애에게서 관심을 받는 것도 받는 거였지만, '백인' 남자애한테 관심을 받는다는 것은 좀더 특별했다. 적어도 덜 자란 내 비참한 두뇌에는 말이다). 그 남자애가 처음에는 나를 좋아하지 않을지 모른다. 그렇지만 재앙을 몇 번 거치고, 알 수 없는 불운 몇 번을 만나고 나서야 우리는 서로를 찾게 되겠지. 불에 휩싸인 우리 교실에서 그가 나를 구하거나, 아니면 총을 든 누군가가 통째로 인질로 잡은 학교 건물에서 내가 그를 개구멍으로 탈출시킬 수도 있을 것이다. 아니면 내가 끔찍한 질병에 걸리는 건 어떨까? 그 남자애는 혈액암에 걸린 나를 간호해줄 것이고, 어쩌면 심각한 혈전증 위기를 겪은 내게 삶의 가치를 일깨워줄 수도 있을 것이다. 그 정도는 되어야 내가 데이트를 해도 괜찮고, 데이트를 하는 것이 내게 좋다고 부모님을 설득해서 내 인생의 일탈을 허락받을 수도 있었을 것이다. 하지만 나는 드라마틱한 불치병에 걸리지 않았다. 하, 그것이 10대였던 내게 일어난 최악의 사건이었다.

부모님이 햄 군을 나의 구원자나 내 상처를 낫게 해줄 연고 같은 존재로 느낄 리 없었다. 우리는 만났고, 서로 통했고, 계속 노력 중이다. 별다른 드라마가 없는 우리의 평범한 이야기는 그 자체로 빛이 났다. 그래서 나는 오빠의 부정적인 반응을 보고 난 뒤, 가족 누구에게도 햄 군에 대해 말하지 않았다. 애인이 다음 단계로 움직이길 몇 년째 기다리는 건 어려울 것이다. 상대를 옆에 둔 채, 방 안에 떡하니 자리 잡은 갈색 코끼리에 대해서는 입을 꾹 다문 듯한 상태. 나한테 바라는 게 더 있는 상대의 웅얼거림을 계속 들으면서 말이다.

나이가 든다고 편해지는 건 세상에 거의 없지만, 적어도 가족을 대하는 것만큼은 예전보다 쉬워진다. 결국 그들의 모든 결정과 별난 점을 평화롭게 받아들이게 된다. 부모님과 싸울 시간 자체가 줄어들기 때문에 더더욱 싸움을 최소화해야 한다. 하지만 몇 년 후 드디어 용기를 내어 부모님에게 햄 군에 대해 말했을 때, 내 뇌리에는 다루기 어려운 바늘이 깊숙이 박혔다. 엄마가 전화기 너머에서 말했다. “너와 두 번 다시 말하지 않겠다고 혈서를 쓸 거야.” 아빠는 이렇게 말했다. “내가 심장마비로 쓰러지면, 네가 무슨 말을 했는지 그제야 알 게다.” 나는 생각했다. **내가 상상한 딱 그만큼 힘들겠구나**.

엄마는 내게 그와 헤어지라고 했다. “그냥 끝내.” 엄마는 종말을 요구하는 목소리로 단호하게 자신의 명령에 따르라고 말했다. 그래서 나는 10대 때 했던 그대로 했다. “오케이,” 다음 날 나는 말했다. “헤어졌어. 우린 끝났어.” 엄마의 숨소리는 다시 가라앉았고 친절함을 되찾았다. 나의 단순한 거짓말, 어마어마하게 말도 안 되는 거짓말에 엄마의 분노는 씻은 듯이 사라졌다. 내가 거짓말한 걸 햄 군이 알아버려서 난 더 쪼그라

들었고 그의 웅얼거림도 점점 더 시끄러워졌다. 하지만 그걸 떠나서, 나는 나의 묵인에 화가 났다. 부모님과 떨어져서 4년째 외국에 살고 있는, 법적으로 담배 한 갑을 사서 원한다면 그냥 그걸 꿀꺽 삼켜도 되는 나이인데, 나는 그저 싸우기 싫어서 엄마에게 나의 데이트 상대를 숨기고 있었다.

그 주 주말, 우리가 여전히 만나고 있다고 엄마에게 말했다. "나한테 왜 이러는지 모르겠구나." 털 장식이 달린 나이트 가운을 입은 엄마가 손으로 연신 부채질을 하며 마스카라 눈물을 흘리는 것 같은 느낌의 목소리였다. "그냥 집으로 데려와 봐, 우리가 만나봐야겠다." 엄마는 연극적으로, 마치 납득하겠다는 듯이 양보했다. 문이 열려 있는데도 굳이 창문을 깨고 집으로 들어가는 것처럼 말이다.

항상 다정하고, 너무 다정하고, 너무 바보스러운 햄 군이 말했다. "나를 좋아하실 거야." 우리는 1년 동안 집에 갈 명분을 찾았다. 부모가 반대하는 남자를 데리고 갈 만한, 유기적이고 가능한 한 제일 정상적으로 보이는 좋은 핑곗거리 말이다. 마침 한 고등학교 친구가 결혼한다며 브라이덜 샤워에 날 초대했다. 완벽한 타이밍이었다. 햄 군은 엄마가 자기를 만나는 순간 만남을 허락해줄 거라고 확신했다. 하지만 내가 걱정하는 사람은 엄마가 아니었다. 엄마는 오래 싸우는 걸 좋아하지 않으니까. 나이가 들수록 엄마의 화는 약해졌고 갈등을 일으킬 수밖에 없는 의견에 이의를 제기하는 데도 의지가 약해져갔다. 하지만 아빠! 아빠는 더 고집스러워졌고 더 화를 잘 냈으며 협력을 더욱 거부했다. 예순여섯 살인 아빠는 여전히 많은 일을 하고 있었다. 처음으로 햄 군에 대해 이야기했을 때 엄마는 패닉에 휩싸인 목소리로 잠깐 화를 내다 말았지만, 아빠는 3개월 동안 내게 말 한마디 하지 않았다.

"자기를 좋아하고 말고가 아니야." 나는 말했다. "아빠가 자기를 받아들일지 말지가 문제야."

우리 아빠는 어려운 사람이다. 내가 본가에 도착한 이후 30분 동안 아빠의 매력적이면서도 기이하고 본능적으로 파괴적인 분위기가 들락날락하는 것을 보면서 아빠가 쉽지 않은 사람이라는 것을 최고조로 느낀다. 엄마는 항상 공항에서 나를 반긴다. 반면에 아빠는 그사이 공항 주차장에 세운 차 안에서 빈둥거리며 내가 올 때까지 기다린다. 나를 안고 볼에 키스를 할 때 아빠의 수염은 내 두뇌에 공감각적인 얼얼함을 준다. 아빠는 트렁크에 내 가방을 싣기 전에 "안녕" 하고 말할 것이고, 가방이 무겁다고 욕할 것이며, 왜 이렇게 짐을 많이 싸 왔냐고 투덜거릴 것이다. 그러면 나는 짐을 빼앗아 든 다음, 가방 들어 달라 한 적 없고 내 가방에 만족한다고 하고서 몇 초간 아무 말도 안 할 것이다. "비행은 어땠니?" 아빠는 물을 것이다. 그러고는 내가 정확히 몇 분 연착되거나 몇 분 빨리 왔는지 말할 것이다. 제시간에 내렸다면 아빠는 칭찬할 것이다. "원래 스케줄에서 1분도 안 늦다니!" 그는 소리 지른다. "놀라워, 믿을 수가 없네!" 나는 믿을 수 있다고 말한다. 그게 원래 비행기가 해야 하는 일이니까.

차를 타고 오면서 처음 몇 분 동안, 우리가 앞으로 함께 지낼 시간을 통틀어 나는 가장 영리하게, 아빠는 가장 다정하게 대화한다. 이 몇 분 동안에는 아빠가 이상하게 발음해도, 예를 들어 '펫코'라는 반려동물 용품 샵 간판을 보고 아빠가 크게 페도파일(소아성애자)이라고 소리쳐도 난 아빠를 용서할 수 있다. 내가 옳을 수밖에 없는 대화 주제인 성희롱 통계로 아빠를 끌고 들어갈 때처럼, 내가 그 구역에서 제일은 나라며 잘난 척해도 아빠는 나를 용서했다. 한번은 공짜 점심을 주는 교회를 지나쳤는데, 아빠가 기독교인인 척해서 샌드위치를 받자고 엄마와 나를 설득했다. "몇 달러 아낄 수 있잖아." 그는 낄낄대다가 자기도 모르게 교통경찰 옆을 과속하며 지나갔다.

내가 어린 시절 살던 본가는 주유소 두 군데를 양옆에 낀, 죽을 듯이 고요한 동네에 있다. 캘거리공항에서 집까지는 차로 30분쯤 걸리는데, 집에 도착해 주차할 무렵이면 우리 사이는 이미 틀어질 대로 틀어져 있다. 아빠는 쇄골이 드러나도록 목선이 깊게 파인 옷을 어떻게 자기 앞에서 입을 생각을 했냐며 내게 잔소리하고, 나는 내 허벅지로 향하는 아빠의 시선을 보건대 나더러 살 쪘다고 잔소리해댈 게 뻔해서 짜증을 낸다.

나는 보통 나흘에서 열흘 정도 본가에 머무른다. 공항에서 출발해 차에서 보내는 그 30분 동안 형성된 분위기가 본가에서 지내는 내내 유지된다. 아빠가 용어를 잘못 말하면 난 꼬박꼬박 고치려 들고, 아빠는 됐다고 한다. 실수하는 아빠가 귀엽다

기보다는 거슬린다. "아빠, 재지Jazzy하단 게 아니고, 제이-지[○]요. 그리고 그 와이프 이름은 쇼프나나 비나카가 아니고요. 아빠도 인터넷 하잖아, 어떻게 그걸 몰라?" 아빠 역시 잘 지내보려는 나의 의지, 사랑스러움은 더 이상 어디에서도 찾지 못하고, 우리 사이에 평화로운 공존이 불가능함을 깨닫는다. "단지 네가 3년 전 파리에 닷새 있었다고 해서 나보다 와인을 더 아는 건 아니거든?" 그는 시큼한 화이트와인을 따며 나한테는 한 방울도 주지 않으려 한다. 그리고 우리는 싸운다. 나는 아빠에게 이기적이라 하고 아빠는 내게 감사한 줄도 모른다며 말싸움을 한다. 그날 저녁쯤부터 우리는 서로 말하지 않는다. 본가에 머무르는 시간의 70퍼센트 정도 우리는 굳건한 침묵을 유지하며 서로를 차갑게 대한다. 숙명적인 적이지만 어쩔 수 없이 회사 포트럭 파티에 참석하는 사람들처럼 말이다.

햄 군을 데리고 캘거리에 가기로 마음먹고 나서도 이런 광경을 예상했다. 나는 햄 군보다 며칠 일찍 캘거리로 향했다. 항상 그렇듯 아빠는 엄마와 공항까지 운전해서 왔지만 나를 마중하러 차에서 내리지는 않았다. 차 안에서도 그다지 말이 없었다. 보통 같으면 '인간이 존재하면서 벗어날 수 없는 어두움'에 대해 이야기하거나 "너 토론토로 처음 이사 가서 친해진 애 이름 뭐냐, 기번인가 뭐시긴가?" 같은 말을 했을 텐데, 조용했다. 대신 집에 도착한 아빠는 슬리퍼 차림으로 왔다 갔다 했고,

○ Jay-Z(1969~). 미국의 유명 래퍼이자 힙합 뮤지션이다. 미국의 대표적 가수 비욘세Beyoncé(1981~)의 남편이기도 하다.

아래를 내려다보았다가, 벽에 반듯하게 걸려 있던 사진 액자가 기우뚱하다는 듯 몇 번이나 만지작댔다.

"그러니까," 아빠도 한 번은 노력했다. "걔가…… 그러니까…… 무슨…… 걔 키 크냐?"

"아뇨, 안 커요." 나는 대답했고 아빠는 끄덕였다.

햄 군이 캘거리에 도착했을 때 엄마, 건포도 그리고 내가 공항으로 마중을 나갔다. 건포도는 그에게 달려가 안겼고 햄 군은 차 뒷좌석에서 옆에 앉은 건포도에게 도넛을 먹여주었다. 그는 내가 시킨 대로 우리 엄마를 '코울 여사님'이라고 불렀다. 집에 왔을 때 아빠는 현관에 나와 있었다.

아빠는 햄 군과 악수한 후 그를 부엌으로 데려갔다. 부엌이란 자고로 가족에 관한 모든 심각한 사안을 논하는 곳이다. 아빠는 햄 군에게 차를 권했다. "좋아 보이네," 아빠가 말했다. "자네 나이치고는." 그건…… 괜찮았다. 진짜 괜찮았다. 내 충고를 받아들인 햄 군은 배가 부른데도 엄마의 음식을 세 접시나 더 받아먹었다. 건포도는 햄 군을 볼 때마다 목마를 태워달라고 졸랐고, 그의 핸드폰을 갖고 놀거나 자기에게 야구 퀴즈를 내보라고 했다. 그는 우리 오빠가 가장 좋아하는 취미 생활도 함께했다. 침묵 속에서 「사인필드」° 재방송을 보는 것 말이다.

며칠 동안은 평화로웠다. 그러다 4일째, 햄 군이 망나니로 돌변해 나와 동거하겠다고 말했다. 그러고는 싸움이 시작

° 미국 NBC에서 방영한 시트콤이다. 1989~1998년 방영되었다. 시니컬한 유머로 유명했다.

되었다. 평소에도 이를 꽉 문 듯한 아빠의 얼굴이 그 순간 분노로 빨개졌다. 아빠는 햄 군에게 그건 안 될 일이라고, 절대 있어서는 안 된다고, 우리 가족 중 누구도 결혼하지 않은 채 동거한 적이 없다고 했다(이건 사실이 아니다. 아빠가 의도적으로 숨겼는지 진짜 까먹었는지 모르겠지만 우리 오빠는 4개월 데이트 뒤 동거 생활에 돌입했더랬다). 햄 군은 아빠를 존중한다는 듯이 고개를 끄덕였다. "아버님을 화나게 할 어떤 일도 하지 않겠습니다." 그사이 나는 2층 내 방으로 올라가 베개에 얼굴을 파묻고 울었다. 그리고 고문이라도 당한 듯이 괭음을 질렀다. "**이건 불공평해—!**" 다분히 고전적인 대응 방식이었다.

그 주 언제였나, 아빠는 햄 군이 너무 좋아져서 "힘들 정도"라고 했다. 마치 햄 군을 자기 머리에서 만들어낸 괴물로 설정해버리는 것이, 동거 반대에 대해 생각하는 것보다 더 쉬우리라 생각한 듯했다. 우리는 감정적으로 기진맥진한 채 캘거리를 떠났고, 로건 조시와 라이타°를 너무 많이 먹어서인지 배가 아팠다. 그의 아파트로 돌아와 우리는 짐을 풀었다. 문득 우리 둘이 앉기에는 그 집이 너무 좁게 느껴졌다.

햄 군이 반전을 기대했단 걸 알고 있다. 가령 아빠가 햄 군을 보자마자 이런 반응을 보이는 것이다. "어쩜 그렇게 완벽하냐! 제발 내 딸을 데려가다오! 자네의 강인한 등짝과 탄탄한 종아리를 살짝 보는 순간 내가 수십 년 동안 지켜온 문화적 규

° 파인애플, 망고 같은 과일이나 채소를 넣은 인도풍 요구르트 디저트.

율의 조항들과 도덕심에서 발현된 거부감이 사라졌다네!"

하지만 그럴 리가 만무하니, 우리는 아빠 문제를 앞으로 어떻게 헤쳐나가야 할지 이야기를 나누었다. 아빠의 입장은 초긍정적인 관점에서는 '차라리 자기 등 뒤에서 몰래 사귀어라' 정도였지만 최악의 경우는 '지금보다 더 의미 있는 관계로 발전하는 것을 절대 반대한다'였다.

"이제 어쩌지?" 햄 군이 물었다.

"내 생각엔," 내가 답했다. "좀더 넓은 집으로 이사 가자."

세상에 어떤 아빠가 딸과 전화하다 끊으면서 실존주의적인 절망감을 남긴단 말인가! 우리 아빠가 그렇다. 아빠는 대부분 누군가를 협박하는 것처럼 전화를 끊는다. "아무튼, 난 여기 있을 거야. 이 깊은 수렁에 빠진 채로 말이지." 내가 좋은 소식을 알려줘도 "재능 있는 것들이 모든 걸 다 해먹을 거고 나머지 것들은 평범함의 바다에서 굶어 죽겠지"라고, 나쁜 소식을 전해도 "그런 일이 일어나서 미안하구나, 꼭 다 내 탓 같구나" 라고 말한다. 그는 비극적이지만 웃긴 말을 만들어내면서 대화를 끝낸다. 그냥 '굿바이'라고 하지도 않는다. '굿바이'란 말은 너무 가볍기 때문이다. 그가 갑자기 전화를 끊고 지난 25년 전부터 예측했던 심장마비로 세상을 뜬다고 해도 '굿바이'란 말은 오빠와 내 귓가에 맴돌지 않을 것이다. '굿바이'는 그에게 전혀 특별한 말이 아니다.

매일 밤 아빠와 난 15~20분 동안 전화로 수다를 떤다. 우리는 서로에게 최고의 대화 상대가 되며 난 마치 우리가 계속 맞닿아 있는 것처럼 느낀다. 보통 아빠는 위트 있고 아이러니하고 대단한 과거 일화를 이야기해주거나 미래의 조언을 해준다. 「더 와이어」라는 드라마를 보기 시작했을 때 아빠는 "잘 지냈? 저건 누규?"나 심지어 쇼에 나오지 않았지만 나왔음 직한 말을 지어 쓰기도 했다. 내가 만약 그만큼 열정적인 어조로 "네 친구 요깄다"라고 답하는 식의 적절한 대응을 못 하면 아빠는 다른 걸 두세 가지 더 시도하곤 했다. 그러면 아빠의 기분이 괜찮다는 걸 얼른 눈치채야 한다. 순식간에 달라질 수 있기 때문이다.

햄 군을 집으로 데려간 후 아빠와의 전화 통화는 이전에 비해 딱히 달라진 것이 없었다. 가족 여행을 앞두고 있었고 아빠와 나는 햄 군 이야기를 꺼내지 않았다. 내 일이나 아빠의 권태로움을 깨는 일, 뒷마당에서 가장 큰 나무가 썩어서 베어낸 일 혹은 건포도가 자기가 좋아하지 않는 사람이 뭔가를 할 때마다 **"너무 버릇 없군요!"**라고 소리 지르기 시작했다는 식의 이야기가 우리의 주된 대화 내용이었다. 내 연애에 대해서는 내가 느끼기에 선을 넘지 않는 수준에서만 이야기했다. 달리 대안이 없었기 때문이다. 한편 엄마는 천천히 햄 군에 대한 질문을 하기 시작했다. 그의 생일에는 축하하는 전화를, 햄 군의 삼촌이 세상을 떠났을 때는 명복을 비는 전화를 하기도 했다. 아빠는 아무 일도 없었던 것처럼 다시 살아갔다. 나도 이대로가 좋았다. 내가 성인이 되었다는 불편한 사실을 아빠가 인정하지 않아도 되고, 그도 괜히 행복한 척하지 않아도 되었다. 우리는 새로운 게임 라운드를 위해 버저를 울렸고 모든 것은 다시 원점으로 돌아갔다.

동거하기로 마음먹고 몇 달 뒤, 우리는 기적적으로 햄 군의 옛집에서 조금 떨어진, 조용하고 나무도 많은 지역에서 침실 두 개짜리 아파트를 찾아냈다. 나는 엄마에게 이 사실을 알렸고 엄마는 마치 컴퓨터가 USB를 인식하듯 아무런 감정 없이 받아들였다. 아빠와 대화를 나눌 때도 이 계획을 슬쩍 흘렸지만 아빠는 아무 말이 없었다. 오빠가 결혼 전에 동거했다는 것을 편안히 까먹고 아예 그 자체를 거부하려는 듯 보였다.

나는 부모님과 의견을 나누지 않은 채 동거 준비에 들어갔다. 아빠의 도움 없이 월세를 내던 내 첫 아파트를 정리했다. 아빠는 내가 필요 없다고 말해도 "차 바퀴에 기름칠이나 하라"며 몇 달에 한 번씩은 몇백 달러를 찔러주곤 했다. 햄 군과 나는 이케아 매장 두 군데를 다니면서 소파 색깔과 침대 프레임의 나무 마감 때문에 세 번이나 싸웠다("여자애 아파트처럼 보이기 싫다"길래, 그럼 '스파게티 덕분에 눈 호강하는 줄 알아라'라고 적힌 속옷 차림의 소피아 로렌 그림 1.2미터짜리를 부엌에 걸자고 했다). 이사 가는 날 아침, 베이비 브라가와 햄 군 친구들이 무거운 짐을 옮겨주었다. 책, 쪽지를 잔뜩 넣어둔 클리어 파일, 열다섯 살 때 쓰던 다이어리 같은 게 든 박스였다. 나는 아예 부모님에게 알리지도 않았다. 자세히 알고 싶어 하지도 않았고 나 역시 싸움을 바라지 않았다.

새집에 도착하고 나서야 집주인이 아파트 내부 공사를 아직 절반도 채 안 해놨다는 것을 알게 되었다. 지하실로 향하던 계단은 아예 없어진 채 나무토막들만 자리에 놓여 있었다. 침실 바닥의 하드우드는 마감 처리가 되어 있지 않았고 복도 몰딩은 사라져 있었으며 조명도 달려 있지 않았다. 숙식이 가능한 공간은 아래층 게스트 룸과 부엌뿐이었다. 다른 곳은 넘쳐나는 박스로 점령당해서 제대로 된 방이랄 것이 없었기 때문에, 새로 산 이케아 가구를 놓을 수가 없었다. 나는 당장 아빠에게 전화해서, 침대는 침실도 없는 1층에 둬야 하며 집주인이 공사를 마칠 때까지 기다려야만 하는 이 불명예스러운 상황에 대해 같이 농담하고 싶었다. 하지만 그러면 내가 겪은 사소한 불운에 대해 아빠와 진지하게 웃어넘길 게 아니라, 바람직하지 않은 싸움을 피하지 못하고 서로 부딪히게 될 것이 자명했다.

그래서 나는 남자 친구와 동거를 시작하는 이 중대한 변화기를 난생처음으로 혼자 직면해보기로 했다. 첫 넉 달 동안 우리는 징하게도 싸웠다. 거의 매일 싸웠다. 그는 설거지를 싫어했다. 싱크대에 있는 설거짓거리를 보면 질겁했다. 나는 그의 신발을 전부 불태우고 싶었다. 발이 걸려 넘어지란 듯이 문 앞에 그냥 벗어재껴 놓은 그 신발들을 증오했다. 그는 딱히 가치 없어 보이는 오래된 『뉴요커』를 수집했고 내 고양이 실비아 플라스°를 익사시키려고도 했다. 새 소파에 구멍을 내고 매일 아

° Sylvia Plath(1932~1963). 미국의 시인이자 소설가. 자전적 소설인 『벨 자』로 유명해졌고, 비극적인 죽음 때문에 사후 컬트적인 명성을 얻었다.

침 5시에 그를 깨웠다고 말이다. 나는 싸우고 싶어서 계속 햄 군을 긁었다. 나는 그가 자기변호하면서 내게 화내고 조금 못되게 굴기를 바랐다. 내가 배운 바에 의하면 싸움은 연인 관계를 유지하는 유일한 방법이기 때문이다. 나는 일부러 휴지통 옆에 떨어지게끔 영수증을 던졌고, 다시 줍지 않은 채 그냥 거기 두고서 일부러 이렇게까지 할 일인가 저울질했다. 얼마나 엉망진창으로 굴어야 내가 모든 걸 완전히 망칠 수 있는지 시험했다. 아마도 이 관계가 약하다면, 영원하지 못할 정도로 약하다면, 아빠와 남친 둘 중 하나를 택해야 한다면 그건 우주가 알아서 판단해줄 일이었다. 우리는 그냥 헤어지고 각자 살면 그만이었다. 모든 일이 그렇듯이 약간의 압박이 필요했다.

햄 군과 함께하는 것은 결코 필요하지도 않은 짐을 져야 하는 희생처럼 느껴지지 않았다. 하지만 우리 부모님에게는 그랬을지도 모르겠다. 내가 예상했듯이 많은 것이 바뀌었다. 이제는 그가 내 옆에 실재한다는 것을 증명하고 싶었다. 나는 부모님 전화가 올 때마다 더 이상 티셔츠로 그의 입을 틀어막으며 옆에 아무도 없는 척하고 싶지 않았다. 그를 증명하는 것은 가치 있는 일이었지만, 그럼에도 나는 뭔가를 잃을 것이 분명했다. 진실을 추구하기 위해서, 내 남자 친구에게, 또 내 부모에게 한 발짝 더 가까이 다가가려면 재건을 위한 파괴를 해야 했다. 그동안 그토록 피해온 일이었다. **나는 누구를 진실로부터 보호하고 있는가? 그인가, 그들인가, 아니면 나인가?** 두 세계 사이에 낀 그 누구도 쉽게 대답할 수 없는 질문이었다.

몇 주 동안 햄 군과 나는 지하의 울퉁불퉁한 손님용 침대에서 잤다. 내가 사랑하는 오래된 침대, 처음으로 토론토에 이사 왔을 때 아빠가 사준 침대였다. 우리는 이불을 싸맨 채 서로를 껴안고 잠이 들었다. 마치 우리가 뗏목에 타고서 우리 주위를 둥둥 떠다니는, 옷과 자잘한 것들로 가득 찬 수트케이스와 책으로 가득한 박스 들을 어떻게 해야 할지 고민하는 와중에, 박스 틈새로 실비아 플라스가 얼굴을 내밀었다 숨겼다 하는 것 같았다. 우리는 잠을 설쳤다. 여전히 집이 쓰레기로 가득 차 있기도 했고, 뭔가 부족한 느낌이 들었기 때문이다. 햄 군과 나의 친밀도는 최고조에 이르렀지만 아직은 모든 게 내게서 멀리 떨어져 있어서, 영영 가질 수 없을 것만 같아서 고통스러웠다. 아빠에게 전화를 걸어 아빠도 이런 기분을 느껴본 적 있는지 물어보고 싶었지만, 답은 이미 알고 있었다.

성장에 대한 가장 큰 아이러니는 일단 부모님 집을 떠나봐야 그들을 가장 잘 이해할 수 있다는 것이다. 자녀들은 화를 덜 내고, 부모들은 걱정을 덜 한다. 특별히 나는 아버지들에 대해 생각해본다. 아버지들은 딸들에게 좀더 어필하기 위해 어떤 면에서는 스스로를 누그러뜨리기도 한다. 딸들은 어린 시절을 끝내는 투쟁을 하며 초석을 마련해야 한다. 20대에도 여전히 부모님이 살아 계시고 그들이 모욕감을 주지 않는 사람들이라면 그것은 크나큰 행운이다. 그런 부모님과는 척질 것이 아니라 동지가 되는 것이 좋다.

하지만 우리 아빠는 가끔 그냥 입을 닫아버린다. 화가 나거나 즐거워서 폭주할 때, 불가피한 죽음에 대한 우울감으로 숨조차 쉬고 싶지 않을 때 침묵해버린다. 그의 이런저런 감정 표현 방법 중에서 침묵은 말할 가치도 없는 최악의 리액션이다. 나를 향한 아빠의 침묵은 며칠 혹은 몇 달 동안 이어지기도 한다. 내가 모르는 새 풀릴 때도 있지만, 오히려 내가 직접 그를 만나러 갔다가 더 길어지기도 하고, 그가 마음만 먹는다면 다른 가족들에게 불똥이 튈 수도 있다. 2010년, 아빠에겐 너무 비쌌던 32.99달러짜리 노트북 케이스를 내가 샀다고 그는 열흘 동안 말하지 않았다. 2012년 여름에 대학을 졸업하고 나서, 집으로 가는 대신 토론토에 남아 인턴 일을 한다고 했을 때는 2주 동안 말하지 않았다. 2008년 엄마가 쇼핑몰 간 사이에 점심을 먹으러 집에 온 아빠가 냉동 참치를 녹이다가 토스터에 손을 데었는데, 배가 여전히 고프다는 사실을 다시 깨닫기까지 45분 동안 아빠는 아무에게도 말하지 않았다(엄마한테 토스터를 갖다 버리라고도 했다). 그리고 햄 군과 내가 동거를 시작한 지 1년 4개월 뒤 그는 다시 한번 나를 향해 셧다운을 했는데 이번에는 꽤 오래갔다. 아빠의 태양은 매우 빛나서, 한번 지면 아주 길고 추운 겨울이 오기 마련이다.

동거를 시작할 때부터 아빠가 결국엔 화를 낼 걸 알았지만, 그 때문에 내가 망설여야 하는 건 아니었다. 아빠는 모든 것에 화를 낸다. 나이가 들면 들수록 작은 불명예나 자기만의 상상 속에서 받은 푸대접에도 분노한다. 언제였더라, 아빠와 차를 같이 탔는데, 아빠가 반쯤 말하다 반쯤 우물거리다 뜬금없이 이렇게 내뱉었다. "살면서 뭔가를 만들고 역사에 자취를 남기는 거. 나이가 드는 건 그런 거야. 그건 비, 비…… 음…… **비극이지**."

참을성 없고, 쉽게 좌절하고, 무생물에게도 기꺼이 원한을 품는 아빠의 습성은 내게 익숙하다. 아빠는 항상 자기 인생을 망가뜨릴 뭔가를 기다려왔다. 어렸을 때는 역할 놀이를 하면서 내가 의사를, 아빠가 환자를 맡았는데 놀랍게도 내게 자신의 고혈압과 콜레스테롤에 대해 너무나도 진지하게 물었다. 나는 단지 플라스틱 망치로 아빠 무릎을 때리며 반사 신경 놀이를 하고 싶었는데 말이다. 아빠는 건포도와 색칠 공부를 하면서도 지적 능력을 좀더 발휘하기를 바란다. "아니 그렇게 칠하지 마. 선 안에 칠을 해야지, 선 안에! 그렇게 네 맘대로 그리려면 적어도 입체주의에 영감을 받은 그림을 그리렴. 네 내면의 화를 표출해봐. 이 상황에 대해 네가 얼마나 화가 나는지!" 건포도는 아빠를 보고 찡그리며 무시하려고 한다. "그래," 그제야 아빠는 누그러든다. "이 여자애 얼굴 칠해라."

아빠는 햄 군에 관한 모든 것을 묵살하고 내게서 입을 닫아버렸다. 아빠라면 그럴 수 있다고 생각했다. 하지만 여기서 유일하게 혼란스러운 점은 동거 1년이 지난 뒤, 그러니까 지뢰밭을 무사히 지나 안전지대에 도착했다고 생각하던 참에 그의 침묵이 시작됐다는 것이다. 엄마는 그즈음 눈에 띄게 부드러워졌고 우리 집에도 오겠다고, 아니면 햄 군이 캘거리에 올 일이 있으면 엄마 아빠 집에 들르라고도 했다. 하지만 아빠의 분노의 불씨는 1년 후 불바다가 되어 그가 할 수 있는 최악의 방법으로 나를 따돌리며 보복했다. 어떤 날은 아빠의 오락가락하는 기분을 참아줄 수 있다. 하지만 어떨 때는 나도 그를 상대로 묵언 수행을 하고 싶을 정도로 화날 때가 있다. 내게 처음으로 분노라는 걸 가르쳐준 사람에게, 나도 분노할 수 있다는 걸 보여주고 싶은 것처럼 말이다. 그러다가 또 어떤 날에는 아빠를 흔들면서 용서를 빌고도 싶다. 미안하다고 말하고 싶다. 사실 그렇게 미안하지도 않지만.

아빠가 분노와 손을 맞잡은 이후로, 나는 고향에 몇 달째 가지 않았다. 그는 딱 11주하고도 3일 동안 나로부터 자가 격리를 하며 말하지 않았다. 내가 건 전화는 바로 엄마에게 넘겼고 내 메일도, 내가 억지로 꺼낸 유머도 죄다 무시했다. 어쩌면 내가 먼저 숙이고 들어오기를 바랐을 수도 있지만 내가 그러지 않자 그는 결국 내게 먼저 전화를 걸어왔다. 우리는 예전처럼 밤에 통화한다. 하지만 예전만큼 편하지 않다. 2분, 길어봤자 10분 정도 통화하며 직장 일에 대해 새로운 소식을 전하고 나면 더 이상 할 얘기가 없다. 아빠와의 대화 심연에는 깊은 슬픔이 있다. 아빠는 딸에게는 옳지만 그 자신에게는 멸시일 수 있는 이슈를 인정하지 못하는 것에 애석함을 느끼는 듯하다. 그는 결국 나와 말은 다시 텄지만 어느 지점에서는 깊이 체념했다. 이건 내가 이전에는 보지 못했던 새로운 버전의 아빠다. 아빠는 농담하려고 노력했다. 하지만 나는 아빠가 최근에 지나치게 과묵했던 원인이 나라는 걸 안다. 매번 아빠의 분노를 예측해서 미리 방어할 수는 없듯이, 내 전화를 어떤 버전의 아빠가 받을지도 알 수 없다. 차량용 블루투스 스피커가 아빠의 (인도식) 억양을 못 알아듣는 게 인종차별이라는 버전의 아빠, 엄마가 자신을 "몰래도 아니고 완전 대놓고" 죽이려 든다며 자신이 괄시당했다고 이르려는 버전의 아빠. 어떨 때는 싸움꾼 버전의 아빠가 전화를 받는다. 이민자로서 아이를 키우며 자신의 희망이 얼마나 무시당했는지에 대해 화내면서 "실망스럽다"고 구시렁거릴 때도 있다. 제일 나쁜 버전의 아빠는, 세상에 없는 사람처럼 전화를 받지도 않고 모든 걸 엄마한테 떠넘기는 아빠다. 현재의 엄마는 좀더 수다스럽고, 좀더 다정하며, 끊임없이 나를 '우쭈쭈' 해주며 사랑한다고 말한다. 엄마는 그간 우리가 놓친 시간과 대화를 만회하려 하고 있다.

아빠는 자신이 사라졌을 때 딸이 자기 존재의 중요성을 알아주길 바란다. 하지만 아빠가 내 마음을 바꾸려 하면서 감정의 널을 뛰는 것이 그의 목적을 달성하는 데 얼마나 비효율적인지, 성과도 없이 내 마음을 얼마나 찢어놓는지, 내 모든 세포는 속속들이 알고 있다. 나는 햄 군과 헤어지려 노력하고, 노력했으며, 또 노력해봤지만, 그건 불가능했다. 그래서 그 대신, 더 불가능해 보이고 달갑지 않은 일을 기대하고 있다. 그건 아빠가 바뀌는 것이다. 그가 마음을 바꿔 먹기를, 그저 또 다른 하나를 포기해주기를.

아빠가 알아서 포기하길 기다리는 것, 이건 내가 상상한 최악의 시나리오다. 우리 가족을 포함해 모두, 완전히 불가능하지는 않겠지만 결국은 안 될 일이라고 했다. 반항과 사랑, 둘 다 자신 있는 분야는 아니다. 근데 지금 나는 두 가지를 다 해내야 한다. 이 불공평한 상황이 여전히 버거운 나는 아빠를 그냥 두기로 했다. 무엇보다 나는 그를 알고 그 역시 나를 알기 때문에 더욱 그를 제쳐버려야 했다. 완벽하지 않았던 아빠의 인생은 내 여생의 청사진이나 다름없다. 나도 토스터오븐(**팝타르트를 만드는 데에 최악이다!**)에 화내고, 사람들이 내 충고를 듣지 않을 때 분노한다. 아빠처럼 묵언 수행을 잘하지는 않지만, 연습이 부족해서 그렇지 안 해본 것도 아니다. 아빠처럼 나도 걱정이 많다. 장례식을 계획하고, 내가 죽고 나면 나나 우리 가족을 누가 얕볼지 그 누구보다 먼저 투덜거린다. 겉보기에 항상 멋지진 않았던 그의 인생 그림을 나도 따라 그려갈 것이다.

어느 때건 아빠는 우리 가족 중에서 가장 강한 사람은 아니었다. 강한 건 항상 엄마였다. 모두의 짐을 자기 등에 짊어진 엄마. 아빠는 제일 고집이 센 사람도 아니었다. 그건 항상 나였다. 그는 가장 투덜이도 아니었다. 그건 오빠였다(내가 태어나기 전까지는). 결국 아빠의 벽은 깨질 것이다. 내 연인에 대해 일시적으로 가드를 내린 게 아니라 영원히 고민을 걷어낼 것이다. 지난주 전화 통화에서 그는 "세상의 변화는 희생을 담보로 한다"고 했다(그가 아주 기분 좋았다는 걸 믿어달라). 그보다 한 달 전에는 "넌 용감하구나, 아주 용감해"라며 통화를 마쳤다. 적어도 궁극적으로 그의 통제 범위를 벗어난 문제는 그냥 물 흐르듯이 내버려 두는 그의 능력을 믿을 수밖에! 그렇게라도 믿지 않으면 우리는 둘 다 외로워질 것이고 함께해야 할 순간을 놓쳐서 따로 겉돌 것이다. 나는 반드시 일어날 일을 맞이할 준비가 되어 있다. 어차피 피할 수도 없으니까. 그는 내 전화를 기다리는 대신 내게 먼저 전화할 것이고, 어쩌면 명료하면서 기분 좋게 만드는 독특한 말로 대화를 시작할지도 모른다. 그럼 나 역시 아빠가 그렇게 어두워질 수 있었다는 걸 까먹고 말 것이다. 그의 변덕과 내 반항은 잊고, 우리가 결국엔 촘촘하게 짜인 부모와 자식 사이임을 확인할 것이다. 그리고 인생은 항상 그랬던 것처럼 꾸물꾸물 흘러갈 것이다. "아무도 결혼이라는 걸 하면 안 된다니까. 혹시 결혼하더라도 애는 절대 낳으면 안 돼! 애한테 창의성을 다 뺏겨서 결국 껍데기만 남은 우스꽝스러운 존재가 될 거다. 지금 어디게? 어디겠냐, 쇼핑몰이지. 네 엄마는 그 뭐냐, 주렁주렁 거는 걸 보고 있다. 뭐라고? 아, **목걸이**라고? 세상에, 네 엄마는 항상 새걸 원한다니까. 그렇지 않냐? 어쨌든. 넌 어떻게 지내냐?"

Scaachi 〈sk@gmail.com〉, November 24, 2016

출판사 편집장님이 그러네요.

책 마지막에 들어가는 작가 소개를

아빠가 써주면 좋겠다고.

Papa 〈papa@gmail.com〉, November 24, 2016

내가 쓴 소개의 편집권을 누가 최종적으로 가질 거냐.

직관적이고 매우 간결한 내 글들을

사춘기 이후의 진부한 생각 따위로 고치지 않겠다고

철벽 보장해주길 바란다.

Scaachi 〈sk@gmail.com〉, November 24, 2016

편집장님한테 여쭤봤는데

토씨 하나 안 건드리겠답니다.

Papa 〈papa@gmail.com〉, November 24, 2016

우리 같은 부르주아들을 고생시키는

고상한 철자나 문장부호 같은 건 고쳐야지.

자, 내 글은 다음과 같다.

이 책의 저자 사치 코울은 내 딸이다. 아내와 내가 중년에 입성하려던 끝자락 무렵, 유독 힘들었던 임신 기간 끝에 딸을 얻게 되자 나는 미친 듯이 행복했다. 나는 딸에게 유머를 자주 구사했는데 그런 나의 유머 철학을 그녀도 꽤나 이어받았으리라고 믿고 싶다, 아니 믿는다. 나는 딸내미의 글 속에서 내 캐릭터가 내 삶을 대신 살아준 기분이 들기도 한다. 그녀는 분명 나를 매우 신랄하면서 사랑스러운 인물로 표현했다. 아니면 그녀의 망상 속 캐릭터일지도! 내가 혹시라도 책 속에서 괴팍한 인간이나 인도인 버전의 아치 벙커○로 묘사되었다면, 사실 내 복수는 이로써 완벽해진다. 나는 이미 딸내미 이름 속에 사람들을 헷갈리게 하려고 묵음 C를 집어넣었거든!

○ 1970년대에 방영된 미국 시트콤 「올 인 더 패밀리」의 주인공. 가진 것은 없지만 자존심과 편견으로 똘똘 뭉친 캐릭터. 엄청난 독설로 미국의 사회문제를 거리낌 없이 들춰내 그만의 관점으로 비판하는 걸 즐겨 했다.

감사의 말

책은 편집자 없이 존재할 수 없다!

그렇기에 편집자분들께 감사합니다. 키아라 켄트, 마사 캐냐-포스트너, 애나 디브리스, 멋지게 편집해주시고 내가 글 안에 쏟아놓은 모든 것을 이해해주셔서 고맙습니다. 특히, 이 바닥 최고의 편집자이자 친애하는 친구 키아라에게 감사를 전하고 싶습니다. 항상 끝까지 가득 채운 와인 잔을 내게 들이밀면서 "그래, 뭐가 문제야?"라고 말하는 너. 매번 새벽 4시에 이메일 보내서 미안해.

에이전트인 론 에켈에게도 감사합니다. 나보다 먼저 이 책이 존재하리라는 걸 알았던 사람, 내가 당신에게 빚진 것이 많다는 거 알고 있어요. 더블데이 캐나다의 크리스틴 코크런과 에이미 블랙에게도 고마움을 전합니다.

『해즐릿』의 내 친구들도 고맙습니다. 천재적인 편집자이자 이 책에 너무나도 많은 아이디어를 제공한 헤일리 컬링엄,

그리고 내가 가장 좋아하는 동료이자 가장 멋진 워킹 대디, 너그러운 편집자이면서 항상 내 모든 걸 참아준 친구인 조던 '가보' 긴즈버그, 너무 고맙습니다.

『버즈피드』 동료들에게도 고맙습니다. 믿을 수 없을 정도로 멋진 캐롤라이나 와클라위악에게 이 책의 지분 30퍼센트가 있다고 해도 과언이 아닙니다.

이 책을 출간하기까지 나의 징징거림을 받아준 많은 이에게 감사합니다. 대니 비올라, 에이드리언 청, 루디 리, 미란다 뉴먼, 나오미 슈크와르나, 브리 털크, 애덤 오언, 대니엘 오핸리, 켈리 콘포스, 몰리 콜드웰, 앤 T. 도너휴, 앤디와 테사와 샘과 세라! 너무 길어서 미안해! 이제 끝!

매슈 '베이비 브라가' 브라가, 너도 고마워. 내 베프이자 내가 절대 가라앉지 않도록 지지해주는 커다란 배. 다른 사람들은 다 쓰레기야!

내 시스터인 바버라 심코바, 고마워. '책 엄마' 세라 와인먼도 고마워.

스콧 드보도 고맙습니다. 내 인생의 사랑이자 내가 지칠 때마다 나를 업어주는 사람. 항상 열심히 나를 위로해줘서 고마워.

가족들에게도 고맙습니다. 오빠와 앤절라, 제이슨, 코너, 니타, 판카즈, 비란그나, 고모, 고모부, 차차, 숙모. 알 기회조차 없었던 조부모님들, 고맙습니다. 이름을 다 알지 못하는 수많은 언티들, 고맙습니다.

항상 감사한 사람, 부모님께 고맙습니다. 나를 지치게도, 차분하게도 해주는 복잡 미묘한 우리 부모님. 내가 세상에서 제일 좋아하는 엄마. 엄마가 내 두피를 손가락으로 쓸어주며 "다 잘될 거야"라고 말하면 진짜 모든 일이 다 잘 풀렸어요. 우리의 위대한 보호자 아빠. 깨어 있는 매초 매 순간 싸우고 날 화나게 만들지만 "'오귀는' 건 이별한다는 뜻이라며? 그럼 '삼귀다'랑 '이귀다'의 차이는 뭐냐?"며 여전히 전화로 묻는 사람. 이 세상에 날 던져줘서 고맙고, 다시 끌어줘서 고맙습니다.

마지막으로 건포도에게 고맙습니다. 이 어둡고 불길한 세상 속 한 줄기 빛인 건포도. 언젠가 이 모든 게 너에게 의미가 있거나 없거나 할 거야. 어느 게 더 나쁠지, 그건 나도 잘 모르겠다!

옮긴이의 말

어차피 죽는데, 수다나 한판 떨자

인도, 참 먼 나라다. 물리적으로도 멀지만 심리적으로는 더 멀다. 인도에 4년가량 살면서 그 간극을 감히 메꿔보고자 이런저런 궁리를 해보았지만, 어째 날이 갈수록 "인도는 어떤 나라니?"라는 질문에 우물쭈물 얼버무리게 된다. 결국 인도는 알면 알수록, 경험하면 할수록 어떤 평균치를 낼 수 없는 나라라는 무책임한(!) 결론에 닿았다. 에잇, 몰라. 결국 인도도, 한국도 사람 사는 곳 아니겠는가!

그럼에도 인도와 우리나라 사이엔 세 시간 반의 시차時差보다 훨씬 깊고 차가운, 무관심의 시차視差가 있다. 인종, 종교, 문화가 너무나도 다양한 인도는 여전히 가까이하기엔 너무 먼 당신이다. 이 책은 인도랑 좀더 친해져보자, 인도가 그렇게 이상한 친구는 아니야, 알고 보면 재미있는 친구일지도 몰라,라는 마음으로 번역한 것이다.

때는 2020년, 인도의 코로나19 제1창궐기이자 록다운 시절. 모든 것이 정지된 그 시절. 한낮 기온이 45도에 육박해서, 겨우 다니던 동네 슈퍼에 오늘 드디어 사과가 들어왔어, 샴푸가 들어왔어 같은 정보를 나누며 옴짝달싹 못 하던 그 시절. 남아돌던 시간 덕분에 그제야 인도 책방에서 사놓고 인테리어용으로 진열만 해놓던 책들을 하나씩 정독하기 시작했는데, 그중에서 인도 무더위와 코로나를 까먹게 해줄 정도로 재미있는 책이 바로 이거였다. 이 책의 저자 소개를 보고 처음으로 든 생각은, '흠, 이 젊은이야말로 인도를 이해시켜줄 거 같군! 사치 코울, 너만 믿는다!'였다.

그도 그럴 것이, 사치 코울은 문화적 배경이 다양한 20대 캐나다 여성이었다. 인도 출신 부모님을 둔, 외모만 봐서는 100퍼센트 인도 여성이지만, 캐나다에서 나고 자라 지금은 뉴욕에서 저널리스트로 일하고 있다. 인도 여성인 동시에 인도 여성이 아닌 코울의 이야기를 읽으면 인도에 대해 좀더 객관적으로 알 수 있을 것 같았다.

그런데 읽으면 읽을수록 좀 묘하다. 코울은 인도에 국한된 이야기를 하지 않는다. 그저 끊임없이 수다를 떨며 자신의 이야기를 할 뿐. 털, 피부색, 페미니즘, 가족, 인도식 중매결혼, 우정, 애인, 알코올, 트위터 등등, 어마무시한 수다쟁이인 코울의 이야기는 종종 배꼽 잡는 시트콤 같았고, 가끔은 가슴 찡한 청춘 드라마 같았으며, 어떨 땐 손에 땀을 쥐게 하는 스릴러 혹은 대환장 막장 드라마 같았다. 그런데 더 묘한 것은 내가 코울에게 동조하며, 위로를 받게 된다는 점이다. 나와는 자라온 배경도, 지금 처한 환경도 너무 다른데.

사치 코울의 주저 없는 수다 속에서 나를 발견하는 것은 어렵지 않은 일이었다. 나도 그녀처럼 직장에서 고군분투하고, 보수적인 부모님에게 반항하다가도 그들에게 하염없이 기대고 싶었으며, 지키지 못한 우정 속에서 죄책감을 느꼈다. 넘쳐나는 털을 규칙적인 제모로 관리하다가도 내가 왜 이래야 하는지 자괴감을 느끼고, 트위터에서 자신에게 사이버불링을 일삼는 악플러들과 싸우며, 술집에서 시선 강간을 당하면서 사회적인 사안에 분노하다가 억울해하다가 바닥을 치다가, 그러다 다시 한번 맹렬히 살아가는 코울의 모습 속에는 분명 내가 있었다.

특히 이 다양한 이야기 속에서 그녀는 우리보다 젊은 세대의 여성들이 살아갈 세상에 대한 바람을 조카 건포도를 통해서 드러내기도 한다.

> 건포도가 어떤 상대와 결혼할지는 전혀 상관하지 않는다. 솔직히 그 결혼이 합법적 결합인지 아닌지도 내 알 바가 아니다. 건포도가 어떤 상황에 처하든 나는 그저 그녀의 머리카락에 코코넛 오일을 바르면서 내 뼛속 깊은 곳에 그녀가 자리 잡고 있다고 말해주고 싶다. 언티들이 건포도 머리에 옷핀을 꽂아댈 때, 보라색 꽃을 띄운 우유로 그녀의 몸을 적실 때, 상당한 무게의 치렁거리는 의상 때문에 건포

도가 불평불만을 할 때 그녀 앞에서 웃음을 보이며 그녀를 응원할 것이다.(136쪽)

여러 가치가 충돌하고 갈등하는 과정에서 서로에게 상처를 주기보다는 대화와 위로를 통해 더욱 다양한 젠더, 인종, 문화, 세대가 이해받고 존중받는 세상, 그것이 사치 코울이 그리는 세상이 아닐까.

코울이 세상과 투쟁 중인 지금 세대의 대변자라고 생각하지는 않는다. 그녀의 이야기는 자신의 경험에 바탕을 두고 있고, 강하게 주장하는 바도 없다. 하지만 그 속에는 평범하게 살아가는 우리 모두를 관통하는 동시대성이 있다. 먼저 인생을 살아본 언니들의 지혜로운 글도 좋지만, 투덜투덜 조잘대는 코울의 글 속에는 나와 내 친구들의 삶이 있다. 그렇기에 코울이 당당하게 외치는 '비주류'로서의 이야기가 우리의 외로움을 덜어줄 만큼 희망적이라고 생각한다.

기억에 남는 구절이 있다. "일방향적인 글쓰기로 소통하는 걸로는 만족하지 못했다."(159쪽) 싸우기를 두려워하지 않는 사치 코울, 자신을 드러내는 데 주저함이 없는 사치 코울, 환영받지 못할 자리에 가서 사람들과 논쟁하기를 즐기는 사치 코울. 그녀의 무모하고 날 선 자신감이 부러웠다. 그래. 코울처럼 감추지 말고, 마음껏 드러내고, 용감하게 싸워보자. 더 말해도 된다. 더 큰 목소리로, 더 큰 제스처로. 우리는 우리에 대해 더 말할 필요가 있다. 수다는 힘이 되고, 나눌수록 강해지니까.

작은미미와 박원희는 인도에서 만나 인도 맥주를 마시며 수다를 떨다가 이 책을 번역하게 되었다. 글쓰기와 영어 주변에서 살던 사람들이었지만 본격 번역은 처음이었다.

어쩌면 사치 코울처럼. 어차피 우린 죽고 이딴 거 다 의미 없겠지만, 그렇기에 다음 생이 아닌 지금, 바로, 당장 이 이야기를 여러분과 나누고 싶었다.

영적인 인도와 '강간 천국' 인도. 그 극과 극 사이에는 무수하게 많은 사람의 이야기가 흐른다. 앞으로도 그런 이야기를 나누고 싶다. 마지막으로 원고를 보며 수많은 날을 교정으로 보냈을 박지현 편집장님과 홍근철 편집자님께 무한한 감사를 올린다.

그 언젠가, 마스크 없이, 장소와 시간의 구애도 없이, 하염없이 수다 떨 수 있는 그날을 기다리며.

서울과 구르가온에서
작은미미, 박원희